BEGOÑA F. BAÍLEZ

Diario de una periodista

BEGOÑA F. BAÍLEZ

Diario de una periodista

Ediciones Kiwi

EDICIONES KIWI, 2025
Publicado por Ediciones Kiwi S.L.

Ediciones Kiwi

Primera edición, marzo 2025
IMPRESO EN LA UE
ISBN: 978-84-10479-84-5
Depósito Legal: CS 162-2025

Corrección, María Coma

Código THEMA: FR

www.edicioneskiwi.com
www.grupoedicioneskiwi.com

A mis exociosos, por compartir conmigo la tortura y,
sobre todo, las risas durante tantos años.

Capítulo 1

Olivia se detiene a pocos metros de la puerta del edificio. Llega con tiempo porque los astros se han alineado y el Cercanías ha pasado a su hora en lugar de tenerla esperando una eternidad en el andén, así que puede permitirse respirar hondo antes de empezar su jornada laboral.

Lleva pocas semanas trabajando en esa revista. Demasiadas para seguir sintiéndose abrumada por lo que supone un nuevo puesto en un lugar desconocido. Insuficientes para estar ya saturada. Aun así, necesita unos segundos porque sigue asimilando lo mucho que ha cambiado su vida en ese tiempo.

Le devuelve la sonrisa a uno de los hombres de Nacional al pasar por su lado, un señor serio pero siempre amable; luego, continúa su camino hasta la entrada del edificio, cuadrando los hombros antes de reemprender su camino.

Le hace un gesto con la mano a Roque, uno de los chicos de seguridad, que le dedica un asentimiento de cabeza, mientras responde al teléfono y pasa la tarjeta que se ha acostumbrado a llevar a mano para no crear cola.

Con una vez tuvo suficiente. Gracias por preguntar.

Ni siquiera se molesta en correr para llegar al ascensor cuando ve cómo las puertas comienzan a cerrarse y se encamina a las escaleras con un suspiro. Solo son dos plantas y le llevará menos tiempo subirlas que esperar a que el ascensor vuelva a la planta baja. Además, le vendrá bien algo de ejercicio porque ya ni recuerda la última vez que pisó un gimnasio.

Toma aire profundamente cuando llega al descansillo de la segunda planta y lo suelta con lentitud para intentar ralentizar su corazón antes de enfrentarse a una nueva jornada.

—¿Te importa?

Se gira para comprobar que la voz, grave y seca, proviene de un hombre que está parado en el último escalón y al que, al parecer, le entorpece el paso. Es alto, moreno, lleva barbita de cuatro días pero bien cuidada y la mira con el ceño fruncido, los labios apretados y un gesto de querer arrancarle la cabeza de un mordisco antes de tomarse un café.

Genial. Espera que no sea uno de los jefes porque tiene pinta de ser un cabrón de cuidado.

—Perdón —responde, apartándose rápidamente para dejarlo pasar.

Lo observa caminar con paso rápido y zancada larga y suspira cuando lo ve desviarse en dirección contraria. Al menos no trabaja en su sección de la redacción y no tendrá que lidiar con su mal genio. Se estremece al pensar en la posibilidad de tener que trabajar con un tipo que da esas malas vibraciones.

Camina hasta el pequeño cubículo que forma la redacción del suplemento de Cultura y Ocio del periódico y no le sorprende encontrarse ya a Alba, la redactora jefe, sentada frente a su mesa. La pantalla está encendida, así que asume que ya lleva bastante rato allí o que su ordenador es mucho mejor que el suyo, que tarda una eternidad en arrancar.

—Buenos días, Olivia. ¿Te viene bien si hacemos una reunión a media mañana? A ver si tenéis ideas para los reportajes de la web. Necesitamos que suban las visitas.

Olivia pone los ojos en blanco cuando escucha eso, pero asiente. Alba se muerde la sonrisa y se encoge de hombros. Las dos saben que los jefes quieren cantidad y no calidad, así que ni se molestan en quejarse. Bueno, al menos Olivia no todavía. Necesita un poco de cafeína antes.

Mientras espera a que su ordenador se ponga en funcionamiento, camina con paso rápido hasta la sala de descanso y selecciona un capuchino de la máquina de cafés. Cuando regresa a la redacción, Vega ya está allí, aunque parece que acaba de llegar porque ni siquiera se ha sentado y tiene cara de necesitar la cafeína incluso más que Olivia.

Promete ser un día y una semana muy largos, y solo están a martes.

Cinco horas y una reunión interminable después, Vega, Alba y Olivia se sientan en la pequeña mesa de la sala de descanso para comer algo. Nadie se lo ha explicado, pero ha intuido que han establecido una especie de pacto con los horarios para no ir todos a la vez porque en todo ese tiempo no ha coincidido en la comida con gente de otras secciones. Eso o debe haber más salas de descanso que ella desconoce.

—¿Hay más comedores en la planta? —pregunta cuando ve a una preciosa chica rubia que, si no recuerda mal, es de Cultura.

—No, pero, por ejemplo, los de Nacional e Internacional comen en la sala de reuniones grande; la que hay al final del pasillo. Solo son bienvenidos los de Opinión. Al menos la mayoría.

Agradece que Tomás, el cuarto trabajador del suplemento, se vaya a comer todos los días a casa; no solo porque es mejor comer en un plato que en un táper, también porque no es que le caiga muy bien y porque no cabrían los cuatro en esa mesa pensada para apoyar los cafés durante un par de minutos.

—¿En la revista en la que trabajabas antes teníais varios comedores? —pregunta Vega, apartándose la melena castaña para que no se le manche con la salsa de la pasta.

A Olivia se le escapa una carcajada cuando la escucha y luego niega con la cabeza.

—Lo que usábamos como comedor era la sala de reuniones barra departamento de *marketing* y publicidad. Normalmente la usaban los comerciales externos que iban para consultar cuatro cosas y no pasaban mucho tiempo en la redacción, pero yo solía comer frente a mi ordenador.

—No deberías usar tu hora de la comida para seguir trabajando —la reprende Alba.

—En realidad no lo hacía. Aprovechaba para ponerme al día de lo que pasaba por Twitter, Instagram, TikTok...

—Huelo una historia interesante detrás de eso... —Vega le dedica una sonrisa ladeada mientras levanta una ceja, y Olivia no puede evitar reírse.

—No sé si es cierto o el típico rumor que alguien se saca de la manga al más puro estilo de la historia de Ricky Martin, el perro y la mermelada.

Vega suelta el tenedor, empuja un poco el táper hacia delante para poder apoyar los codos en la mesa y sonríe, ansiosa por un chisme.

—Soy toda oídos.

Olivia mira a Alba; no la conoce desde hace tanto como para saber que no le interesa el cotilleo si no es de estrellas internacionales, pero no ve muestra de desacuerdo o reproche, así que se anima a continuar con la historia.

—Me contaron que una vez habían pillado al jefe de administración follando con una de las comerciales —confiesa. A Vega se le ilumina la mirada y se le ensancha la sonrisa—. Sobre la mesa de la sala de reuniones —añade después de un par de segundos de silencio.

—No me jodas —se sorprende Alba, que estaba prestando más atención de la que Olivia creía.

Vega arruga el gesto y observa los restos de su pasta con gesto asqueado.

—¿En plan la Donoso con el Picazo sobre la mesa de informativos? —Se le escapa una carcajada cuando escucha la referencia—. Yo también habría dejado de comer ahí, la verdad.

—Puede que fuera una leyenda urbana, pero por si acaso... —se defiende.

Olivia pasa el resto de la jornada organizándose para tener los reportajes a tiempo. Alba no es una jefa especialmente cabrona, pero sabe que si le encarga algo para un día no le conviene retrasarse porque implicaría que todo su calendario se fuera a la mierda y no siempre uno de sus compañeros ha adelantado su trabajo para poder cubrirle el culo, así que intenta no saltarse las fechas de entrega.

—Espero que al menos la serie te guste —le pica Vega cuando están recogiendo sus cosas para volver a casa.

—Lo siento mucho, Olivia. Sé que lo ideal sería que la vieras durante tu jornada laboral, pero...

—Si lo hiciera no tendría tiempo para hacer mucho más. Lo entiendo. —Le dedica una sonrisa a Alba para tranquilizarla.

No le importa especialmente dedicar parte de su tiempo libre a ver una serie, preferiría algo que fuera más de su estilo, pero no es el peor de los trabajos. Tampoco es lo que pensaba que sería cuando, siendo una niña, deseaba que su trabajo consistiera en ver series y películas, leer libros y escuchar música.

Capítulo 2

Olivia cierra la puerta del piso y se apoya en la madera con un suspiro. Ha sido un día largo y solo quiere cenar algo y tumbarse en el sofá a ver alguna serie que no la obligue a pensar. Con un poco de suerte, Candela estará libre y podrán echarse unas risas.

Se guarda las llaves en el bolso para no olvidárselas y entra en la cocina para dejar el táper. Se le escapa un bufido cuando ve las encimeras llenas de sartenes, ollas y platos sucios. No necesita preguntar para saber que son de Nora, pero va lista si piensa que va a fregárselos. Cometió ese error la primera semana después de mudarse y se lleva arrepintiendo de eso desde entonces.

—Veo que ya has visto el regalito que nos ha dejado Nora hoy. —Candela entra en la cocina para coger la botella de agua de la nevera.

—¿Se puede saber qué hace para manchar tanto en medio día?

—Tocar los ovarios, básicamente. Deberíamos hablar con ella antes del viernes. Si no recuerdo mal, se iba a su casa y es capaz de largarse y dejar todo eso por limpiar.

—Estamos a martes...

Candela la mira con una ceja levantada y una sonrisa a medias que ya conoce. Seguramente tenga razón, no es la primera vez que Nora se va a pasar el fin de semana fuera y deja la cocina hecha una pocilga.

—Espero que no tuvieras intención de poner una lavadora hoy... —Candela finge una sonrisa y gira sobre sí misma para empezar a salir de la cocina.

—¿No piensa tender la ropa nunca? Puso la lavadora el domingo.

—Espero que se le pudra la ropa.

—Candela... —la advierte a su compañera de piso.

—¿Qué? Estoy cansada de lidiar con Nora. Solo quiero llegar a casa y tener un poco de paz y lo que me encuentro son platos sucios, ropa en la lavadora durante días, fiestas hasta las tantas entre semana y música a toda hostia hasta que alguna se cansa y le pide que la baje. Es una suerte o una condena que los vecinos de abajo estén medio sordos y no se quejen al casero.

Sabe que Candela tiene razón. Olivia se siente

exactamente igual que ella, pero tampoco es plan de ponerse a malas con Nora; al fin y al cabo, comparten piso, y hay que tener un poco de manga ancha para ayudar a la convivencia.

—¿Qué te parece si me cambio y preparamos algo de cena para las dos? —ofrece.

—Solo si acabamos con el helado para el postre.

—Trato hecho.

Cierra los ojos y suspira al escuchar el sonido de la cerradura de su habitación. Volver a compartir piso con desconocidas después de tres años está siendo un poco más duro de lo que esperaba. Ya no tiene veinte años ni ganas de aguantar tonterías.

Si alguien le hubiera dicho cuando acabó la universidad que volvería a tener compañeras de piso a los treinta, se hubiera reído en su cara. Y, sin embargo, ahí está.

Desde luego, en Madrid o tienes pareja o compartes piso hasta que te jubilas y te vas a una residencia o al pueblo, porque los pisos y los alquileres están por las nubes y no parece que la situación vaya a solucionarse en un futuro a corto o medio plazo.

Sacude la cabeza y deja el bolso tras la puerta. No tiene sentido darle vueltas a eso. Su situación no va a mejorar por arte de magia, al menos hasta que le toque la lotería de Navidad.

Se pone el chándal y una camiseta y llama a la puerta de Candela antes de encaminarse hacia la cocina.

—No me apetece ponerme a cocinar con todos esos cacharros sucios por en medio, ¿qué tal si hacemos unas pizzas y una ensalada? —propone Candela en cuanto sale al pasillo.

—¿Lo de la ensalada es para compensar?

—Puede.

—Me parece bien. Yo enciendo el horno, tú vete cortando las verduras —pide por encima del hombro.

—Siempre te pides lo fácil.

—¿Perdona? Te recuerdo que tienes que estar pendiente del horno. Pestañeas y las pizzas pasan de estar crudas a carbonizadas.

—¿Crees que si le pedimos al casero que nos lo cambie nos hará caso?

—Creo que es más fácil que me toque la lotería de Navidad.

Candela deja escapar una carcajada y le da un empujoncito con el hombro cuando se pone justo detrás de ella, casi a la altura de la cocina.

Se apoya en la encimera, justo frente al horno y le echa un vistazo al móvil. Tiene un par de mensajes para leer y alguna notificación de Twitter e Instagram, pero no son urgentes, así que ya las responderá luego; no quiere arriesgarse a cenar carbón.

—¿Noticias de tu ex? —pregunta Candela mientras corta la lechuga.

—No he vuelto a saber nada de ella desde que saqué mis cosas del piso.

—¿Te gustaría tenerlas?

—No, gracias —responde con un suspiro y niega con la cabeza.

—Si en algún momento quieres hablar de ella o de otro capullo con el que hayas salido o quieras salir, estoy en la habitación de al lado.

Sonríe y gira un poco la cabeza para mirar a Candela. Se conocen desde hace pocos meses, pero algo le dice que va a ser una buena amiga. Y Olivia no está para rechazar hombros en los que llorar o manos a las que agarrarse cuando se caiga.

—Gracias. Lo mismo digo.

—De momento, estoy de puta madre sola. Gracias. El Satisfyer es mi mejor amigo desde que me lo compré durante el confinamiento.

Ese comentario le provoca una carcajada que le sacude todo el cuerpo.

—¿Demasiada información? —se preocupa Candela.

—Tranquila, tengo conversaciones mucho más explícitas con mis amigas.

—Las mejores conversaciones... —Candela levanta la mano para que Olivia se la choque y le guiña un ojo.

En cuanto las pizzas están hechas y la ensalada aliñada, se trasladan al salón. Se sientan en los sofás y ocupan la mesita pequeña mientras buscan algo que ver en Netflix.

—Cualquier cosa menos los Bridgerton otra vez, Cande. Que el duque está para hacerle rey, pero una tiene un número limitado de veces en las que es sano verlo lamer una cucharilla. También para ver a Anthony comiéndole lo suyo a Kate... —la corta antes de que Candela pueda replicarle.

—No eres divertida. No hay tope para algo así. Esas lenguas chuperreteando...

—Pon a cargar el Satisfyer y calla la boca.

Esta vez la carcajada se le escapa a Candela, que tiene que apoyarse en el respaldo del sofá para no perder el equilibrio.

—Tiene la batería llenita, no te preocupes por mis necesidades. Me da igual, algo ligerito que no me haga pensar mucho. Hoy no me apetece.

—Estoy contigo, pero que no sea una comedia. No me gustan las comedias.

—Algún día tendrás que contarme por qué esa animadversión por unas cuantas risas enlatadas —dice Olivia. Candela chasquea la lengua y se acomoda en el sofá, subiendo las piernas y sentándose como si fuera una india.

—No es eso. Simplemente me aburren. Me hacen

gracia dos chistes y luego todo se vuelve pesado y repetitivo. Prefiero un drama o una intriga. Llorar es terapéutico.

—Sí, bueno... También lo es golpear cosas y no te he visto yendo a partirle la cabeza a tu ex, Oli.

—Eso es distinto, Cande. —Se muerde el labio para contener la sonrisa que le provoca el gesto de niña pillada en falta de su compañera de piso.

—Lo sé, pero también es terapéutico.

—No puedo acabar en la cárcel por llorar viendo una serie. Por arrancarle la cabeza a mi ex, sí.

—Todos los cabrones y cabronas infieles deberían arder en el infierno o al menos sufrir en la Tierra como los perros que son. —Candela levanta el vaso de agua y espera a que Olivia lo choque con el suyo—. Por el sufrimiento de esos hijos de puta.

—Por su sufrimiento.

Han visto dos capítulos y ha comenzado el tercero de una serie de las que están en tendencia esa semana cuando la puerta del piso se abre y Nora entra, haciendo tanto ruido que si estuviera dormida la habría despertado. No entiende por qué su compañera de piso tiene que cerrar todas las puertas como si hubiera una corriente de aire en lugar de acompañarlas para evitar el escándalo.

Nora se detiene al darse cuenta de que Candela y Olivia están en el salón viendo la televisión y las observa con una ceja levantada y gesto de hastío. Candela se incorpora y la mira directamente, pero antes de que pueda abrir la boca, Nora levanta la mano para frenarla.

—Mañana lo recojo, lo prometo. He tenido que irme corriendo y no me ha dado tiempo.

—A ver si es verdad...

Nora no responde, pero les dedica una mirada despectiva y reemprende el camino hacia su habitación.

Olivia da un salto al escuchar el portazo que resuena en el pasillo y pone los ojos en blanco mientras suspira.

—¿Qué apostamos a que mañana cuando lleguemos está todo igual o incluso peor que hoy?

Olivia regresa a su habitación y se lamenta. Le cae genial Candela, pero todo lo que implica compartir piso, la falta de intimidad o lidiar con personas que no conoce durante la convivencia se le hace un poco cuesta arriba. La idea de pasar mucho tiempo en esa situación aún más, porque no se ve teniendo pareja en un futuro próximo, principalmente porque no le apetece, y porque su situación económica no tiene pinta de mejorar mucho.

Capítulo 3

Olivia cierra los ojos un par de segundos y los vuelve a abrir, pero no logra enfocar la vista. Ha pasado tantas horas delante de un ordenador durante esa semana que le sorprende que el viernes a media mañana no se le hayan caído ya los ojos.

Se ha pasado las dos últimas tardes y noches poniéndose al día con una serie que no habría visto por propia voluntad en su vida —pero que no le ha desagradado, todo sea dicho— para poder ponerse con un reportaje que tiene que entregar la semana siguiente.

—Necesito... algo —gruñe más para sí misma que para que le oigan sus compañeros, aunque Alba la mira durante un par de segundos con el ceño fruncido.

—Tráeme una Coca-Cola. Necesito cafeína para llegar despierta a la comida —le pide Vega, tendiéndole unas monedas para la máquina.

Recorre los pasillos sin prestarle mucha atención a nada ni a nadie, solo quiere dejar de mirar una pantalla unos minutos y descansar la vista antes de ponerse a escribir de nuevo o va a quedarse ciega. Diría que no va a tocar un ordenador en todo el fin de semana, pero se estaría mintiendo y a Olivia no le gusta hacerlo.

Al llegar a la sala de descanso ve que ya hay alguien allí. Es la chica guapísima que ha visto varias veces y que, si no recuerda mal, trabaja en la sección de Cultura del periódico. No sabe cómo se llama, pero no le importaría lo más mínimo saberlo.

—¿Interrumpo? —pregunta cuando la chica gira un poco el rostro para ver quién entra.

—Solo mi debate interior sobre si es contraproducente que me tome otro café o no.

—¿Qué postura va ganando?

—El sí, pero en el fondo sabemos que no le voy a hacer ni puñetero caso, ¿verdad?

—Verdad. —Le devuelve la sonrisa y aprovecha para observarla un poco mejor.

Tiene los ojos grises, el rostro lleno de pequitas que le dan un toque muy mono y es impresionantemente guapa de cerca. Olivia se siente un poco intimidada porque lleva unos tacones infinitos y es bastante alta, así que la impresión es la de estar junto a una torre rubia y preciosa.

—No nos han presentado, ¿verdad? Soy Sofía, estoy en Cultura.

—Olivia, del suplemento cultural.

Disimula que se le ha acelerado la respiración cuando Sofía se inclina para darle dos besos y deja la mano en su hombro mientras lo acaricia con suavidad.

—Entonces seguro que en algún momento trabajamos juntas. Si tienes alguna duda o necesitas info, pásate y vemos si podemos ayudarte.

—Gracias, lo tendré en cuenta.

Olivia intenta no pensar en cómo el tono de Sofía se ha vuelto un poco más susurrado y grave con las últimas frases, tampoco en que no ha dejado de mirarla desde que se han presentado y que ni siquiera ha hecho el amago de cogerse ese café que no debería tomarse, pero la sensación se queda ahí, en un lugar de su subconsciente, mientras piensa en algo que decir o hacer para que el momento no se vuelva incómodo.

—¿Alguna recomendación? —dice. Observa cómo Sofía sonríe de medio lado y apoya la cadera contra la máquina de *snacks* a su costado.

—¿Ves algo que te guste?

Vale, definitivamente no lo está imaginando y Sofía está tonteando con ella, y no de una forma muy sutil precisamente.

—La verdad es que sí. —Se siente un poco ridícula haciendo eso. Después de cinco años con Valeria está claro que ha perdido práctica.

Casi suspira de alivio nada más se abre la puerta y entra uno de los de Nacional, que las saluda con un gesto de la cabeza antes de plantarse frente a la máquina de *snacks*.

Sofía da un paso atrás para dejarle espacio y luego se gira para elegir un cortado en la cafetera. Camina hacia la puerta, se detiene junto a Olivia, baja la cabeza y sonríe.

—Entonces ve a por ello —le susurra al oído, haciendo que a Olivia le recorra un escalofrío por la columna vertebral—. Las galletas con relleno de limón son horribles, pero las de chocolate son un vicio —añade en voz alta, ya casi en la puerta.

Olivia se gira para mirarla por encima del hombro y la ve alejarse, contoneándose sobre esos tacones infinitos, y se le acelera el corazón. Su viernes, y la semana, acaban de mejorar mucho.

Se toma su tiempo para decidir qué quiere comprar porque en realidad ella había ido solo para tener una excusa y dejar de mirar la pantalla, pero ahora las galletas de chocolate la llaman como si tuvieran un imán, así que acaba comprando un paquete, un zumo y la Coca-Cola de Vega, que recuerda cuando ya está en el pasillo de vuelta a la redacción.

—Sofi, la de Cultura te ha traído eso. Me ha dicho que le habías preguntado por ello —dice Vega en cuanto la ve aparecer por la puerta, señalando una carpeta de cartulina que hay sobre su mesa antes de quitarle la botella de refresco de las manos.

—Gracias.

Contiene las ganas de abrir la carpeta en cuanto se sienta frente a su ordenador, porque sabe que se pondría roja y ni siquiera su color dorado natural conseguiría disimularlo. No le apetece tener que inventarse otra excusa o mentirles descaradamente. Así que abre el paquete de galletas y les ofrece a sus compañeros. No le sorprende que Tomás pille un puñado sin importarle que no haya para todos. Después, abre el documento de Word en el que piensa ponerse a trabajar.

Cuando se asegura de que nadie le está prestando atención, abre la carpeta y enrolla los labios al ver una nota de prensa impresa y un *post-it* con un número de teléfono y el nombre de Sofía encima.

Estará desentrenada, pero no es idiota y no piensa desaprovechar la oportunidad, así que dobla el papelito y lo mete bajo la funda de su móvil para no perderlo antes de volver a concentrarse en el trabajo.

Capítulo 4

—Olivia, ¿por qué no te acercas tú y le dices a Salva que ya tenemos el reportaje colgado? Lo llamaría, pero ya sabes cómo funciona esto: si no te ven, no te hacen caso porque seguro que han ido de otra sección a presionarlos.

Olivia se pone en pie y toma aire antes de empezar a caminar. Sabe que forma parte del trabajo, pero lo de ir a venderle al editor que su reportaje es lo bastante importante para estar en la *home* de la web del periódico no es algo que la apasione, precisamente.

Ralentiza el paso sin llegar a detenerse cuando se aproxima a la redacción de *online* y se conciencia de hacerlo. El reportaje es bueno y los añadidos que han hecho al que publicaron la semana anterior en el suplemento de papel son increíbles. Vega se merece que le hagan un hueco en la *home*.

—¿Salva? —pregunta antes de darlo por sentado y meter la pata más allá de sus posibilidades. No ha hablado con él más que el día que Alba le hizo un *tour* por el edificio y le presentó a cien personas en media hora.

—Tú eres la nueva del suplemento.

—Olivia.

—Eso, Olivia. ¿Qué quiere Alba que le suba a la *home*?

Repite el discurso que había ensayado de camino, intentando sonar segura y convincente. Sonríe al ver el gesto apreciativo de Salvador y empieza a felicitarse cuando lo ve abrir la boca y asentir. Entonces, escucha un bufido a su espalda.

—Eso no tendrá visitas. Acabamos de colgar la noticia de un posible fichaje del Barça. Si se confirma, sería un bombazo. Eso es lo que hará que la gente clique en el enlace.

Olivia se gira despacio para comprobar de quién procede la voz y se sorprende al reconocer al tipo alto y con gesto serio con el que se cruzó la semana anterior en las escaleras.

Su instinto no se equivocaba: el tipo es un auténtico gilipollas.

—Es un rumor. Podría confirmarse o no. Si es solo humo, quedaríamos fatal —contraataca. Si ese tipo va a jugar sucio, ella también sabe hacerlo.

—Incluso un rumor, a todas luces falso, sobre el Barcelona atrae más usuarios que... ¿De qué va exactamente el reportaje?

Olivia aprieta los puños con tanta fuerza que está segura de que tiene los nudillos blancos, pero se niega a dejar que el enfado le haga perder la oportunidad. No va a ganar nada llamándolo imbécil a la cara.

—Demasiada información para tu cerebro, no te preocupes. —Se gira para observar a Salvador, que los contempla con una ceja arqueada y un gesto divertido—. Sabes que es importante e interesante.

Ignora el bufido que le llega desde su espalda y clava la mirada en Salvador, que observa al tipo de Deportes antes de encogerse de hombros.

—Tiene razón, César. Si es solo un rumor, no es de portada. No podemos arriesgarnos a que sea todo un bulo y quedar como unos pringados.

—¿Me lo estás diciendo en serio, Salva? Vas a quitarnos el hueco por... ¿Cibeles? —El tal César añade la última palabra mientras pone los ojos en blanco y echa la cabeza hacia atrás como si se estuviera quedando dormido.

—Vuelve tan pronto como tengas algo confirmado, César. Dile a Alba que en cinco minutos lo tiene —Salvador añade la última parte señalando a Olivia, que le dedica una leve sonrisa.

Se gira para volver con sus compañeros, no sin antes lanzarle una mirada de ojos entrecerrados al tal César, que la observa con el mismo gesto de querer arrancarle la cabeza que cuando se encontraron en las escaleras unos días atrás. Está claro que ese tipo no sabe sonreír. Pobre de la persona que tenga que aguantarlo, porque debe tener el cielo ganado si el chico es siempre así.

Regresa con paso rápido. Está deseando llegar para poder desahogarse con Alba y Vega. En cuanto atraviesa el quicio y comprueba que Tomás no está, para variar, cierra la puerta tras de sí y se acerca a sus compañeras. Vega deja de teclear enseguida, adelantándose al salseo.

—¿Lo van a poner?

—Sí, pero de milagro. ¿Te suena un tal César? Creo que es de Deportes.

—Lo conozco. ¿Qué pasa con él?

Les cuenta lo que ha ocurrido en la redacción de la web, sin perderse detalle de las reacciones de sus compañeras. Le sorprende que Alba no se enfade tanto como ellas.

—César es un poco... especial. Se toma muy en serio su trabajo y a veces es un poco intenso con eso del fútbol, pero no es mal tipo. Aunque no ha estado muy sembrado hoy contigo, eso está claro. Es buena gente, créeme.

—Me estoy perdiendo. De todos los de Deportes, ¿quién es César? —pregunta Vega.

—Trabaja en papel, el tipo alto que siempre está serio.

—Más que serio parece cabreado —apostilla, incapaz de quedarse con la versión que Alba ha dado de este tipo.

—Ignoradlo cuando se pone así. Es como un niño pequeño al que le quitan un juguete, luego se le pasa y es un encanto.

—No eres capaz de ver la parte mala de nadie, Alba.

—En este caso sé de lo que hablo, Vega. Es un buen tío que a veces puede ser un capullo, como todos, supongo. Si vuelve a repetirse algo así, dímelo y hablaré con él. Una cosa es que pelee por un hueco en la *home* y otra que menosprecie el trabajo de mi equipo —sentencia Alba antes de hacerles un gesto para que vuelvan a su trabajo.

Olivia lleva muchos años lidiando con los que piensan que por dedicarse al periodismo cultural es menos periodista que los que trabajan en Nacional o Sucesos, pero es la primera vez que un compañero hace un comentario tan feo y encima en su cara, sin ningún tipo de pudor. Tampoco le ha sentado muy bien que Salvador no haya dicho nada para pararle los pies; como el editor que es, debería entender que ese tipo de comportamientos no son ni buenos ni sanos.

Pero no puede esperar mucho más porque seguramente Salvador también opine algo parecido, así que debería darse con un canto en los dientes por haber conseguido ese hueco para el reportaje de Vega.

En todos los trabajos hay capullos que te lo ponen más difícil. En este tienen a Tomás y sus pocas ganas de currar y a César y su ignorancia y prejuicios. Nada con lo que no haya lidiado antes. No va a dejar que ninguno de los dos le amargue ese trabajo que le gusta y con el que puede aprender mucho.

Capítulo 5

Lleva toda la semana mensajeándose con Sofía y tomando el café a media mañana con ella en la sala de descanso, así que no le sorprende que el viernes le pregunte si le apetece salir a tomar algo por la tarde. Olivia había acudido esa mañana al trabajo convencida de invitarla ella.

No le ha contado demasiado, solo que acaba de salir de una relación larga y que ha habido muchos cambios en su vida en los últimos meses. A Olivia le cuesta un poco coger confianza con la gente, pero espera que con Sofía la cosa vaya bien.

Dedica parte de la tarde a elegir el modelo que llevará a la cita, aunque se siente un poco ridícula pensando en esas cosas, como si tuviera quince años y estuviera en una película americana.

No es una cita, solo han quedado para tomar algo y

luego ya verán qué pasa. Han comentado la posibilidad de quedarse a cenar por el centro, pero no han concretado, así que Olivia quiere ir guapa, pero cómoda. Descarta los tacones porque los odia por encima de todas las cosas, aunque reconoce que son muy *sexys*, pero no en ella.

Un caballo sin sentido del equilibrio es más elegante que Olivia con unos tacones altos. Además, no son nada prácticos si vas a andar por el centro. Si alguien quiere verla sobre *stilettos* de quince centímetros, que la vaya a recoger a casa y la deje en la puerta del sitio al que vayan a ir.

Al final, se decanta por una blusa negra transparente, que deja ver un sujetador de encaje del mismo color que le costó un riñón y parte del otro, y que cuida como si fuera de oro; unos vaqueros desteñidos con rotos en las rodillas y unas botas de caña baja con un poco de tacón, pero que son de lo más cómodo que tiene en el armario. Se cuelga del brazo una cazadora también vaquera, aunque el día ha sido extrañamente caluroso para estar en otoño.

Mira la hora en el móvil cuando sale del metro en Callao y comprueba que llega justo a tiempo. Gira sobre sí misma para intentar ver a Sofía entre toda esa multitud y no le sorprende en absoluto verla salir de un Cabify en ese preciso instante. Como imaginaba, está guapísima, con su melena rubia recogida en una coleta alta, un top con escote de barco blanco, unos pantalones de cuero negros, a juego con la chaqueta que lleva en la mano, y unos tacones bastante más bajos y cómodos de los que suele llevar al trabajo.

—Madre mía, estás preciosa —comenta Sofía nada más verla. Olivia no puede evitar sonrojarse un poco y devolverle la sonrisa.

—Tú sí que estás guapa.

—La ocasión lo merece.

Olivia agradece que Sofía no diga que se ha puesto lo primero que ha encontrado. Es algo que siempre le ha molestado de las personas que son guapas y lo saben. Incluso siendo consciente de que no lo hacen con mala intención. Si ya de por sí tu belleza es una de tus características, no hagas sentir mal a tu acompañante —que habrá pasado mucho tiempo arreglándose para no destacar en el mal sentido— diciendo que no te has molestado en elegir algo especial cuando, aun así, estás muy atractivo.

—Tengo unos amigos que han abierto un local por aquí cerca, si no te importa, podríamos pasarnos. Los saludo y las copas nos salen más baratas —sugiere Sofía, guiñándole un ojo antes de empezar a caminar.

El local no está muy lleno a esas horas y la música está a un nivel que permite la conversación sin tener que gritarse a todo pulmón, así que Olivia sonríe mientras se dirigen a una mesa del fondo. Observa a Sofía hablar con su amigo, que le da un rápido abrazo antes de acercarse a ella para tomar nota.

—Si cada vez que vengas vas a traer a gente tan guapa, puedes venir todos los días —dice su amigo cuando se detiene frente a Olivia.

—Y encima es lista, tío. Una joya —le responde Sofía, con una sonrisa ladeada y la ceja levantada.

Sofía se sienta a su lado, y deja su bolso y el abrigo en el contrario. Están en una mesa que hace esquina, así que cada una está sentada en un brazo del banco en forma de ele.

—¿Qué hay de ti? —Se interesa en cuanto les han servido las copas—. ¿Tienes pareja?

No había sido consciente hasta ese momento de que no se habían hecho esa pregunta y de que, tal vez, ella se está haciendo ilusiones y resulta que Sofía solo pretende ser maja y lo de tontear le sale solo. O, lo que es peor, le va a poner los cuernos a alguien con ella.

—No. Estuve en una relación durante un par de años, pero no superó el confinamiento. Acabé volviendo a casa de mis padres y de momento estoy bien así. No es la situación ideal porque a veces me siento como si volviera a tener quince años y me controlasen todo el tiempo, pero con todo lo del covid me daba mucho palo meterme a vivir en un piso compartido y ahora supongo que ya me he acostumbrado —añade la última parte con un encogimiento de hombros que la hace parecer adorable.

—El confinamiento fue un asco para muchas parejas. Nosotras lo llevamos bastante bien. O al menos eso pensaba yo, pero creo que a la larga también nos pasó factura. Llevábamos ya un par de años saliendo antes de mudarnos juntas y el covid nos pilló recién instaladas, así que fue un poco una juerga de sexo y mimos hasta que la cosa se hizo larga.

—¿No trabajaste durante el confinamiento?

—Sí, en remoto, pero tampoco había mucho que hacer. Sin eventos, sin conciertos, estrenos de películas o de teatro... —Se estremece al recordar la incertidumbre de esas semanas.

—Cultura era lo último que importaba, aunque era lo que más se consumía porque todos estábamos en casa viendo series y películas en Netflix, HBO o Movistar+ o leyendo libros como si se fueran a llevar las estanterías.

Ese comentario le recuerda a Olivia el encontronazo con el de Deportes, pero se niega a dedicarle un segundo a ese tipo cuando está con una chica inteligente, divertida y guapísima.

—¿Echas de menos tener pareja? —pregunta Sofía después de unos segundos de silencio.

—Emocionalmente, ahora mismo estoy bien como

estoy. No me apetece tener algo serio, solo conocer gente y divertirme. Después de cinco años, lo necesito. En la parte práctica, un poco. Era mucho más cómodo vivir con mi novia que compartir piso.

Adora el sonido de la risa de Sofía y cómo se le arrugan las comisuras de los ojos cuando lo hace de verdad.

—Estoy contigo. En todo. Lo de divertirme y lo del piso. ¿Te apetece cenar algo?

—Me gustaría mucho —reconoce, devolviéndole la sonrisa.

—Podemos quedarnos por aquí o... podemos ir a mi casa y pedir algo a domicilio. Mis padres están fuera de la ciudad este finde y tengo la casa para mí. —Sofía se sonroja y luego se echa a reír—. Dios, parezco una adolescente a la que han dejado sola.

Olivia lo piensa durante unos segundos, totalmente consciente de que la segunda opción puede suponer algo más que solo la cena. O quizá no.

—Lo de pedir comida me parece un buen plan.

Entra primero en el piso en el que Sofía vive con sus padres y observa todo con ojos curiosos, pero no le da tiempo a ver mucho porque, en cuanto escucha la puerta cerrarse, Olivia siente una mano en su muñeca, incitándola a girarse. Cuando lo hace, Sofía la empuja con suavidad contra la pared, inclina la cabeza y hace que sus narices se rocen. Olivia contiene el aliento, ansiosa y un poco nerviosa, y al darse cuenta de que su acompañante espera permiso para hacerlo, adelanta la cabeza y acorta la distancia que separa sus bocas.

Contiene un suspiro cuando siente la suavidad de sus labios contra los suyos y busca su estrecha cintura con las manos para acercarla un poco más. Se estremece al sentir cómo Sofía enreda los dedos en su pelo y araña suavemente su cuero cabelludo con las uñas al cerrarlos para aferrar algunos mechones y pegarla aún más a su boca.

Gime cuando Sofía desliza la lengua por sus labios antes de presionar suavemente. La suya sale al encuentro tan rápido como su cerebro reacciona y sonríe en mitad del beso en cuanto escucha un suspiro que no es suyo y el cuerpo que la presiona contra la pared se aprieta aún más contra la solidez a su pecho.

Ni siquiera es consciente de haber bajado las manos, pero se sorprende apretando los glúteos de Sofía mientras encuentran una postura más cómoda y placentera que incluye una de las largas piernas de Sofía entre las suyas y la deliciosa presión de su muslo.

—A la mierda —masculla Sofía y se aleja lo suficiente para poder quitarse los tacones.

Sin ellos y con las botas de Olivia, la diferencia de

altura no es tanta y sus cuerpos encajan mucho mejor en esa posición.

Se le escapa un jadeo y Sofía aprovecha que ha echado la cabeza un poco hacia atrás para comenzar a lamer su cuello. Siente sus dientes arrastrarse sobre su piel y luego sus labios succionar con suavidad sobre su yugular. Olivia no tiene suficiente con acariciarla por encima de los pantalones, así que sube una de sus manos hasta su torso y roza con los nudillos la suavidad de su estómago bajo el elástico del top.

Siente cómo Sofía se estremece bajo su tacto y presiona un poco más su muslo contra el sexo de Olivia. El jadeo esta vez es más alto y mucho más ronco y el tacto de la mano de Sofía sobre uno de sus pechos es una gloriosa tortura.

Tiene que contenerse para no gruñir de frustración cuando Sofía se aparta, la observa con la mirada oscurecida mientras se muerde el labio inferior, ahora hinchado y rojo, y sube las manos para desabotonar su camisa. Cada vez que los nudillos de Sofía rozan la piel de su escote siente que un escalofrío le recorre la columna vertebral.

—Llevo toda la noche deseando hacer esto —ronronea Sofía, volviendo a acercarse.

A Olivia no le da tiempo a preguntar porque, antes de que algún sonido salga de sus labios, Sofía se inclina y comienza a lamer la parte superior de uno de sus pechos, delineando el contorno de la puntilla del sujetador con la lengua mientras cuela la mano bajo la tela del otro hasta que sus dedos encuentran su pezón.

Olivia se arquea en busca de más contacto, cubriendo la mano de Sofía para indicarle la presión exacta que la vuelve loca. Enreda los dedos de la otra en la coleta rubia y tira de ella para obligar a Sofía a que levante la cabeza. Está increíble con la mirada desenfocada, las pupilas dilatadas, los labios hinchados y las mejillas sonrojadas.

La besa lento al principio, arrastrando la lengua por sus labios antes de dejarse caer en su boca y gemir cuando roza la de Sofía. Se le escapa un quejido al sentir el pellizco en su pezón y Sofía aprovecha el momento para hacerse con el control del beso.

Olivia se envalentona un poco y cuela los dedos bajo la tela del top hasta poder abarcar con su mano el pecho de Sofía, que gime contra su boca y deja caer un poco más su cuerpo contra el suyo para conseguir más presión de esa caricia.

—A la mierda la cena... —gruñe Sofía, cogiendo su mano y tirando de ella por el pasillo.

Olivia no protesta y la sigue, relamiéndose cuando ve la alta figura de Sofía frente a ella y piensa que en unos minutos va a poder acariciarla sin tanta tela de por medio. Se le hace la boca agua solo de pensarlo.

Apenas le da tiempo a echar un rápido vistazo al dormitorio de Sofía porque, en cuanto la puerta se cierra tras ella, vuelve a tener la boca de esa impresionante mujer sobre la suya y sus manos buscando piel bajo el tejido de su ropa. Olivia reacciona rápidamente y cuela de nuevo los dedos bajo el top de Sofía, pero esta vez con la clara intención de deshacerse de la prenda de una maldita vez porque está deseando ver qué hay debajo de él.

Rompen el beso el tiempo justo y necesario para que Olivia pueda pasar el top por la cabeza de su compañera y luego sus labios vuelven a encontrarse como si les atrajera un imán. Lleva sus manos a los pechos de Sofía, que jadea y enreda los dedos en su pelo para mantenerla pegada a su boca. Como si Olivia tuviera la más mínima intención de apartarse.

Boquea en busca de un poco de aire cuando Sofía se aparta y la contempla con la mirada febril y se muerde el labio inferior. Observa cómo la mano derecha de su compañera se cuela debajo de su sujetador y la aparta para descubrir su pecho. Al levantar la cabeza, las pupilas de Sofía se han dilatado un poco más.

Jadea cuando Sofía se inclina y lame su pezón, endureciéndolo al instante. Se aferra a su cintura y vuelve a colocar una pierna entre las de su compañera, que se balancea contra su muslo, gimiendo cada vez que sus cuerpos se encuentran en ese movimiento.

—Por favor... —suplica Sofía, levantando la cabeza y buscando sus labios antes de acabar la frase.

Se mueven por la habitación sin que Olivia sepa muy bien hacia dónde ir, pero le da bastante igual. Nada más sus piernas chocan contra algo sólido, Sofía se separa y sonríe, todo malas intenciones en la mirada. La blusa de Olivia se desliza por sus hombros y, antes de que toque el suelo, los dedos de Sofía están desabrochando sus vaqueros. Olivia imita sus actos y se encarga de los pantalones de cuero de Sofía, que gruñe cuando la tela no se despega de su piel con tanta facilidad como la de Olivia.

Así que hace lo que tiene que hacer, se agacha y tira de los pantalones por las largas piernas de Sofía. Aprovecha que ella patalea para terminar de quitárselos y se desata las botas que se quita mientras se pone en pie y se deshace de los vaqueros con un par de sacudidas.

Olivia se inclina y besa el escote de Sofía, apartando la tela de su sujetador para acceder a su pecho. Sonríe contra la suave piel al escuchar el jadeo que sigue al movimiento de su lengua sobre el pezón.

—Joder, sí... Me encanta...

Algo le dice que Sofía no es de las silenciosas durante el sexo.

Siente que Sofía le acaricia la espalda con las manos y luego la presión del sujetador desaparece. Deja caer los brazos en cuanto los tirantes descienden por sus hombros y se yergue para buscar los labios de Sofía. Gime tan pronto como la sensible piel de su pecho roza el encaje y lleva los dedos hasta el cierre de la prenda para librarse también de ella.

Las hace girar para que Sofía quede frente a la cama y la empuja con suavidad para animarla a sentarse. Olivia no se pierde ni un detalle de la elegancia de sus movimientos cuando se deja caer sobre el colchón y la mira con una ceja levantada, en una clara invitación.

Se inclina y tira del tanga de Sofía para deslizarlo por sus piernas y se le atasca el aliento en la garganta. Si no estuviera tan excitada, puede que sintiera algo de inseguridad porque Sofía es perfecta, pero no tiene tiempo de pensar en si sus caderas son demasiado anchas porque ve el deseo en sus ojos y le da igual todo lo demás.

Se quita las bragas, intentando parecer *sexy*, aunque no tiene muy claro que lo esté consiguiendo, antes de arrodillarse en el colchón e inclinarse para buscar la boca de Sofía, que tira de ella hasta que Olivia cubre su cuerpo. No dejan de besarse.

Olivia besa su mandíbula hasta llegar al lóbulo de su oreja, que mordisquea, antes de seguir su camino por su cuello. Acaricia los pechos de Sofía mientras su lengua desciende por su esternón y la lleva hasta su ombligo, no sin hacer una larga parada para dedicarle toda su atención a los pezones.

Acaricia sus muslos con la yema de los dedos, separándolos para acomodarse entre ellos y sigue recorriendo el cuerpo de Sofía con sus labios. Levanta la mirada hasta encontrar la de su amante y asegurarse de que está de acuerdo.

—Oh, joder. Hazlo de una vez o me voy a volver loca —murmura Sofía, poniendo una mano sobre su cabeza y empujando con suavidad para indicarle dónde la quiere.

Capítulo 6

Cuando salió el viernes por la tarde de casa, Olivia no pensó que pasaría casi todo el fin de semana fuera, así que se siente un poco como las jóvenes de las películas americanas haciendo el camino de la vergüenza ese domingo por la mañana mientras sube en el ascensor con la misma ropa que llevaba dos días atrás.

Por suerte, Olivia tuvo la lucidez de mandarle un mensaje a Candela para avisarla de que le había surgido un plan y no la esperara. No le apetecía que se preocupara cuando ella estaba pasándoselo realmente bien.

Se muerde la sonrisa al recordar todas las cosas que han hecho ese fin de semana al tiempo que mete la llave en la cerradura y la hace girar. Podría acostumbrarse a eso, aunque sabe que ha sido una suerte que los padres de Sofía no estuvieran en casa ese fin de semana y que no va a repetirse habitualmente, por lo que le ha dicho su compañera.

—Dichosos los ojos… —dice Candela cuando la ve aparecer en el salón—. Madre mía, si sigues sonriendo así voy a tener que ponerme las gafas de sol para mirarte —bromea su compañera de piso.

—Imbécil. ¿Qué tal por aquí?

No necesita que Candela hable para saber que no muy bien, solo hay que ver su gesto.

—¿Recuerdas lo de que iba a fregar antes de irse? —pregunta. Olivia asiente mientras deja el bolso y la cazadora sobre la mesa de la zona de comedor—. Fregó lo de principios de semana, el viernes, al poco de irte, salió con una mochila al hombro y no ha vuelto. El fregadero estaba lleno de platos que he tenido que dejar en una esquina para poder limpiar yo.

»Y no te lo pierdas. Puso otra lavadora que, por supuesto, tampoco ha tendido, así que esta mañana he tenido que sacarla. No me preguntes cómo lo he hecho sin tocarla con las manos, pero agradece que sea muy flexible y que tenga unas piernas fuertes.

A Olivia se le escapa una carcajada imaginando a Candela tirada en el suelo y sacando la colada con los pies para dejarla en otro sitio.

—No tiene gracia, Oli. Hay que hablar con ella.

—Lo sé. En cuanto vuelva, tendremos una conversación con ella.

—Si quieres poner la lavadora, ponla ahora antes de que regrese y nos la ocupe otra semana. Y, en cuanto acabes, me cuentas por qué has pasado el fin de semana fuera y vuelves con la misma ropa con la que te fuiste el viernes.

—Eres una cotilla —le grita desde la habitación.

—Se me ha pegado de compartir piso con una periodista.

Aprovecha que pasa por el salón de camino a la cocina para poner una lavadora y le saca el dedo corazón a Candela por el comentario. Sonríe al escuchar la carcajada de su compañera de piso a sus espaldas. Como ya le había advertido, en un rincón de la encimera hay un montón de platos y sartenes sucios, y en una de las sillas que casi no usan está la ropa húmeda que está dejando un olor rancio en la estancia que hace que Olivia tuerza el gesto.

—La cocina empieza a apestar —comenta cuando regresa al salón y se deja caer junto a Candela.

—Normal, la ropa lleva desde el lunes en la lavadora, debe estar ya la mayoría para tirar. ¿Quieres ver algo? —Candela señala la televisión y levanta una ceja, esperanzada.

—Venga. Esta tarde dejaré preparadas las comidas de la semana.

—La vida de adulto es una mierda, Oli.

Llevan un par de horas en la cocina, compartiendo risas entre fogones cuando la puerta se abre y se hace el silencio en el piso. Candela se seca las manos y sale a la entrada, donde Nora está mirando el móvil, con una mochila al hombro y una bolsa llena de tápers en la otra mano.

—¿Qué? —pregunta con tono borde Nora en cuanto ve a Candela asomar la cabeza.

—Empezamos bien… —masculla Olivia, más para sí misma que para que sus compañeras de piso la escuchen.

—No sé, tal vez que te pedimos que fregaras los platos y te has ido todo el fin de semana y dejado el fregadero lleno. Por no hablar de que tu ropa lleva desde el lunes en la lavadora y nosotras también tenemos que hacer coladas.

—Fregué lo que me pedisteis.

—No sirve de nada si no vuelves a fregar en tres días y lo acumulas y te piras, dejándonos la mierda a nosotras. —reprocha. Olivia nota que Candela se está calentando, así que decide intervenir.

—Mira, Nora, no vives sola y hay ciertas cosas que tienes que hacer para facilitar la convivencia. Las zonas comunes tienen que estar limpias y eso implica fregar los platos todos los días, tender la ropa en cuanto acaba la lavadora y limpiar la casa cuando te toca.

—Vosotras a veces también os dejáis cosas en el fregadero —replica Nora, levantando la barbilla en gesto retador.

—Sí, los fines de semana porque los podemos fregar a la mañana siguiente. No los dejamos cuatro días y nos piramos de fin de semana —le corta Candela.

—Lo recogeré antes de irme a dormir —claudica Nora y luego desaparece por el salón, de camino hacia su habitación.

—Para ser una estudiante de máster, se comporta como si fuera de primer año y no hubiera salido nunca de casa. ¿Cómo ha sobrevivido durante la carrera con el resto de sus compañeras de piso?

Olivia se encoge de hombros ante la pregunta de Candela. Está claro que con ese comportamiento no ha debido de llevarse muy bien con las compañeras de otros pisos en los que ha vivido. Y, si no recuerda mal, al poco de mudarse, Nora le dijo que llevaba estudiando en Madrid desde primero.

—Cuéntame algo alegre para que se me pase el mal humor... —pide Candela y Olivia sonríe, sabiendo lo que va a pedirle.

—¿Qué quieres escuchar?

—¿Dónde has pasado el fin de semana?

Olivia suelta un suspiro y vuelve a concentrarse en la

olla que tiene en el fuego para evitar que se le pegue mientras decide hasta dónde contarle a Candela.

—En casa de una compañera del periódico.

—¿Es guapa?

—Mucho, tía. Podría ser modelo sin problema, pero además es que es inteligente y divertida.

—¿Vais en serio? —Mira a Candela como si se hubiera vuelto loca.

—No, por supuesto que no. Además, acabamos de empezar a quedar.

—Pero... ¿te gustaría?

—Ahora mismo no me veo empezando una relación. Estoy bien así. Ella tampoco parece interesada en algo serio, así que solo es... divertido —responde, encogiéndose de hombros.

—Sexo sin compromiso. Es una buenísima opción.

Mete lo que está cocinando en un par de tápers y los deja en un rincón de la encimera para que se enfríen antes de meterlos en la nevera. Con eso ya tendría las comidas de toda la semana listas. Empieza a lavar la olla cuando se da cuenta de que Candela la está mirando fijamente.

—¿Qué?

—Ha debido ser buena si te has quedado todo el fin de semana.

Olivia se sonroja con el comentario.

No es pudorosa y no tiene ningún problema en hablar de sexo, al menos no con sus amigas o con su hermana, pero no sabe si tiene la suficiente confianza con Candela como para comentar su vida íntima. Aunque, si queda en más ocasiones con Sofía y sus padres están en Madrid, ambas acabarán en su habitación, con la consiguiente posibilidad de que Sofía y Candela se encuentren por el pasillo o saliendo del baño.

—Tú lo has dicho.

—Acabarás contándomelo —dice Candela con una carcajada.

Capítulo 7

En el trabajo, Sofía y Olivia se comportan como si el fin de semana no hubiera existido. Cuando coinciden en los descansos, hablan, se ríen y tontean como lo habían hecho hasta el momento, pero no hay caricias ni susurros al oído ni insinuaciones subidas de tono. No lo hablaron expresamente, pero las dos están de acuerdo en que lo que pase fuera del trabajo no entra en el periódico.

Sonríe nada más le llega un mensaje de Sofía preguntándole si le apetece ir a una fiesta el sábado por la noche. Es el cumpleaños de uno de sus amigos y ha alquilado el local en el que estuvieron tomando algo el viernes anterior.

La verdad es que no le vendría nada mal conocer a un nuevo grupo de amigos. Después de la ruptura con Valeria se ha alejado un poco de su círculo con tal de no saber nada de su ex y, aunque la mayoría se pusieron de su parte, no le apetece que su tema de conversación gire en torno a la pena que sienten por lo mal que se portó Valeria con ella.

—Oli, le he mandado un correo a Salva con el enlace del reportaje que quiero que ponga en la *home*, pero no me ha respondido y tengo una reunión con los de publicidad, ¿te importaría acercarte y presionarlo un poquito? —Alba está en la puerta, con una de las comerciales a su lado.

—A ti te hace más caso.

—Inténtalo. Si no lo pone, me acerco cuando salga de la reunión, pero cuanto antes lo suba, mejor para las visitas.

Le apetece tanto como que le arranquen las uñas de los pies con unos alicates, pero Olivia sabe que Alba tiene razón, así que se levanta y se arrastra hasta la sala en la que se encuentra la mayor parte de la redacción de la web del periódico.

—No me jodas...

Levanta la mirada para comprobar que la voz viene del tal César de Deportes. Otra vez. Está claro que él se alegra tanto de verla como Olivia de cruzarse con él.

—Salva, no me fastidies, la última vez la pusiste a ella —comienza a protestar incluso antes de llegar junto a la mesa del editor.

—Porque su reportaje era mejor que tu rumor, César. No empieces.

—Hoy no te traigo un rumor, te traigo información confirmada que aún no es oficial y que será un bombazo.

Olivia observa cómo César se acerca a Salvador y lo anima a abrir el correo. Odia la sonrisa de superioridad que se dibuja en la cara del de Deportes cuando ve cómo le cambia la expresión a Salvador.

—¿Confirmado? ¿Sin ningún tipo de duda?

—La fuente es muy fiable.

—Dame un par de minutos para que reestructure la *home* porque esto no puede quedarse abajo —le pide. Salvador levanta la cabeza y mira a Olivia con un gesto de disculpa—. Lo siento, Olivia, pero esto es importante. Recordádmelo más tarde, pero ahora mismo no puedo haceros un hueco.

—Si vas a rehacer...

—Luego, Olivia —la corta Salva.

Le encantaría borrarle la sonrisa de superioridad a César con un puñetazo, pero, como es más educada que él, da media vuelta y regresa a su pequeña redacción.

—A juzgar por tu cara, no has conseguido que nos pongan en la portada.

Tampoco le importaría darle un puñetazo a Tomás, ya que se pone.

—Siempre puedes intentarlo tú, si no es mucha molestia levantarte para algo que no sea escaquearte.

Tomás la mira con la ceja levantada y un gesto que pretende ser de ofendido, pero que no llega a serlo porque fingir supone demasiado esfuerzo para él.

—Paso. Además, Alba te lo ha encargado a ti. No me pagan para hacer tu trabajo.

—Te pagan por hacer el tuyo y no siempre lo haces, así que... —se inmiscuye Vega.

—No te equivoques, Vega. Yo hago mi trabajo. Ni más ni menos.

Vega abre la boca para responderle, pero Olivia le pone una mano en el brazo y la detiene. No le apetece tener una bronca con él. No es que Tomás no tenga razón, pero con el cabreo que tiene, seguramente no se controle y le diga cosas que no debería decirle.

—¿Qué te ha dicho Salva? —le pregunta Vega en un susurro.

—Al parecer los de Deportes tienen un notición y van a rehacer toda la *home*. Me ha dicho que se lo recordemos luego.

—En cuanto acabe de programar las redes, si no ha salido Alba de la reunión, me acercaré para recordárselo. ¿Te ha dicho algo el de Deportes?

—Solo se ha reído en mi cara.

—Ignóralo. Les encanta presumir de cuántas noticias han conseguido meter en la *home* cada uno y se pican. No tiene nada que ver con nosotras o nuestro trabajo, solo es ego de macho alfa. —Vega hace un gesto con la mano para restarle importancia.

Lo cierto es que no le sorprende lo más mínimo que los de Deporte hagan apuestas de ese tipo. Desde que tiene uso de razón, algunos tíos que conoce hacen competiciones sobre cualquier cosa. Lo de «medirse la polla» es una expresión bastante cercana a la realidad en algunos casos.

Aunque el César ese es bastante joven y debería empezar a tratarse lo de la masculinidad tóxica y lo de mirar a los de Cultura por encima del hombro.

Media hora después, Vega da una palmadita en la mesa y se pone en pie.

—Voy a por algo a la cocina. A la vuelta me paso por la redacción y se lo recuerdo a Salva.

Olivia niega con la cabeza y se pone en pie.

—Lo haré yo, no te preocupes.

Gruñe cuando ve a César junto a Salva al llegar frente a su mesa. Están riéndose, y el de Deportes parece orgulloso de sí mismo. No ha entrado a ver la *home* porque no quería cabrearse más, pero ahora piensa que tal vez debería haberlo hecho para saber cuál era el notición que los tiene tan felices.

—Salva... —llama al editor para que le preste atención,

ignorando el gesto prepotente de César—. Alba te ha mandado un mail antes de su reunión para...

—El reportaje, sí. Lo recuerdo. —Salvador toma aire profundamente y lo suelta muy despacio mientras hace *scroll* por la página—. Veré qué puedo quitar, pero os vais a quedar bastante abajo, tenemos una exclusiva y estamos redactando más noticias relacionadas, así que...

—Lo que importa... —interviene César, cruzándose de brazos.

—Ponlo lo más arriba que puedas. Es interesante y...

—Lo sé. Pero hoy es un mal día, Olivia. Díselo a Alba.

No sabe qué le cabrea más, si que su reportaje se pierda entre la marabunta de otras noticias al final de la *home* del periódico o ver la sonrisita de suficiencia de César, como si le hubiera ganado alguna batalla.

Se supone que trabajan en el mismo periódico y el fin debería ser ofrecerle al usuario la mejor información posible. Su reportaje es bueno, ha visto las reacciones en redes durante el fin de semana y a la gente le gusta. Solo quiere darle un poco más de visibilidad y ese tipo solo quiere quedar por encima de ella.

Sabe que no es algo personal, que el problema lo tiene con todo lo que no sea lo que él considera importante y que Cultura no entra, de ninguna forma, en esa categoría.

—Maldito *snob* —gruñe mientras se sienta.

—¿Te ha dicho que no hay hueco? —pregunta Vega cuando ve su gesto.

—Lo pondrá, pero abajo porque están sacando un montón de despieces de la exclusiva.

—Hostia. —Vega gira la pantalla para enseñársela a Olivia.

Hasta una negada para los deportes como Olivia es capaz de apreciar que esa noticia merece abrir la *home* y un par de despieces.

Suspira y se da por vencida, asumiendo que su reportaje pasará sin pena ni gloria por la portada de la web del periódico.

Lo único que le molesta es que la exclusiva sea de ese gilipollas prepotente.

Capítulo 8

Los amigos de Sofía son muy amables con ella. Intentan introducirla en la conversación, le hacen preguntas para que pueda participar y le aclaran las pequeñas bromas internas que a ella se le escapan.

No le importaría lo más mínimo salir con ellos más a menudo.

Por no hablar de lo cómoda que se siente porque no hay nadie juzgándola de entrada por no ser heterosexual. Algo que con el grupo de amigos de Valeria le costó meses, a pesar de que la propia Valeria es lesbiana y deberían estar acostumbrados a que les presentara mujeres que, obviamente, tampoco eran heterosexuales.

Siempre intentó convencerse de que era porque era la nueva y su educación, bastante conservadora, les impedía ver otras opciones con normalidad, aunque en el fondo latía la sospecha de una bifobia no muy bien disimulada.

Con el grupo de amigos de Sofía no tiene ese problema, de hecho, uno de sus colegas lleva una pulsera con la bandera bisexual, así que se siente cómoda desde el principio y puede que eso también ayude a que la conversación fluya con más naturalidad.

Sofía está bailando con Nando, el cumpleañero, cuando fija la mirada en Olivia y sonríe. Le devuelve el gesto y le da un trago a su bebida al verla soltarse del agarre de su amigo y caminar en su dirección.

Tiene el pelo despeinado y pegado al cuello por el sudor, la mirada chispeante, una sonrisa en los labios y las mejillas sonrojadas. A Olivia no le importaría nada desnudarla ahí mismo y enterrarse entre sus piernas hasta hacerla gritar de placer.

—¿Bailas conmigo, guapa? —pregunta Sofía con tono juguetón.

No es que se le dé demasiado bien bailar, pero no podría decirle que no si Sofía parece tan feliz de poder hacerlo con ella, así que coge la mano que le tiende y contonea las caderas mientras acorta la distancia que las separa. Rodea su cintura cuando están lo suficientemente cerca y levanta la cabeza para poder mirarla, pero Sofía lo toma como una petición, de modo que baja el rostro y besa sus labios.

Olivia no tiene ni la más mínima intención de quejarse sobre eso.

Está claro que el mérito de que no parezca un pato mareado en mitad de la pista de baile improvisada es de que Sofía esté llevándola y Olivia se limite a seguirla, balanceándose al ritmo de la música mientras se besan y se acarician distraídamente.

Le encanta hablar con Sofía, contarle las cosas que le preocupan, lo que le gustaría hacer en el futuro, comentar los libros que están leyendo... pero lo de frotarse a la vez que simulan bailar tampoco está nada mal. De hecho, Olivia había olvidado lo que era sentir el burbujeante deseo en el estómago cuando alguien te atrae mucho y estás en un lugar público en el que no está bien visto meterse mano como adolescentes.

Se agarra a las caderas de Sofía como si fueran una tabla de salvamento y se mueve más al ritmo que marcan ellas que al de la música. Se han ido acercando con cada canción que suena; da igual que sea algo más lento que lo último o lo penúltimo de Rosalía, porque no es capaz de seguirle el ritmo: la cuestión es rozarse con cada grave.

Agradece que la música acalle su gemido porque cuando Sofía baja la cabeza y la besa con toda la boca en ese punto bajo la oreja que le acelera el pulso, no cree que sea capaz de contenerse.

No lo hace conscientemente, es como si sus manos tuvieran vida propia, pero, a medida que Sofía deja besos en su cuello, sus dedos se cuelan bajo la tela de la camiseta de su compañera de baile, buscando piel y calor. Siente la boca seca, el corazón acelerado y la respiración pesada mientras el deseo que le burbujeaba en el estómago se desborda y empieza a cubrirlo todo.

Tiene que echar mano de todo su autocontrol para no bajar la mano hasta su muslo y deslizarla por la suave piel por debajo de la falda negra que Sofía se ha puesto esa noche. Ha perdido la cuenta de la cantidad de veces que ha deseado colarse bajo la tela esa noche, pero, ahora que su lengua ha dejado un reguero húmedo sobre su cuello, la necesidad es acuciante.

—Será mejor que pares si no quieres que demos un espectáculo —susurra al oído de Sofía cuando la música baja lo suficiente para no obligarla a gritar.

—Mis amigos no se impresionan fácilmente —la reta Sofía—. Aunque creo que no les apetecería mucho que te subiera a ese taburete y me metiese bajo tu vestido.

Sofía arruga el gesto en ese preciso instante y se endereza, aunque no aparta las manos de sus caderas.

—Mierda. Mis padres están en casa.

—Podemos... ir a mi casa. A mis compañeras de piso no les importará que lleve a alguien —propone, un poco dubitativa, aunque no sabe si por las ganas o por los nervios.

—Hecho. Coge tus cosas. Nos vamos.

Tiene el tiempo justo de agarrar su bolso y la cazadora de la pila en la que los ha dejado antes de que Sofía, que había abandonado sus cosas en una esquina de la barra, tire de ella de camino a la calle mientras grita un «buenas noches, cabrones», por encima de una canción de Bad Bunny.

Olivia busca en la *app* el tiempo que tardaría un coche en venir a recogerlas, pero, antes de que pueda decidirse por uno, Sofía levanta la mano y hace parar a un taxi que baja por Gran Vía. Se muerde la sonrisa cuando su acompañante abre la puerta y la deja pasar primero. Olivia le dice su dirección al conductor al tiempo que Sofía cierra la puerta y se acomoda a su lado.

Cierra los ojos y se obliga a respirar con normalidad mientras el coche atraviesa las calles de Madrid en dirección a su barrio. En momentos como ese echa de menos vivir más cerca del centro y no haber tenido que acabar en la periferia porque los alquileres son imposibles, pero es lo que hay, y más vale eso que nada.

Olivia nota cómo Sofía roza su mano discretamente con la suya en el hueco que hay en el centro del asiento trasero del taxi. Un escalofrío le recorre la columna vertebral y abre los ojos para fijar la mirada en su acompañante, que observa a través de la ventanilla como si todo fuera normal y no sintiese la electricidad que se ha creado en esa pequeña cabina con ese roce.

Le devuelve el toque, una caricia fugaz y superficial de su meñique contra el de Sofía, que deja escapar un sonido a medio camino entre un gemido y un suspiro mientras sigue con la vista clavada en los edificios que se deslizan a toda velocidad por la ventanilla. A Olivia no se le escapa el modo en el que se muerde el labio inferior y cómo su respiración se acelera un poco más al apretar los muslos.

Espera de verdad que ninguna de sus compañeras de piso esté en casa porque tiene pensado hacer que la espera merezca la pena.

Comprueba el taxímetro en cuanto el coche enfila su calle y prepara el dinero para dárselo al conductor en cuanto se detiene. Ni siquiera le dan tiempo a que pare por completo. Abren las puertas a la vez y le gritan un «buenas noches» al taxista a la vez. Olivia le hace un gesto con la cabeza a Sofía, señalando el portal, y acelera el paso para ponerse a su altura. Esta vez, cuando sus dedos rozan los suyos, Olivia los entrelaza.

Abre la puerta con el cuerpo de Sofía tan pegado a su espalda que puede sentir sus pezones erizados. Contiene la respiración al tiempo que se adentra en el piso y agudiza el oído para comprobar si le llega algún sonido. Se muerde la sonrisa porque todo lo que escucha es silencio mientras se mueve para hacer entrar a Sofía y cierra la puerta tras ella.

Sofía echa un vistazo a lo que se ve desde la entrada, parte de la cocina y el salón comedor, iluminado por la luz de la luna. Sonríe antes de bajar la cabeza y besarla, metiendo los dedos de una mano en su pelo y presionando su cuerpo de nuevo contra el de Olivia.

Tira de ella hasta su habitación, busca los altavoces a ciegas, escoge una *playlist* en Spotify y coloca el móvil en el soporte, por si alguna de sus compañeras regresa cuando ellas estén ocupadas. No quiere darles un espectáculo.

—Esta noche vas a tener que estar calladita —le advierte a Sofía mientras comienza a desnudarse.

—¿Hay alguien más en el piso? —Sofía tampoco pierde tiempo y desabrocha su falda, que cae al suelo tan rápido como se acelera la respiración de Olivia.

—No... de momento...

—Sé hacerlo bajito, no te preocupes —susurra Sofía, quitándose la camiseta y quedándose en ropa interior.

Los dedos de Olivia se pierden en el encaje al recorrer el triángulo del tanga de Sofía, que tira de su pelo para obligarla a levantar la cabeza con tal de poder besarla. Gimen en la boca de la otra conforme el dedo índice de Olivia se cuela un poco más profundo, encontrando humedad y calor.

Empuja a Sofía hasta que se tumba en la cama y se acomoda entre sus piernas en cuanto se ha deshecho de toda la tela que se interponía en su camino. Besa el interior de sus muslos y acaricia su estómago mientras asciende por sus piernas. Sonríe cuando la nota arquearse sobre el colchón y la ve morderse el labio para no jadear.

Ha tenido todo un fin de semana para saber qué cosas la vuelven loca, así que Olivia se siente segura al acercarse a su sexo y saca la lengua para darle un largo lametón que consigue que todo el cuerpo de Sofía se estremezca y sus manos se aferren a las sábanas con fuerza.

Recorre la zona despacio para provocarla, besando, chupando y mordiendo cuando el cuerpo de Sofía vibra de necesidad.

A pesar de la música, Olivia distingue con facilidad todos los sonidos que produce Sofía: los gemidos cuando lame sus labios, los jadeos al succionar su clítoris, los siseos mientras introduce un dedo en su interior y lo hace girar hasta alcanzar ese punto que lo hace todo más intenso.

Se frota contra el colchón como una adolescente porque no es capaz de apartar las manos del cuerpo de Sofía para darse un poco de placer, así que, en cuanto Sofía estalla y su cuerpo se recupera del orgasmo, tira de Olivia y la obliga a ponerse a su altura. Se besan lánguida y pausadamente durante algunos segundos hasta que su compañera decide que ha tenido suficiente y cuela una de las manos entre sus piernas y todo el cuerpo de Olivia se estremece.

No necesita más que unas pocas caricias y la boca de Sofía sobre sus pechos para alcanzar un clímax que la deja relajada y saciada.

Cierra los ojos y sonríe cuando nota el peso de la cabeza de Sofía sobre su hombro y su brazo alrededor de la cintura.

—En verano sería una mierda, pero ahora no me importa dormir acurrucaditas para caber en esta cama —susurra Sofía, y a Olivia se le escapa una carcajada.

La música suena de fondo y sabe que tiene que quitarla, pero está demasiado cómoda como para moverse, así que la deja hasta que escucha la puerta abrirse y unos pasos por el pasillo.

—Hostia, que esta está follando. —Escucha la voz de Candela, y Sofía esconde la cara en su pecho para ahogar la risa.

Solo entonces, Olivia suelta a Sofía y alarga el brazo para recuperar el móvil y cerrar la app, sumiendo la habitación en el silencio.

Capítulo 9

—¿Ha llegado Tomás ya? —pregunta Alba en cuanto sale de la reunión.

Vega y Olivia niegan con la cabeza. Observan a Alba gruñir y tirar la libreta y el bolígrafo sobre la mesa de malos modos. Es raro ver enfadada a la redactora jefe, al menos Olivia no la ha visto nunca de ese modo, así que tiene que haber un buen motivo.

—¿Podemos ayudarte nosotras?

—Tenía que haber acabado ayer un reportaje para subirlo a la web y ni me lo ha mandado ni está en borradores del editor ni nada. Como se le haya olvidado, lo voy a matar. Le prometí a Salva que tendríamos algo interesante para hoy porque la *home* está bastante despejada y podía darnos más visibilidad.

En ese momento, Tomás cruza la puerta a paso

lento y deja la mochila sobre la mesa antes de quitarse la cazadora. Las tres mujeres lo examinan como si estuvieran asistiendo a lo más extraño que hubieran presenciado.

—Llegas media hora tarde, Tomás. Al menos podías haber avisado.

El aludido se limita a encogerse de hombros al escuchar a Alba y sigue haciendo todo con normalidad. Olivia contempla a Alba, que observa a Tomás como si no pudiera creerse lo que ve y cruza una mirada con Vega antes de girarse a contemplar a Tomás.

No la ve, pero escucha cómo Alba toma aire profundamente y lo suelta con un bufido.

—Tendrás el reportaje que te pedí para hoy, al menos, ¿no?

—¿Era para hoy?

Esta vez Olivia sí se gira para examinar a Alba, que tiene los ojos muy abiertos, la boca fruncida y el gesto un poco desencajado.

—Por supuesto que era para hoy, Tomás. Te lo dije en la reunión, te lo apuntaste en tu libreta y te lo recordé la semana pasada. No me... fastidies. —Alba consigue controlarse en el último segundo.

—Pensé que era para la semana que viene. Tienes suerte de que lo dejara adelantado.

—Que tengo suerte, dice... —Alba cierra los ojos, respira hondo y sale de la redacción con paso rápido.

Regresa un par de minutos después, se planta en la puerta y llama a Tomás.

—Lo quiero montado para dentro de diez minutos. Mañana tú y yo tenemos una reunión.

—¿Solo nosotros? —dice. Olivia alucina con el morro que le echa Tomás la mayoría de las veces, pero esa mañana se está coronando.

—Tomás, ponte a trabajar de una vez —le gruñe Alba desde la puerta antes de dar media vuelta y volver a desaparecer.

Olivia mira a Vega, que le hace un gesto de *esta vez la has liado de verdad*, antes de volver a centrarse en su ordenador para continuar con su trabajo. Olivia lo intenta, pero le cuesta un poco más porque desde que llegó no ha entendido la dinámica de trabajo de Tomás.

Hace lo mínimo, la mayoría de las veces entrega los reportajes a destiempo o hay que echarles un ojo por si se ha colado algo porque a él no le ha dado tiempo a repasarlo. Por no hablar de la cantidad de veces que se ha limitado a copiar la misma nota de prensa, cambiando dos palabras e intentando colarla como un reportaje hecho por él.

La verdad es que le sorprende que Alba no le haya echado ya porque claramente entorpece el trabajo de todos y no es que les sobre tiempo para perderlo con él. Vega una vez le dijo que, siempre que le daba un ultimátum, él parecía reaccionar y entonces Alba pensaba que era una faena despedirlo, pero en cuanto las aguas se calmaban, Tomás volvía a lo de siempre.

Olivia lo hubiera echado sin despeinarse. Ya no es solo que no cumpla con su obligación, es que encima se ríe si ellas se esfuerzan o echan alguna hora de más para acabar algo que Alba necesita con urgencia. Y es maleducado. Se mofa cuando Alba le recrimina algo, farfulla entre dientes si le echa la bronca o se burla si a alguna de sus compañeras les sale algo mal; por no hablar del maldito grupo de WhatsApp que tiene con otros periodistas en el que, por lo que le han dicho, pone a caer de un burro a todos, especialmente a las mujeres.

Una joya, vamos.

Lo de que además tenga la mesa como un estercolero, vaya dejándose las cosas por ahí tiradas y hable con la boca llena, Olivia ya ni lo tiene en cuenta. No entiende cómo su familia lo aguanta.

—¿Se ha levantado con el pie izquierdo hoy la jefa o es que le ha bajado la regla?

—Eres tonto, Tomás —le espeta Vega sin molestarse en girarse, pero con gesto de asco en la cara.

—¿Ahora qué he dicho?

—Calla y acaba eso antes de que Alba vuelva.

Solo lo está mirando de refilón, pero le basta para verlo abrir y cerrar la boca, como si hubiera estado a punto de decir algo, pero hubiera cambiado de opinión. Olivia suspira, aliviada, porque no le apetece que la despidan por meterle la zapatilla en la boca para callarlo.

A pesar de que tiene trabajo que hacer que le corre más prisa, Olivia se pone a repasar el reportaje que tiene que entregar en un par de días para tenerlo listo en caso de que, al regresar Alba, Tomás aún no haya acabado o el resultado no sea el que se espera.

Es un poco estresante trabajar así. Si no fuera por Tomás, ese sería el puesto de sus sueños. Escribe de cosas que le encantan: teatro, cine, moda, música, literatura... y dos de sus tres compañeros son fabulosos. Además, se lleva bien con los chicos de Informática y con los de Cultura del periódico, por no hablar de Sofía, claro.

Pero los tipos como Tomás o como el tal César, aunque sean distintos, la sacan de quicio y crean un ambiente de trabajo incómodo.

Le lanza una mirada a Vega, que responde con un gesto de la mano para indicarle que hablarán después. Llevan retrasando la comida para ponerla al día de los cotilleos demasiado tiempo, va siendo hora de remediarlo.

Lo que le faltaba para completar el día es encontrarse un montón de envases de galletas y *briks* de zumo vacíos sobre las mesas de la sala de descanso cuando va a tomarse un café a media mañana.

Le queman las manos por las ganas que tiene de quitar todo eso de en medio, pero se niega porque la gente tiene que hacerse responsable de lo que ensucia.

Está frente a la máquina de café, esperando a que termine de preparar su capuchino, cuando Sofía y una de sus compañeras entran en la sala. Escucha el gemido de sorpresa y asco nada más atravesar la puerta.

—Ya estamos otra vez. Esta panda no aprende. Me tienen hasta las narices —gruñe la compañera de Sofía.

La ve sacar el teléfono, hacer un par de fotos y comenzar a teclear en el teléfono con dedos ágiles y precisos.

—¿Vas a mandar un correo al grupo? —pregunta Sofía.

—Faltaría más.

—¿Al grupo? ¿Sabéis quiénes han sido?

—Los informáticos crearon un grupo para todos los empleados. No suele usarse a menos que sea para anunciar fiestas, celebraciones, cumpleaños y cosas de esas. También para llamar cerdos a los que dejan las salas de reuniones sucias después de comer o los que dejan el comedor hecho una mierda. Como es el caso —le aclara Sofía—. ¿Nadie ha mandado nada desde que estás trabajando aquí?

Se encoge de hombros y niega con la cabeza. Si alguien lo ha hecho, ella no se ha enterado.

—Pues hoy vas a saber de qué se trata. No es la primera vez que esto aparece así. A veces se juntan algunos, todos acostumbrados a que sus parejas o sus padres recojan la mierda que van dejando atrás, y el resultado es lo que ves.

Efectivamente, al regresar a su mesa, en la bandeja de entrada tiene un correo con un tono bastante borde para recriminarles a quienes hayan dejado el comedor en esas condiciones que no han recogido lo que se han dejado tirado.

Cuando regresa a la sala de descanso para comer, todo está impoluto y Olivia sonríe porque al menos han tenido la decencia de hacer caso y no ignorarlo como si no fuera con ellos.

Capítulo 10

Diría que le sorprende que la sala de descanso esté limpia, pero lo cierto es que, desde que la compañera de Sofía envió ese mail para quejarse de lo cerdos que son algunos y algunas, nadie ha vuelto a dejar nada fuera de su sitio.

Así que se acerca a la máquina de café para pedirse un capuchino cuando escucha voces que se acercan por el pasillo, haciéndose más fuertes al abrirse la puerta. No necesita girarse para saber que uno de los que acaba de entrar es el tal César. No lo reconocería ni bajo tortura, pero se endereza y cuadra los hombros para parecer más segura.

—Carne fresca por estos lares...

Olivia arquea una ceja y mira por encima de su hombro al hombre que acompaña a César. Es un tipo mayor, seguramente a punto de jubilarse, con ese gesto en la cara de *señoro* baboso y machista; y sus palabras así lo confirman.

—Paco, no te pases. Las mujeres no son un trozo de carne.

Esta vez es ella la que arquea la ceja con sorpresa porque no esperaba que el tal César le parara los pies a su colega. No es que su opinión sobre él vaya a mejorar mucho, pero ha ganado un par de puntos.

—Es una forma de hablar. En mis tiempos...

—En tus tiempos, Paco, el periódico se hacía aún con tipómetro.

—No soy tan viejo, César —gruñe el tal Paco, ofendido.

—Solo lo son tus ideas.

—Será mejor que venga luego. Se me han quitado las ganas...

Y, sin decir nada más y con gesto indignado, el tal Paco da media vuelta y sale de la sala de descanso, dejando a Olivia con César. No es mejor que estar sola, pero no es tan malo como estar con el señor Paco y sus ideas del año dos. Aunque si el tal César piensa que se lo va a agradecer, está muy equivocado.

—No le hagas mucho caso. En el fondo es buena persona, pero sigue pensando que las mujeres deberían estar en casa cuidando de los niños.

—Para mí alguien que piensa eso de las mujeres no puede ser buena persona —lo corta. Si ese es el concepto que el tal César tiene de no ser un capullo, apañados van.

—¿Todos los de Cultura sois así o solo he tenido mala suerte?

Esta vez Olivia se gira y clava la mirada en César. Nota cómo el enfado le bulle en el estómago y se extiende por sus venas, cada vez más rápido, al tiempo que se le acelera el corazón.

—Así, ¿cómo?

—Como si fuerais mejores que el resto. Con esa superioridad. «Nosotros hablamos de cosas trascendentales. De Arte» —añade las últimas frases, fingiendo un tono grave y pedante mientras arquea una ceja y levanta el rostro, arrogante.

—Yo no me creo mejor que nadie; en todo caso, eres tú el que siempre ningunea nuestro trabajo. Yo a eso sí lo llamo tener aires de superioridad.

—¿Sigues enfadada por la pelea por el hueco en la *home*? Salva te puso a ti, no sé de qué te quejas...

—Me quejo porque, independientemente de qué reportaje pusiera Salva en la portada, tu comportamiento fue una mierda. No todo gira en torno al fútbol, ¿sabes? A la gente le gusta saber más de otros muchos temas.

—Pero el fútbol es lo que más visitas trae —se jacta César.

—Eso no significa que nuestro trabajo sea peor o menos digno y que requiera menos esfuerzo. Pero no estás preparado para esa conversación —dice la última frase antes de girarse y recoger el capuchino que sigue en la máquina, esperando a que se lo beba.

—No fastidies, ¿Olvido?

Olivia le lanza una mirada asesina por encima del hombro antes de darle un sorbo a su café. Se toma un par de segundos para decidir si sacarlo de su error o dejar que siga haciendo el ridículo. Le puede más la primera opción, más que nada porque no le apetece que la llame *Olvido*.

—Olivia.

—Eso, Olivia. Cualquiera puede escribir sobre lo que sea que estáis tratando ahora.

Eso sí que la enfada. Se gira para enfrentarse a él.

—Y luego tienes los cojones de decir que los de Cultura tenemos aires de superioridad. En este país hasta el más cuñado sabe de fútbol, chaval, así que no pienses que lo tuyo es tan especial. Hasta yo, que no veo un partido, a menos que me vea obligada bajo tortura o chantaje, sabría escribir una crónica.

—¿Eso crees? —César sonríe de medio lado y Olivia tiene que reconocer que el tipo es guapo. Gilipollas, pero guapo.

No es el tipo de belleza convencional al que todos están acostumbrados, pero el conjunto es atractivo. Atrayente. Es una pena que sea imbécil.

—Te apuesto algo a que soy capaz de escribir sobre... —César se lo piensa durante un par de segundos antes de continuar— desfiles o lo que coño hagas tú mejor que tú sobre la crónica de un partido de fútbol.

—Chaval, yo hago mucho más que escribir sobre moda. De hecho, de eso es de lo que menos hablo. Porque nosotros tocamos varios palos.

—¿Te crees que yo solo escribo sobre fútbol? Me encantaría verte escribir sobre golf o... —hace un movimiento con la mano para darse tiempo a pensar— boxeo.

—El boxeo no es un deporte, es la excusa para que dos tipos se revienten el cerebro para diversión de los cuatro flipados que aún siguen ese entretenimiento digno de un circo romano.

Ignora el brillo divertido y aceptación que ve en los ojos de César porque no le apetece estar de acuerdo con él en nada.

—Piragüismo.

—Hecho.

No tiene muy claro lo que está haciendo, aunque tiene la sospecha de que cuando lo piense un poco mejor se arrepentirá de haberlo dicho.

—¿Hecho? ¿A qué...?

—Tú escribes sobre moda, teatro, cine, exposiciones. Yo de fútbol y piragüismo —lo corta y se arrepiente en cuanto acaba la frase.

Aún más en cuanto ve cómo se ensancha la sonrisa de César y su mirada se afila tanto que podría cortarla en dos si ella no fuera dura como una piedra.

—Me parece bien.

El teléfono de César suena en ese preciso instante y él tuerce el gesto mientras rechaza la llamada y se acerca a la máquina para sacar el café que Olivia intuye que iba a tomarse. Lo ve escribir un mensaje, entretanto se llena el vaso y espera a que se vaya para poder darse de cabezazos contra la pared por ser tan bocazas.

—Ahora tengo que irme, tengo que coger la llamada, pero mañana concretamos los detalles y el premio.

—¿Premio?

—Por supuesto. No pensarías que voy a tomarme la molestia de escribir sobre todo eso si no gano nada a cambio, ¿no?

—Si estás pensando en... —Da un paso atrás, dejando la frase en el aire.

—No soy un hijo de puta. Si quisiera acostarme contigo, que no quiero, no te obligaría a hacerlo como pago a una apuesta. No me llevo a la cama con nadie que no vaya por voluntad propia.

No debería molestarle que a César no le interese acostarse con ella, pero le fastidia el tono con el que lo ha dicho, aunque entiende su punto de vista y lo agradece.

—Entonces me parece bien porque no tengo ningún interés en meterme en tu cama.

—Nos vemos entonces mañana, Olivia.

—No lo dudes, ¿Brutus?

—Ahí has estado rápida.

Agradece que, como despedida, el tal César no le guiñe el ojo porque ha tenido suficiente por ese día.

Capítulo 11

No ha cerrado la puerta de su habitación, ni se ha quitado el bolso ni la chaqueta y ya está marcando el teléfono de su hermana. África responde al tercer tono y solo de escuchar su voz cantarina a Olivia se le dibuja una sonrisa en el rostro.

—¿Qué pasa, peque?

Cuando era más joven odiaba que la llamara «peque», pero ahora la hace sentirse en casa que lo haga. Claro que eso África no tiene por qué saberlo.

—¿Cómo va todo por ahí, Afri?

—Te echamos de menos, Oli —confiesa su hermana. Olivia traga saliva para deshacer el nudo que tiene en la garganta. Echa tanto de menos a su familia, sobre todo desde que las cosas con Valeria se fueron a la mierda, que se promete que va a sacar un hueco para bajar a verlos antes de Navidad.

—Y yo a vosotros.

—Lo sabemos. Espero que te escapes pronto.

—En cuanto me organice, pero antes de Navidad cojo el tren.

—Más te vale. ¿Para qué me llamas, peque? ¿Ha pasado algo? —La voz de su hermana suena preocupada.

—Solo quería hablar contigo. Hoy ha sido un día extraño. En realidad, ha sido una semana complicada.

—¿El tal Tomás otra vez?

Aunque no hablan tanto como le gustaría, intercambia mensajes con África constantemente, así que su hermana está al tanto de lo que le pasa; especialmente cuando tiene un mal día en el trabajo o tiene un ataque de nostalgia al recordar a Valeria y lo que dejó atrás al romper su relación.

—No. Creo que me he metido en un embolado.

—¿Qué has hecho, Oli?

Olivia le cuenta el encontronazo con César, y que se ha enzarzado con él como si fuera la primera vez que trata con alguien así y, finalmente, la apuesta en la que se ha metido.

—¿Perdona? ¿Me estás diciendo que vas a tener que ver varios deportes y luego hacer crónicas? Estoy por pedir una excedencia en el trabajo y subir a Madrid para asistir a ese espectáculo en primera fila.

—Imbécil. ¿Por qué me he metido en este fregado?

—lloriquea, dejándose caer en la cama como si de un drama cinematográfico se tratara.

—Porque no puedes soportar las injusticias y ese tipo tiene pinta de ser bastante gilipollas.

—Ese es el caso, que todo el mundo que lo ha tratado dice que es un encanto, pero las pocas veces que me lo he cruzado ha sido un capullo conmigo, y sin tener ningún motivo. No creo que dar argumentos para defender que nuestro reportaje era más interesante sea suficiente motivo para que me odie sin conocerme.

—A saber lo que le dijiste, que sé cómo eres y a veces te pasas de intensa. —Puede imaginar a su hermana mirándola con la ceja levantada y ese gesto de *te lo dije* en la cara.

—Esa vez no lo fui, Afri. Te lo juro.

—Te creo. Entonces... ¿cómo vas a hacerlo?

—No tengo ni puta idea —confiesa—. ¿Crees que papá podría ayudarme?

—Oli, cariño, tú has visto a papá viendo un partido. ¿En serio crees que vas a conseguir que te explique algo coherente cuando lo único que sabe hacer es gruñirle a la tele cada vez que hay veinte tipos en calzoncillos dándole patadas a un balón?

—Son veintidós —la corrige.

—Mira, si al final vas a saber más de lo que pensaba.

—Qué idiota eres, por favor... Pero tienes razón. No es

buena idea pedirle ayuda a papá. Le puede dar una embolia si lo interrumpo en mitad de uno de sus monólogos de gruñidos.

Su padre es la persona más futbolera que conoce; no se pierde ni un partido, aunque sea de la liga japonesa, si es que existe. Durante las Eurocopas o los Mundiales en su casa no se podía hacer nada que no fuera despejar la salita para que él se viera todos los partidos del tirón y, cuando acababan, los reportajes y las repeticiones de encuentros míticos.

Olivia siempre ha pensado que una parte de su rechazo hacia el periodismo deportivo deriva de la cantidad de horas que el deporte la privó de pasar tiempo con su padre siendo una niña y lo pesado que se le hacía soportarlo de adolescente cuando lo único que quería hacer era tumbarse a ver series en las que los protagonistas eran guapísimos y vivían maravillosas historias de amor antes de ir a la universidad.

—¿Ninguno de tus amigos es futbolero?

Olivia repasa mentalmente a sus amigos y va tachando sus nombres de una lista imaginaria.

Sus amigos, los que conoció en la universidad o los que ha ido haciendo fuera del círculo de Valeria, no es que sean muy dados al deporte, más allá de ir al gimnasio un par de veces por semana. En realidad, tiene un par que viven entre pesas y máquinas de musculación, pero los quiere de todos modos, incluso cuando se ponen pesados con los batidos de proteínas.

—No se me ocurre ninguno que sepa decirme la diferencia entre un fuera de juego y un triple —responde al fin.

—Sabes que estás hablando de dos deportes diferentes, ¿verdad?

—No soy tan negada, Afri. Un poquito de confianza. ¿Crees que puedo convencerlo para hacer las crónicas de gimnasia artística, rítmica, patinaje, natación sincronizada y saltos de trampolín?

—De un partido de fútbol no te libras. Ni tampoco de uno de baloncesto.

Vuelve a lloriquear, esta vez poniendo un poco más de énfasis y sentimiento para que quede clara su postura.

—Solo me consuela saber que él debe estar igual de perdido. No sabría diferenciar un Tom Ford de un Versace, por no hablar de apreciar el lenguaje oculto de *Red* y *Luca*.

—¿Crees que es uno de esos que piensa que Disney se está vendiendo al *lobby* gay y sigue la Agenda 2030 para hacer que todos seamos LGBTIQ+? —pregunta su hermana, con ese tono conspiranoico que tanto le gusta.

—A su favor he de decir que entró en la sala de descanso con uno que me llamó carne fresca y prácticamente lo llamó gañán. Así que espero que no.

Dedican la siguiente media hora a ponerse al día de

lo que está pasando en su familia y con sus amigos y, de nuevo, Olivia se da cuenta de que hace demasiado tiempo que no baja a verlos. Daría cualquier cosa por poder pasar una noche con sus amigos visitando sus *pubs* favoritos y bailando hasta que le duelan los pies, a pesar de llevar zapatos cómodos.

—¿Qué tal tus amigos de Madrid?

Algo en el tono de África activa sus alarmas y se pone en guardia. Pasa algo y su hermana no sabe cómo decírselo.

—Afri, que nos conocemos. Suéltalo sin más, lo acabarás haciendo de todos modos y así nos ahorramos el rodeo.

—¿Has visto las redes sociales de Valeria?

Se le pone un peso en la boca del estómago al escuchar de nuevo ese nombre en boca de su hermana.

—No. La bloqueé en todas. ¿Qué quieres que sepa?

—Ha colgado una foto besando a su nueva novia. La chica con la...

—Me puso los cuernos. Bien por ella. —No se molesta en fingir alegría, aunque tampoco en aparentar un enfado que ya no siente.

—¿No te molesta?

—Afri, ya lo he superado. Lo descubrí hace meses y ya he pasado por la rabia, la tristeza, el enfado y la aceptación. Valeria ya no está en mi vida. No la echo de menos, no me duele. Ya no.

—¿Ni siquiera que haya sido con ella?

Olivia lo piensa durante algunos segundos y toma aire antes de soltarlo despacio y atreverse a responder.

—Fui muy consciente desde el momento en el que lo supe de que lo suyo no había sido cosa de una vez; llevaban tiempo juntas y, por eso, rompí con Valeria. Prefiero no saber cuánto estuvo engañándome, no porque me moleste o me duela, solo que no quiero sentirme tonta por no haber captado las señales —confiesa.

—Encontrarás a alguien.

—Tampoco pasa nada si no lo hago. Estoy bien sola, Afri. No te preocupes por mí.

—Soy tu hermana mayor, por supuesto que me preocupo por ti. —El tono suave y dulce de África consigue que las lágrimas acudan a sus ojos.

—Sabes que te quiero mucho, ¿verdad?

—Por supuesto. Soy la mejor hermana mayor de la historia.

Suelta una carcajada que está segura de que ha obligado a su hermana a apartarse el teléfono de la oreja.

—Dios, cómo te quiero.

—Te repites, peque. Pero yo también a ti —añade África al final, con un tono cálido—. Tengo que dejarte, me están preparando la cena y huele genial.

—Dale un beso a mi cuñado de mi parte.

—Se lo daré. Cuídate y ven pronto, Oli, por favor.

—Mañana busco billetes y te digo algo.

Se queda con el teléfono sobre el pecho durante algunos minutos después de colgar la llamada, sintiendo la nostalgia que siempre la invade cuando habla con su hermana. Quiere mucho a sus padres, pero siente adoración por África y sabe que el sentimiento es mutuo. Eso la hace sonreír por la suerte que tiene de que esté en su vida.

Capítulo 12

—¿Cuál es tu propuesta? —suelta César en cuanto abre la puerta y se la encuentra en la sala de descanso.

La pilla tan por sorpresa que Olivia se queda mirándolo con la boca abierta y el vaso de capuchino suspendido frente a su boca.

—¿Cuál es la tuya?

—Yo pregunté primero.

Suelta una carcajada. Así que es de esos que no se preparan nada antes de una presentación y les preguntan a sus compañeros qué han hecho ellos para coger ideas. Ha tenido suerte, porque Olivia es de las que se lo prepara todo a conciencia, sobre todo si su orgullo y su reputación están en juego.

Para dramática ella.

—He pensado que podrías hacer la crónica de la gala

de los Oscar... Con todos los despieces que la acompañan, por supuesto.

—Por supuesto. —César pasea la mirada por la máquina de café, como si hubieran cambiado las opciones que ofrece—. ¿A cuántos despieces te refieres exactamente?

Olivia deja el vaso sobre la mesita y comienza a enumerar con los dedos.

—Alfombra roja, análisis de todas las películas nominadas a la categoría principal; repaso de las carreras de los ganadores a actor y actriz principal y secundario, también de la del director; los candidatos españoles nominados; mejor canción y banda sonora, las actuaciones musicales de la gala, los grandes perdedores... y los memes. Muchos memes. A la gente le encantan.

»Nada superará los de Leo DiCaprio antes de ganar su primer Oscar, pero siempre hay algunos muy buenos.

»Y, después del incidente entre Chris Rock y Will Smith, uno de los momentos más incómodos de la historia, siempre tienen tirón.

—¿Todo eso de una gala de entrega de premios?

Olivia mira a César como si fuera más tonto de lo que ella había pensado, y tiene que contenerse para no poner los ojos en blanco.

—Hay muchas disciplinas implicadas en esa «entrega de premios». —Hace comillas con los dedos al pronunciar esas palabras—. Si alguna de las ganadoras es una adaptación solemos hablar del libro, para lo que tienes que habértelo leído y saber si es fiel o libre. Si es de una obra de teatro y no está en cartel en Madrid, la lees o ves alguna grabación que se haya hecho.

Para entonces César parece un poco sobrepasado y Olivia tiene que contener la sonrisa porque le apetece gritarle un «te vas a cagar, chaval», pero sus padres la educaron para que no hiciera leña del árbol caído. Además, está segura de que él se la jugará de alguna forma.

—Tu turno —lo anima.

Está deseando verlo tartamudear, intentando buscar en su memoria algo que suponga un reto al nivel del que ella acaba de poner sobre la mesa.

—Los acontecimientos deportivos de un fin de semana. Ya sabes: fútbol, baloncesto, balonmano, tenis, golf, fórmula 1, motociclismo, ciclismo...

Si ha de ser sincera, esperaba algo como una jornada de los Juegos Olímpicos, así que ni tan mal; aunque la agobian deportes como el golf, de los que no sabe absolutamente nada.

—Algunos de esos deportes no están en temporada...

—No he dicho que vayas a elegir tú el fin de semana. Escogeré uno de aquí a los Oscar.

Olivia abre la boca y vuelve a cerrarla mientras entrecierra los ojos y lo fulmina con la mirada...

—Eso es jugar sucio. Quiero saberlo ya, yo te he dado un evento con fecha y lugar, no puedes...

—Te lo daré antes, para que puedas saber qué deportes tienes que seguir, pero aún no lo he pensado. Quiero uno en el que haya... variedad.

Sabía que se la iba a jugar. Ha hecho muy bien en buscarle algo tan complejo y completo como los Oscar. Va a tener que sudar tinta para hacerlo todo, tanto como ella para ponerse al día con tanto deporte.

Aunque bueno, de eso trata precisamente esa maldita apuesta.

—Espero que reces para que no haya ninguna circunstancia excepcional como el *Me Too* o una guerra, porque ya sabes que los artistas son muy reivindicativos y eso siempre hay que destacarlo. Y los discursos; sobre todo si está Viola Davis o Leo DiCaprio. Son muy de poner en pie al auditorio.

Si César quiere jugar, Olivia está dispuesta, y también sabe cómo hacerlo.

—Estás disfrutando —aventura César.

—Tanto como tú.

—Te lo concretaré el fin de semana antes del viernes para que te organices y te prepares.

—Lo colgaremos en un blog y dejaremos que dos compañeros de Cultura y otros dos de Deportes los lean y los puntúen.

—No pueden ser del departamento —la corta César—. Dos de Deportes de la web y dos del periódico de Cultura.

—Tú también trabajas para la web.

—No te equivoques, solo para las exclusivas. No tengo mucha relación con ellos más allá de intercambiar algo de información. No pretenderás que saquemos esto del periódico y tengamos jueces de otro medio...

Niega con la cabeza. No tiene ninguna intención de que eso se haga más grande de lo que es.

—Trato hecho —concede.

—No tan rápido. El premio.

—Me sobra con que dejes de tocarme las narices y mirarnos por encima del hombro como si fueras mejor que nosotras.

—¿No es eso precisamente lo que hacéis vosotros? —César tiene una ceja arqueada y gesto sorprendido.

—¿Qué propones?

—Si gano, vendrás a un partido en el Bernabéu conmigo.

Sabe que está poniendo cara de desagrado por la forma que tiene César de reírse.

—Cuando gane, verás conmigo los Grammy y los comentarás, alfombra roja incluida —contraataca.

—¿Eso cuántas horas dura?

—El partido de fútbol tampoco es solo los ciento ochenta minutos de juego, así que no me toques la moral. Que los Grammy los vemos cómodamente en el salón, calentitos y solos.

—Si quieres pedirme una cita, solo tienes que decírmelo, Olivia.

—Por favor… —Espera no haberse pasado con los ojos en blanco porque tampoco es plan de ofenderlo.

César se lo piensa durante unos segundos, apurando su café y tirando el vaso a la papelera en cuanto lo termina.

—Está bien. Me parece bastante justo. Yo pongo la entrada para el partido. Tú las palomitas, las guarrerías y mucho alcohol.

—Entradas y una cerveza al menos para el partido.

—Hecho.

César le tiende la mano. Olivia la mira, luego de nuevo la cara de su compañero, y al final la estrecha.

—Hecho. Quiero esa fecha antes del viernes o…

—No te lo voy a poner tan fácil, Olivia. El viernes lo tendrás en tu correo.

Olivia da media vuelta y sale del comedor con un remolino de emociones en el pecho. No sabe si acaba de cometer una locura, pero es muy tarde para echarse atrás, así que camina con decisión.

Va a darle una paliza, aunque suponga pasarse más horas delante de la tele que su padre durante los Juegos.

Capítulo 13

—Yo estoy contigo —grita Sofía para hacerse oír por encima de la música.

Están sentadas en una terraza con algunas compañeras del trabajo. No lo han planeado: alguien ha preguntado a media mañana a quién le apetecía ir a comer después de trabajar y la cosa se les ha ido un poco de las manos.

Han comido, merendado, cenado y han empezado con las copas.

—A esos señores hay que pararles los pies de tanto en tanto. Y mira que a mí César me cae de puta madre —añade Sofía—, pero ya está bien de pensar que somos la última mierda del periódico solo porque el fútbol mueva millones.

—Por no hablar de la doble vara de medir. Está de puta madre que un señor llore a las puertas del Camp Nou porque Messi se pira del Barcelona, pero se ríen de las chicas que lloran porque han conseguido entradas para un concierto de Harry Styles —comenta Vega, indignándose mientras habla.

—No me lo recuerdes. El otro día iba por el pasillo y escuché a unos riéndose porque una chica lloraba cuando le traían el Mc-lo-que-sea de un cantante y a esos mismos tíos los he visto llorar como niños al fallar un gol su equipo de fútbol. Te tienes que reír —se burla Raquel, una de las compañeras de Sofía, haciendo que todas asientan con la cabeza.

—La otra opción es arrancarles la cabeza y está penado por ley —sentencia Sofía, levantando su copa para que todas brinden con ella.

—Yo me ofrezco para leer lo que escriba César. Soy imparcial como Suiza —vuelve a hablar Raquel—. César me cae bien y Oli es de las nuestras.

—No sé yo si eso es exactamente ser Suiza, pero *pa'lante* —responde Olivia, guiñándole un ojo a Raquel.

—¿Os habéis enterado de la última movida? —pregunta Carmen, la redactora jefe de Sofía.

—¿Cuál de todas? Que a la velocidad que pasa todo en ese sitio yo me pierdo. —Vega se inclina para dedicarle toda su atención.

—Al parecer, algunas comerciales y dos de las chicas de

Ciencia están en guerra. Por lo visto tienen una competición a ver quiénes son más vagas y más zorras.

—Déjame adivinar, las de Ciencias son Emilia y Lola —interrumpe Sofía.

—Bingo. Todas aquí sabemos cómo se las gastan esas dos...

—No tengo ni idea de quiénes son —se lamenta Olivia.

—Claro que sabes quiénes son. ¿Recuerdas que al poco de empezar me dijiste que había una chica que te observa como si le cayeras mal o estuviera oliendo mierda? —pregunta Vega.

—Cómo olvidarla. Parece que le he robado al gato o matado a sus retoños.

—No es personal, Lola nos mira así a casi todas —interviene Alba.

—Menos a Emilia. Son *best friends forever*. Hasta que no se sirvan y se apuñalen por la espalda. —Raquel bufa y se aparta el pelo de la cara mientras habla.

—Pues resulta que nuestra querida amiga Emilia, durante una reunión con el editor, le dijo que las comerciales fichan y luego se piran a desayunar fuera y tardan horas en volver —comenta Carmen.

—Lo que es cierto —interrumpe Alba—. Pero es muy feo que te chives de unas compañeras.

—Sobre todo si tú precisamente no haces ni el huevo.

Porque cuando yo estaba en Madrid tenía su ordenador justo enfrente y se pasaba más horas mirando tiendas *online* que trabajando. Que no me toque las narices. Y la otra igual, que con la excusa de que actualiza los reportajes con las novedades de las investigaciones cuelga un reportaje nuevo al mes y da gracias. —Raquel se sonroja por el enfado.

—Y si todo eso es verdad y, si lo decís, me lo creo... ¿por qué siguen trabajando en el periódico? —pregunta Olivia, confusa.

Una carcajada se extiende por la mesa hasta que todas las chicas se están riendo menos Olivia, que no entiende nada.

—Deja que te cuente algunas cositas, Oli. Emilia lleva tonteando con Javi, el editor, desde que la contrataron. Y no te creas que de forma sutil. No. De una forma vergonzosa para cualquiera que los vea interactuar. Ella tiene fecha de boda y todo si no recuerdo mal, y él tenía novia y luego mujer.

—Aunque le duró más bien poco —tercia Raquel.

—Le ríe los chistes malos, le toca el brazo cada vez que tiene oportunidad, le pone ojitos, pestañea varias veces... el catálogo completo de tonteo de niña de quince años con más hormonas que neuronas. Y él se lo traga todo.

—Eso es lo que a él le gustaría, tragárselo —bromea Sofía, haciéndolas reír a todas.

—Por supuesto, en cuanto sale del despacho, lo más bonito que dice de él es que es idiota y un calzonazos. Pero, en cuanto lo tiene delante, lo mira como si fuera un héroe de Marvel. Es acojonante —sentencia Vega.

—Lola es más sibilina. Antiguamente, la hermana mayor del editor era la redactora jefe de un suplemento de Ciencia que publicábamos una vez al mes y que hacía una empresa externa. Todo un chanchullo que se sacó él de la manga para que la revista de la hermana tuviera ingresos, porque por sí sola no se mantenía —aclara Carmen.

—¿Y se lo permitían? —Se sorprende Olivia.

—Cariño, el editor es el hijo de un viejo amigo de uno del consejo. —Alba la mira con una ceja levantada y el gesto de hastío en la cara.

—Acabáramos...

—El caso es que Lola trabajaba para esa revista y, cuando aquello empezó a hacer aguas, la hermana, que no recuerdo cómo se llamaba, le pidió a Javi que repescara a Lola. Solo a Lola. No tenemos ni idea de cómo lo consiguió porque ya hemos visto que por trabajar mucho y bien no ha sido.

»Javi cree que Lola y su hermana se llevan genial y ella se encarga de que así lo siga pareciendo cuando él está delante, pero en cuanto él se da media vuelta, la llama de todo: inútil, jurásica, loca...

—Al tal Javi no lo conozco o al menos no he interactuado con él, que yo recuerde, pero por lo que contáis es más corto que las mangas de un chaleco.

—Sí es —responden todas a coro mientras asienten.

—Sigo sin entender qué hace como editor, entonces.

—Calentar la silla y cobrar más en un mes que todas nosotras juntas —sentencia Carmen—. Y esto es real, que a la de administración se le calienta la boca y lo larga todo como tenga un mal día. Luego te vende al de personal sin pudor, pero a cambio te suelta cosas como lo que cobra nuestro querido líder.

—Diana es una agente doble. Nunca le contéis algo que sea importante para vosotras y jamás le digáis algo que no queráis que sepa la dirección —les advierte Raquel.

—Necesito un esquema para no liarla, chicas.

—Creo que de momento ya le hemos dado suficiente información a Olivia para empezar a ponerla al día. Y yo tengo que irme, que mañana he quedado muy temprano y me voy a querer morir cuando suene el despertador. —Alba se pone en pie y deja un billete sobre la mesa—. Si es más, que alguien ponga la diferencia y le hago un Bizum.

—Sí, será mejor que levantemos el campamento.

Tengo cinco audios de mi marido y dos llamadas perdidas. O le ha prendido fuego a la casa o quiere echar un polvo. En cualquier caso, será mejor que vaya y apague las llamas. —Carmen levanta las cejas varias veces y sonríe mientras llama al camarero.

Van todas juntas hacia el metro y Sofía ralentiza el ritmo hasta que se queda al final junto a ella, a unos metros de distancia del resto para que no las escuchen.

—¿Tienes planes esta noche?

—No... pero no me importaría tenerlos —responde Olivia, sin poder dejar de mirar los labios de Sofía, que ya han perdido el rosado del pintalabios hace tiempo—. ¿Quieres venir a casa?

—Me encantaría.

Se despiden de algunas en la boca del metro, y de otras en el andén, hasta que se quedan solas esperando el metro.

—¿Me vas a contar lo que te pasa? —pregunta Sofía cuando el tren del sentido contrario deja la estación.

—Creo que no debería haberme metido en la apuesta con César.

—Lo harás genial. Te he leído y...

—No es por escribir, es por aprenderme todas esas normas y terminología, por tener que pasarme horas viendo algo que realmente no me gusta —confiesa.

—Y, aun así, yo confío en que lo harás genial. Te

ofrecería ayuda, pero más allá del vóley, que es lo que jugaba en el instituto, no sé mucho.

—Gracias.

—¿Qué más? Somos amigas, Oli. Puedes contármelo.

—Mi ex ha hecho oficial su noviazgo con la chica con la que me puso los cuernos —dice, después de pensárselo unos segundos.

—¿Te molesta?

—No. Está superada, pero me recuerda que durante un tiempo me engañó como una imbécil. A saber cuánto tiempo llevaban juntas cuando las pillé.

—No eres tonta. Confiabas en tu pareja, que es lo que se supone que tienes que hacer. Fue ella la que cometió un error… o varios, pero eso no debería cambiar la forma en la que te ves a ti misma. —Sofía pone su mano en la espalda de Olivia y la acaricia suavemente.

—Los primeros meses no quería ni salir de la cama. Iba del trabajo a casa y de casa al trabajo. A casa… a un piso en el que tuve que meterme, aunque no me gustaba una mierda porque necesitaba salir del que compartía con ella. Me sentía tan mal, tan… traicionada y estúpida…

Hacía mucho que no hablaba de cómo se había sentido después de terminar lo suyo con Valeria. Durante los meses que siguieron a la ruptura era su único tema de conversación; ya fuera con su hermana, con su psicóloga o con sus amigos. Valeria y su corazón destrozado. Así que, cuando se encontró mejor y comenzó a pasar página, decidió que no quería que volviera a ocupar su mente ni su tiempo.

—Es normal que en ese momento te sintieras así, pero no dejes que vuelvan esos sentimientos. Ella no se merece tu tiempo ni tú volver a pasar por ello.

—Gracias.

—Para eso estamos las amigas.

Capítulo 14

Se ha pasado todo el fin de semana investigando. Ha leído crónicas de todos los deportes que se celebrarán el fin de semana que César ha escogido para la apuesta y sigue sin entender ni una cuarta parte. Así que esa mañana de lunes, mientras intenta no dormirse de pie, agarrada únicamente a la barra horizontal del vagón, ha decidido que va a tener que buscar ayuda.

El novio de África está descartado porque sabe menos de deportes que ellas, pero su padre es tan forofo como el suyo propio, aunque menos... intenso. Con él se puede hablar durante un partido y hacerle preguntas sobre la terminología o las reglas o lo que sea.

Durante el trayecto en metro ha hecho una lista de amigos a los que preguntar si pueden ayudarla, además de seguir buscando información para no parecer idiota si les consulta algo. Que una tiene su orgullo y no es plan de hacer el ridículo.

Se detiene en el quicio de la puerta de la redacción de la revista cuando ve a César sentado en la mesa de Vega, inclinado sobre ella y hablando con tono meloso.

—Venga, Vega... solo serían unos consejos. Te invito a cenar todas las veces que quieras. No conmigo, si no quieres, pero te envío la comida a casa si es lo que prefieres.

—No voy a ayudarte a ganarle una apuesta a Oli. Te mereces que te pateen el culo por ser un gilipollas.

—No te pases. Era una exclusiva y era un hueco en la *home*. Los dos sabemos lo que eso significa —se defiende César.

—Precisamente porque sé lo que significa y que nosotros tenemos menos visibilidad al ser semanal, me parece más feo aún. Además... ¿el chivatazo resultó ser cierto?

No es necesario que César responda, basta con verle la cara y cómo todo su cuerpo se tensa para saber que se la colaron doblada.

—Ese bochorno que te ahorró Olivia. Ahora desfila, que tengo cosas que hacer, chaval. —Vega le da un manotazo a César en el muslo para hacer que se levante y entonces los dos se fijan en ella.

César parece sorprendido y un poco incómodo, baja la

mirada para no cruzarla con la de Olivia y se mueve para dejarle hueco y permitir que llegue hasta su mesa.

—¿Reclutando aliados, César? ¿No se supone que esto lo puede hacer cualquiera? —deja que las preguntas floten en el aire, incomodando aún más a César.

—Yo nunca he dicho eso. No pongas en mi boca...

—¿Has oído alguna vez lo de que la intención es lo que cuenta? Pues la tuya era exactamente esa.

—Van a ser unos meses muy largos...

Olivia se muerde la sonrisa cuando ve a César salir de la redacción con ese gesto contrariado y el rabo, metafórico, obviamente, entre las piernas.

—Si quieres ayudarlo...

Agradece que Vega le sea fiel y se ponga de su parte, pero sabe que ella lleva más tiempo en la revista y tiene más relación con él.

—No digas tonterías. Me cae bien César, pero esta vez se ha pasado tres pueblos y me encantará ver cómo le destrozas el ego.

—Yo no estaría tan segura... ¿No serás un hacha en deportes para echarme una mano?

—Sé un poco de artística, rítmica, patinaje, sincronizada... Pero no como para hacerte una crónica detallada —confiesa con un suspiro.

—Tampoco serviría porque, curiosamente, esos

deportes no tienen competición el fin de semana que él ha determinado. Lo ha hecho a propósito. En lo único en lo que me siento algo segura es en tenis porque de pequeña me veía todos los Roland Garros con mi padre y luego lo he seguido habitualmente, pero con el resto estoy perdidísima.

—Encontraremos la forma de que le patees el culo. Siempre puedes intentar lo que él ha hecho: alguno de sus compañeros seguro que te echa una mano.

—¿Podría?

No hace falta que Vega responda porque solo con su gesto Olivia tiene la respuesta. Obviamente no va a ir a preguntarles nada más salir César de su redacción, así que decide esperar un par de días, tal vez a la hora de la comida, que haya poca gente, para sondear sus posibilidades.

Aprovecha ese tiempo para seguir buscando información. Ha decidido ir deporte a deporte para no mezclar conceptos y acabar liándose, así que ha empezado por refrescar sus conocimientos de tenis viéndose algunos partidos de Grand Slam y luego leyéndose las crónicas que encuentra sobre ellos.

También le ha pedido a su hermana que hable con su suegro para resolverle algunas dudas cuando tenga claro qué quiere preguntarle, y se ha hecho un esquema mental de cómo abordar a los compañeros de Deportes para intentar que alguno la ayude.

Menos a ofrecerse en plan carnaza, está dispuesta a lo que sea.

Bueno, si hay algún chico guapetón que le guste no va a rechazar esa posibilidad. Nunca se sabe dónde va a encontrar alguien que le despierte interés.

Un par de días después, se acerca, como quien no quiere la cosa, a la sección de Deportes. Sabe que César no está en la redacción porque ha salido a cubrir una rueda de prensa; otro de los privilegios que tienen los que trabajan para la edición impresa mientras los redactores de *online* se quedan en sus mesas tirando de notas de prensa y agencias.

Afortunadamente, tampoco está el tal Paco. Gracias, patrón de las periodistas. Si es que existe alguien que proteja a las mujeres de los gañanes de la profesión.

Toma aire profundamente y cuadra los hombros antes de adentrarse en la sala y clavar la vista en el único hombre que está sentado a esa hora en esa parte de la redacción. Es un señor de unos cuarenta años, de pelo moreno con plateado en las sienes, barba de un par de días, tachonada de gris, y la mirada fija en la pantalla que tiene delante, así que no puede saber de qué color son sus ojos.

Está recostado contra el respaldo, en una posición no

muy ortodoxa y poco recomendada por los fisioterapeutas, pero parece bastante cómoda.

—Hola —saluda, acercándose hasta el hombre—. Me llamo Olivia y soy del suplemento de Cultura.

—Hola, yo soy Andrés. ¿Buscabas a alguien?

—A nadie en particular, solo quería saber si alguien podría echarme una mano. Tengo un proyecto entre manos y necesito que alguien me oriente.

—Ni se te ocurra escucharla, Andrés. Al enemigo, ni agua —dicen. Olivia reconoce esa voz incluso sin girarse, y no puede evitar poner los ojos en blanco, haciendo que Andrés disimule una sonrisa.

—¿Se puede saber qué te ha picado, César?

—El otro día lo intenté con Vega y...

—Vega no quiso ayudarte, a pesar de que yo no le dije que no lo hiciera. Fue su decisión. Tú le estás prohibiendo a alguien que haga algo, no sé con qué derecho. —Se siente muy poderosa cuando César se queda con la boca abierta y una expresión contrariada.

—Andrés no quiere —se defiende César unos segundos después.

—Que me lo diga Andrés, que para eso tiene boca.

Se gira para mirar a Andrés, que de repente parece estar a punto de levantarse y salir corriendo. Olivia pone su mejor cara de niña buena y desamparada y se plantea poner un puchero, pero no le da tiempo antes de que el hombre levante las manos en señal de rendición.

—Te ayudaría encantado, Olivia, pero no me apetece ponerme a malas con César —responde y se levanta inmediatamente. Después, se aleja por el pasillo.

—Estarás contento... —le recrimina a César, girándose hacia él.

—La verdad es que sí.

Olivia aprieta los puños con tanta fuerza que está segura de que tiene los nudillos blancos. Cierra los ojos unos segundos para tranquilizarse porque lo que le apetece es liarse a guantazos con ese hombre y borrarle la sonrisa de suficiencia de la cara.

—Al menos yo sé que mis compañeras están conmigo porque confían en mí y en mi trabajo y no porque sea un matón de barrio.

—Eh, no te pases. —La sonrisa ha desaparecido del rostro de César—. Odio a los matones, así que por ahí no.

—Pues déjame decirte que te acabas de comportar como uno.

—Solo le he dicho que no te ayudara.

—Algo que él habría hecho de no ser porque te tiene miedo.

—No me tiene miedo, joder. Me respeta, igual que Vega a ti.

—Con la diferencia de que yo no tengo ni quiero decirle que no haga algo porque confío en su criterio y en sus decisiones. Algo que, claramente, tú no haces.

Sabe que han ido levantando el tono cuando se da cuenta de que los pocos periodistas que hay a la hora de la comida en las mesas de alrededor los están mirando con cara de querer sacarse una bolsa de palomitas.

—Paso.

Retrocede para apartarse de él y comienza a rodearlo para volver a su redacción cuando siente cómo la cogen de la muñeca y tiran de ella suavemente. Su primer instinto es soltarse con un gesto brusco, pero es muy consciente de la cantidad de ojos que hay puestos en ellos y se limita a clavar la mirada en el punto exacto en el que los dedos de César se juntan con su piel.

César la suelta lentamente, pero deja su mano junto a la suya. Como si estuviera tendiéndosela.

—Una tregua, Olivia.

—¿Qué ofreces?

—Para empezar, dejar de tratarnos como si fuéramos el enemigo porque soy muy consciente de que no lo somos.

—No es lo que parece —apostilla.

—Tú necesitas ayuda y yo necesito... asesoramiento. ¿Qué tal si en vez de molestar a nuestros compañeros nos apoyamos entre nosotros?

—¿Por qué debería fiarme de ti? ¿Quién me dice que no vas a hacerme la cama para ganar la apuesta?

—Cuando gane, será honradamente. No hago trampas. Nunca. No voy a empezar a hacerlas por esta chorrada.

Olivia no responde, necesita pensarse la propuesta. Le gustaría decir que sí, pero no está convencida de que no haya gato encerrado.

—Puedes tomarte un tiempo para pensártelo si quieres.

—¿Cómo lo haríamos?

—Podemos ver partidos o competiciones juntos para que te explique cómo funciona y decirte qué espera encontrar la gente en las crónicas y tú me enseñas qué se supone que tengo que ver en una gala de doscientas horas.

El tono lastimero que tiene César cuando dice la última parte es lo que acaba de convencerla. Le consuela saber que no es la única que está un poco superada.

—Está bien. Pero... tengo una condición. De ese fin de semana, solo haré reseñas de deportes de los que tú ya hayas escrito antes. No vale que haya una competición de tiro con arco si tú no has hecho una crónica en tu vida.

Los ojos de César se abren de par en par, como si acabase de ver una luz al final del túnel.

—Lo mismo digo. Nada de escribir sobre adaptaciones si no sueles escribir de literatura.

Se le escapa una risita. Este no sabe que en redacciones

tan pequeñas como en las que ella ha trabajado todos tenían que escribir de todo.

—Me parece bien. Mañana te enviaré una lista con *links*. Haz lo mismo... por favor.

—Por supuesto. La tendrás a primera hora. También podrías decirme cuándo estás libre para empezar con las... clases.

—Miraré mi agenda y te comento.

—Lo mismo digo.

Hace un gesto de despedida con la cabeza y gira para volver a su redacción. Cuando está a punto de llegar al pasillo, se cruza con Andrés, que le sonríe tímidamente antes de desviar la mirada al darse cuenta de que César sigue detrás.

No es lo que ha ido a buscar, pero tendrá que conformarse.

Capítulo 15

Olivia mira a Candela con los ojos entrecerrados para dejarle claro lo que piensa mientras ella sigue riéndose. Le ha hecho tanta gracia lo que le ha contado de César que está hasta llorando solo de imaginársela explicándole por qué es indecente que le dieran el Oscar a Leonardo DiCaprio por una película que duerme a los muertos.

—Me estás empezando a caer fatal, Cande.

—Por favor, Oli. Dime que vas a invitarlo a casa y que voy a poder quedarme a verlo todo. Prometo no molestar, quedarme en ese rinconcito —Candela señala la esquina contraria del salón comedor con una mano y se seca las lágrimas con la otra— y no decir nada.

—Lo último no te lo crees ni borracha.

—La verdad es que no. Estaría haciendo comentarios como cuando veo una peli de esas chorras.

En ese momento entra Nora; al parecer, va hablando por teléfono. Olivia lo confirma al verla aparecer por el salón con el móvil pegado a la oreja y una sonrisa en los labios.

—He quedado con Kevin. Tía, claro que sabes quién es, el tío que conocimos ayer en la fiesta y con el que me enrollé —masculla. Candela y Olivia solo escuchan la mitad de la conversación, aunque no es muy complicado imaginar la otra parte—. No hace falta, hemos quedado en una cervecería. Te mandaré un mensaje en cuanto esté en casa.

Olivia intercambia una mirada con Candela y ambas se echan a reír en cuanto Nora desaparece por el pasillo y escuchan el ruido de su puerta al cerrarse.

—Me recuerda a cuando yo estaba estudiando la carrera. No había noche que no saliera de fiesta. Pero ahora mismo sería incapaz de mantener ese ritmo —confiesa Candela.

—Yo menos, que ahora me esperan maratones de fútbol, baloncesto...

Le da un manotazo a Candela en el brazo y vuelve a echarse a reír.

Un par de horas después está en su habitación pegando en un documento Word los *links* a las crónicas con temáticas relacionadas con los Oscar que ha escrito para mandársela a César por la mañana desde el correo del trabajo cuando escucha la puerta de la entrada abrirse y las risas de dos personas. Deja de teclear y presta un poco de atención hasta que reconoce la voz de Nora y la de un hombre.

Su teléfono vibra sobre el escritorio a la vez que Nora abre la puerta de su habitación. No necesita verlo para saber que es de Candela.

Candela piso
¿Se lo ha traído al piso?

Olivia
No pensemos mal, puede que hayan subido a por algo y se vayan enseguida.

Deja el teléfono en la mesa y se concentra de nuevo en el ordenador. Tan solo unos minutos después escucha ruido en la habitación de enfrente y frunce el ceño, intentando no prestarle atención porque le resulta incómodo. Pero ni Nora ni su acompañante están siendo muy discretos ni respetuosos porque los gemidos le llegan a pesar de tener las dos puertas cerradas y un pasillo de por medio.

El teléfono vuelve a vibrar, y Olivia lo desbloquea con el gesto desencajado.

Candela piso
¡¡Que están follando, tía!!

Olivia
No me digas...

Candela piso
¿Eso es el cabecero contra la pared?

Olivia
No creo que estén llevando el ritmo de una canción, Cande...

Candela piso
Al menos el tío parece que se lo está currando, Nora está desatada.

Olivia
No deberíamos estar escuchando esto...

Candela piso
Díselo a ella. Yo preferiría no saber cómo folla mi compañera de piso. Tú te has traído a tu follamiga y no os he escuchado.

Pon música o algo.

Olivia
Y aparta la cama de la pared.

Candela piso
Me *cagüen* todo, Oli, que estoy escuchando cómo chocan.

Olivia
Apártate de la pared, Cande. No seas así.

Candela piso

Estoy en mi escritorio. Iba a ponerme otro capítulo y he ido al baño. Me ha pillado sin los cascos puestos.

Olivia

Deberíamos ponernos música o algo. Sigue con la serie.

Candela piso

La música debería ponerla ella y cortarse un pelo. Que además a este tipo lo conoció ayer. ¿Y si es un psicópata y después del polvo nos desvalija?

Olivia

No me digas esas cosas que me sugestiono.

Candela piso

¿Se quedará a pasar la noche?

No voy a poder dormir como se quede.

Olivia

Deberíamos decirle algo.

Candela piso

Cuando acabe, paso de interrumpirles el polvo.

Olivia
Me refiero a luego.

Candela piso
Creo que están acabando. Ella está soltando grititos.

Olivia
Candela, que yo también lo escucho, deja de radiarlo como si fuera un partido.

Candela piso
Así vas practicando para cuando el tipo ese te dé clases.

Olivia
Te voy a bloquear, Candela.

Candela piso
No hay ovarios.

Con quién ibas a comentar el polvo.

Olivia
No quiero comentar el polvo.

Candela piso
Eres de las que les pone escuchar follar a otros.

Olivia
🤮

No lo digas, ya me he dado cuenta, Cande.

Candela piso
Ahora a ver si atrancamos las puertas con muebles o dormimos a gusto.

Olivia continúa con el teléfono en la mano, pero mira su puerta cerrada, a la espera de ver qué ocurre a continuación. Escucha ruido al otro lado del pasillo, como si alguien se estuviera vistiendo y unas risas.

Candela piso
Que tengamos que decirle a una mujer hecha y derecha que no se lleve tíos que no conoce a una casa en la que duermen más mujeres y que tenga la delicadeza de no montar una peli porno tiene narices...

Olivia
Se ha abierto la puerta.

Candela piso
Ahora es cuando nos corta el cuello para llevarse todo lo que tenemos.

Olivia
¡Candela, por favor!

Presta atención a los sonidos: una puerta abriéndose, las risitas, los pasos por el pasillo, las voces y finalmente, la puerta de la entrada abrirse y cerrarse unos segundos después.

Candela piso
Voy a mandar un mensaje por el grupo del piso para decirle que queremos hablar con ella.

Olivia
Vale.

Cinco minutos después, están las tres en el salón comedor. Nora está sentada a la mesa y Candela y Olivia apoyadas en el reposabrazos del sofá, de cara a su compañera de piso.

—Nora, ya eres mayorcita para hacer lo que te dé la gana y no somos nadie para decirte nada, pero vives con dos personas más —dice, usando un tono de voz suave para no crear una situación más incómoda aún.

—Lo de traerte a un tío que acabas de conocer es una irresponsabilidad. Y si te va ese rollo, de puta madre, pero ni a Oli ni a mí nos apetece que un tipo se nos cuele en la habitación mientras dormimos y nos haga a saber qué.

—No se ha quedado a dormir —se defiende Nora.

—Si te llega a hacer algo... —le corta Candela.

—Y debes tener un poco más de respeto, Nora. Lo hemos escuchado todo. Aparta la cama de la pared para que no la golpee y pon música. No es agradable estar haciendo otra cosa y tener de fondo a tu compañera de piso follando a pocos metros y escucharlo sin problema.

Nora tiene la decencia de sonrojarse cuando se da cuenta de que las dos lo han escuchado todo.

—Lo siento, tenéis razón. No estaba previsto que subiera y no... no he caído en la cuenta de que se escuchaba tanto.

Al regresar a su habitación, Olivia recupera el teléfono que había dejado sobre el escritorio y le manda un mensaje a su hermana para contarle lo que ha pasado. África le manda un audio de medio minuto riéndose a carcajadas y luego otro diciéndole que han hecho bien en dejarle las cosas claras porque las ha puesto en una situación de riesgo sin comerlo ni beberlo.

Tener el apoyo de África le quita un peso de encima porque la situación le ha parecido tan surrealista que tenía dudas de estar actuando correctamente.

Capítulo 16

Acelera el paso cuando está en el último tramo y ve a César en el descansillo de su planta, despidiéndose de alguien. Si no recuerda mal, ese hombre es de Nacional.

—¿Te viene bien quedar a las siete? —pregunta, sin saludar ni nada porque total...

—¿Sí?

—Te mando mi dirección por WhatsApp.

—¿Para qué exactamente? —César levanta una ceja y la mira con fijeza sin entender nada.

—Vamos a ver la alfombra roja de la última gala de algunos Oscar. Comentaremos hasta las mascarillas.

Tiene que contenerse para no reírse de la cara de absoluto horror de César.

—¿Vas a empezar por lo más fuerte?

—Obvio, campeón. No soy idiota, sé que me vas

a obligar a ver el más marrullero de los Madrid-Barça —replica. César ni se molesta en fingir que no es así y Olivia lo agradece—, así que deja de ser un dramático.

—Te lo recordaré si tienes que verte dos prórrogas y unos penaltis.

Se detiene en seco cuando ya había comenzado a alejarse y se gira despacio para mirarlo. César tiene esa sonrisa ladeada de superioridad, una ceja algo alzada y el gesto divertido. Olivia toma aire, recuerda lo que acaba de decirle a César y sonríe.

—Espero que sea el partido de la cabeza de cerdo en el césped. Me gusta el salseo.

Y, sin dejarle tiempo a responder y disfrutando aún de su cara de perplejidad, Olivia da media vuelta y reemprende el camino hasta su redacción.

Agradece que esa semana le haya tocado hacer la limpieza a Candela porque la casa está impecable para cuando llega César. Ha avisado a sus compañeras de que tendría visita, aunque a Nora no le ha explicado nada más y Candela ya estaba al día de lo de la apuesta, así que no le ha puesto ninguna pega.

Se ha preparado como si fuera a ver la alfombra de verdad en una gala en directo: patatas fritas, frutos secos, nachos, guacamole y limonada. También hay un par de *pizzas* en la nevera por si se les hace tarde, no mandarlo a casa sin haber cenado.

En lugar del chándal, un jersey viejo y un moño alto, esta vez Olivia ha optado por unos leggins, una sudadera que le llega hasta mitad de muslo y el pelo suelto. Quiere estar cómoda, pero no hay la suficiente confianza como para parecer una indigente, que es el aspecto que suele tener en cuanto llega a casa.

—Sigue recto y te chocas con el sofá —le indica en cuanto abre la puerta—. Puedes dejar la cazadora en una de las sillas o te la cuelgo en mi habitación si lo prefieres.

—En la silla está bien. —En ese momento César se percata del despliegue de comida para picar que hay sobre la mesita frente al sofá—. ¿Ves los Oscar así?

—Por supuesto. Al menos la alfombra roja, que aquí suele pillar a la hora de la cena. ¿Tú no picoteas durante los partidos?

—Sí, claro.

—Pues eso. —No puede evitar poner los ojos en blanco—. ¿Qué quieres para beber? Tengo agua, limonada y cerveza.

—Agua estará bien. Gracias.

—Si prefieres otra cosa, dímelo para la próxima vez.

—Te pediría una cerveza, pero me he tomado ya una con unos colegas y mañana hay que madrugar. —César la ha seguido hasta la cocina y la observa sacar las botellas desde el quicio de la puerta, con medio cuerpo en el recibidor.

Aprovecha que lo tiene a mano para endosarle las bebidas y así poder coger los vasos del armario.

—¿Algo que tenga que saber?

—No es tan malo como te imaginas.

—Solo de pensar que tengo que adivinar de qué diseñador es cada vestido... ¡no tengo ni idea de moda!

Olivia no puede contener la carcajada, pero se recrimina mentalmente cuando ve la cara de César.

—No tienes que adivinarlo. Los fotógrafos o los presentadores suelen preguntarle de qué diseñador va vestido y las agencias suelen informar rápidamente. Lo que sí te da la experiencia es saber si tiene un diseñador de cabecera y, por tanto, ha apostado sobre seguro o si se ha arriesgado con algo nuevo. —Se apiada de César de nuevo cuando su gesto horrorizado sigue ahí—. Un vistazo a las galerías de otros años o de otros premios, como los Globos de Oro te ayudará.

Deja de hablar y lo mira directamente, intentando descifrar su expresión más allá del pánico.

—¿Sabes lo que son los Globos de Oro?

—Sé lo que son los Globos de Oro. No soy tan ignorante.

—Pues ya está. Todo es cuestión de documentación.

Una cosa es que esté picada con César por haberse comportado como un gilipollas y otra que vaya a ser una cabrona con él. Si han quedado en ayudarse, Olivia está dispuesta a hacerlo de verdad y espera sinceramente que César le corresponda.

—¿Listo? —pregunta en cuanto se acomodan en el sofá.

—¿Serviría de algo que dijera que no?

Finge pensárselo durante dos segundos y luego sonríe con la mirada afilada.

—No. —Aprieta el botón del *play* en cuanto responde.

Se pasan la siguiente media hora viendo desfilar actrices, actores, directores y productores. César hace anotaciones en una libreta que Olivia ni siquiera le había visto al llegar y ella hace comentarios sobre los diseñadores, los colores de moda o las tendencias que se repiten y son poco arriesgadas.

Olivia se tensa cuando escucha una puerta abrirse y espera a que una de sus compañeras de piso se asome al comedor. Por fortuna, es Candela, que saluda mientras camina hacia la cocina. Olivia pone los ojos en blanco, sabiendo que ha pasado para cotillear y que, en cuanto llegue a la habitación, le mandará un mensaje para darle su opinión.

Como había previsto, unos segundos después de que la puerta de su dormitorio se cierre, su teléfono vibra anunciando un mensaje.

Candela piso
¿Por qué no me habías dicho que estaba bueno?

Olivia
No preguntaste y es una cuestión de gustos.

Candela piso
No me jodas, Oli. Ese tipo, objetivamente, está bueno. No es el más guapo del mundo, pero es atractivo.

Bloquea el teléfono y vuelve a concentrarse en la alfombra roja, continuando con los comentarios sobre *celebrities* que no sabe exactamente por qué han sido invitadas, pero que se pasean por la alfombra roja como si fueran las estrellas de las películas más taquilleras.

Desde la habitación de Nora llega un ruido muy fuerte, como si algo pesado se hubiera caído, y Candela sale al pasillo, asustada. Olivia también se pone en pie y se acerca para tocar a la puerta de su compañera de piso.

—¿Estás bien, Nora?

—Sí, perdón. Se me ha caído una cosa al coger algo de encima del armario, pero no me ha dado. Tranquilas.

—¿Seguro? —pregunta Candela.

—Sí, gracias.

Intercambia una mirada y un encogimiento de hombros con Candela y regresa al comedor, donde César observa el hueco de la puerta que conduce al pasillo con cara de asustado.

—¿Todo bien?

—Sí, perdón por la interrupción. ¿Quieres que retroceda?

—Sobreviviré sin ver un par de vestidos y un par de trajes negros como todos los doscientos que han pasado antes. Gracias.

—Ese es uno de los problemas. A las mujeres se las juzga de manera constante por la ropa que llevan. Las que comentamos moda las primeras, no te creas que me descargo de culpa. Que si el color no les favorece, que si el corte no era el adecuado, que si la tela se pegaba demasiado... Pero ellas, al menos, arriesgan y se molestan por buscar prendas innovadoras y bonitas.

»En cambio, los hombres se ponen el traje negro o azul marino y todos les alaban por ir elegantes. En cuanto uno rompe con la norma y coge otros colores, otros cortes u otras telas se los critica por ser demasiado femeninos, ir disfrazados... Como si las mujeres salieran a comprar el pan con un vestido con cola y escote hasta el ombligo. Parece una broma.

»Solo tienes que ver la que le montaron a Eduardo Casanova en los Goya o, a nivel internacional, a Timothée Chalamet cuando se puso aquel conjunto rojo con la espalda al aire y anudado el cuello.

A juzgar por las caras que está poniendo César, no sabe a qué se está refiriendo así que recupera el móvil y busca los trajes que está nombrando y se los envía por WhatsApp.

—No son de mi estilo, pero a mí me gustan.

Olivia suelta el aire que ni sabía que estaba conteniendo. En cuanto se los ha enviado, ha temido que este le saltara con un comentario rancio y ella acabara echándolo de casa o abriendo el balcón para darle una patada.

—No me los pondría ni aunque me pagaran, pero creo que, si a ellos les gustan y se sienten cómodos, no hay motivo para criticarlos por llevar algo diferente. Desde luego, los prefiero a todos los trajes exactamente iguales que hemos visto durante este rato —añade César.

—Empezamos a entendernos, campeón.

—¿Puedo preguntarte una cosa?

—Ya lo has hecho. —Suelta una risita y asiente—. Adelante.

—¿Por qué me llamas campeón?

—Cuando acabé la carrera, trabajé de becaria en una revista y el de Deportes llamaba a todo el mundo campeón y *crack*. Supongo que ahora los llamará *bro*, si no se ha jubilado.

—Y como yo soy de Deportes...

—Llámalo asociación de ideas.

No agrega que el tipo era un gañán engreído y

mentiroso que manipulaba a los deportistas para sacarles información.

Ven una hora más de alfombra roja y entrevistas, durante la cual Candela sale dos veces más a por agua y sacar algo del congelador para la cena y Nora mantiene una conversación a gritos por teléfono que los obliga a cerrar la puerta del pasillo y subir un poco el volumen de la tele.

—Ha sido... instructivo —comenta César ya en la puerta.

—No te va pasar nada por reconocer que no ha sido tan malo como pensabas.

César ladea la cabeza, la mira fijamente y suelta una carcajada.

—Ni lo sueñes. Nos vemos mañana en el trabajo.

Capítulo 17

—¿Qué tal fue la sesión de «Aprende con Olivia»? —pregunta Vega, sin saludarla ni nada, en cuanto cruza la puerta de la redacción.

—Pues te vas a reír, pero no fue mal. César estuvo un poco tenso los primeros minutos y creo que se aburrió un poco con tanta entrevista, pero no salió corriendo ni nada por el estilo, y tomó muchas notas.

—Te dije que, en el fondo, no era mal tipo.

—No tengo información suficiente aún para afirmar tal cosa, pero... reconozco que tuvo un par de comentarios que le hicieron ganar puntos.

—Soy toda oídos. —Vega apoya un codo en la mesa y la cabeza en su mano, mirándola sin pestañear.

—Dijo que los hombres son aburridos siempre con sus trajes negros. Y, cito casi textualmente, «aunque no son mi estilo, no me parece mal que los lleven» —hace comillas con las manos— sobre los trajes de Eduardo Casanova y Timothée Chalamet.

—Enséñaselos a Paco y lo menos que dirá de ellos es que son unos mariquitas mientras pone la mano así como si llevara el *shopping* colgando del codo.

—Ni los chistes de Arévalo son tan casposos.

—Tampoco te pases...

Dejan la conversación ahí porque en ese momento entra Tomás y pasan de hacer ningún tipo de comentario en su presencia. Olivia ya ha tenido la oportunidad de ver cómo se las gasta y no quiere darle más material que pueda usar en su contra.

Es que además el tío es tonto y ni disimula cuando se está mandando mensajitos con sus colegas del grupo de WhatsApp. Es vergonzoso oír el aviso de mensaje y escucharlos reír en la distancia como si el resto de compañeros no supiera que se están riendo de ellos. No es que le importe lo más mínimo lo que esa gente que apenas conoce piense de ella, pero sabe que alguno era amigo de Vega, o al menos lo fingía, y ahora usa la información que ella le dio o los comentarios que hizo en confianza para meter mierda y reírse de ella.

Le encantaría decirles cuatro cosas, pero, como no merece la pena y no depende de ella darle una patada en el culo, se limita a ignorarlo cuando comienzan a llegar los mensajes y las risitas se alargan.

Esa mañana están muy activos en el grupo y Vega le hace una seña para que revise el móvil.

Vega (revista)
¿Sabes quiénes están en el grupo?

Olivia niega con la cabeza cuando levanta la vista y su mirada se cruza con la de Vega.

Vega (revista)
Lola y Emilia. Al parecer, las comerciales se han enterado de que se han chivado al jefe de que se han pirado varias veces a desayunar y se ha recrudecido la guerra. Por eso están hoy tan entretenidos.

Olivia
Cómo se nota el poco trabajo que tiene la gente, porque yo no tengo tiempo casi ni de echarle un ojo al móvil, como para mantener una conversación con tanta gente y encima para poner verde a los compañeros.

Vega se encoge de hombros y pone los ojos en blanco, dejando el móvil sobre la mesa al tiempo que Tomás se gira para comprobar por qué no están tecleando. Olivia lo ignora, le manda un mensaje a África para decirle que a la hora de la comida la llama y le cuenta, y vuelve a centrarse en su trabajo.

Está a punto de llamar a su hermana después de comer, mientras baja las escaleras para poder salir a la calle y tener algo de intimidad, cuando se cruza con César y éste le da un toquecito en el brazo para detenerla.

—¿Puedes hablar?

—Iba a hacer una llamada, si no es muy largo...

—No, tranquila. Dos minutos y puedes seguir a lo tuyo. ¿Te importa que la próxima vez quedemos en mi casa? No solo para los partidos. Yo vivo solo y así no molestamos a tus compañeras de piso.

Suelta un suspiro. No le extraña nada que César no quiera volver a su piso después del numerito de Candela saliendo cada media hora a buscar algo y Nora gritando por teléfono.

—Lo de Nora no puedo asegurar que no vuelva a ocurrir, pero Candela solo quería cotillear, se le pasará.

—No es por mí, es que ocupamos el comedor y las pobres se tuvieron que quedar en sus habitaciones y, si esto va para largo, no me parece justo. Lo único que me preocupa es que te tengas que volver a casa por tu cuenta si acabamos tarde.

—Soy mayorcita, César. Sé cuidarme sola.

—Lo sé. Pero hay mucho hijo de puta suelto. Es una mierda que la que tenga que tener cuidado seas tú y que ellos no se queden encerrados.

Otro minipunto para César. Mira que le molesta que no esté resultando ser tan gilipollas como ella pensaba en un principio porque así la competición tiene menos gracia. Era mucho más divertido patearle el culo a un lerdo que a alguien... decente. Pero ya es demasiado tarde y no será ella la que se retire del juego.

—Lo tengo asumido, así que no te preocupes por eso.

—Si a ti no te molesta cambiar de sitio, te mando mi dirección por WhatsApp y nos vemos allí mañana a las siete. Te va a encantar el partido que he escogido.

—¿Una pista? —No quiere sonar suplicante, pero no puede evitarlo. Necesita ir preparada para no sentir que está haciendo el ridículo.

—Voy a ser bueno y voy a empezar por algo que creo que no te desagrada tanto. La primera final de Grand Slam de Alcaraz.

Olivia no puede contener la sonrisa que se le dibuja en el rostro cuando escucha eso. Le encanta ver jugar a Alcaraz y en ese US Open estuvo brillante. Algunos de esos puntos pasarán a la historia.

—Para que veas que no todos comenzamos por lo peor.

—Cuanto antes, mejor; así después disfrutas del paseo.

—Eso no va a pasar. —César le lanza una mirada retadora.

—Ya lo veremos, campeón.

Desbloquea el teléfono aún en las escaleras y llama a su hermana, que le responde cuando ya está en la calle. Debería haberse bajado la cazadora porque ya hace frío, así que busca un rinconcito en el que dé el sol y levanta la cabeza para que los rayos le den en la cara.

—Dime que no estás en comisaría y, si lo estás, dime que nos has dejado pruebas que te incriminen —la saluda su hermana. A Olivia se le escapa una carcajada.

—Te habría llamado antes de que me pusieran las esposas.

—¿Tiene alguna lesión permanente?

—Está perfectamente, que acabo de verlo, pero no quiere volver a mi piso. A partir de ahora quedaremos en su casa. —Sigue sin tener muy claro cómo sentirse al respecto, aunque no va a negar que le da curiosidad ver dónde vive ese hombre. Seguro que no hay ni una mota de polvo sobre los muebles.

—Déjame adivinar: Nora siendo Nora.

—Y Cande siendo Cande. Salía cada media hora a por agua, comida o al baño. ¡Y ella tiene uno en la habitación!

Aparta el teléfono de la oreja al escuchar la carcajada

de su hermana. A ella no le hace gracia y se encargó de decírselo en cuanto César se fue. Entendía que quisiera cotillear las primeras dos veces, luego era un poco patético y bastante incómodo.

—Supongo que tenía miedo de encontrarse un cuerpo descuartizado en el salón cuando saliera a cenar.

—¿Qué concepto tenéis de mí?

—Olivia, yo te adoro, pero eres muy visceral —dice África. Eso tiene que reconocérselo.

—Se me calienta la boca fácilmente, pero jamás se me ocurriría hacer nada de lo que digo que me apetece hacer. Mucho menos si supone utilizar la violencia.

—Ya lo sé, Oli.

—Aun así, bromeas con eso. Me molesta mucho.

—Lo siento, peque. No sabía que no te gustaban esas bromas.

—Porque nunca digo nada para que no pongáis esa cara de *ya, claro que sí, guapi* que ponéis cuando me quejo de cosas parecidas. —Ni siquiera se ha dado cuenta de que se ha alejado del rincón en el que da el sol y se ha puesto a la sombra, como si su estado de ánimo le pidiera oscuridad en ese momento.

—Lo siento. Son bromas... y no volveré a hacerlas si te molestan. Soy perfectamente consciente de que no le harías daño ni a una mosca... bueno, a una mosca sí, que son muy pesadas —responde su hermana, y el comentario le arranca una sonrisa—, pero no a un ser humano porque eras un trocito de pan relleno de chocolate calentito para comer en una tarde de invierno mientras llueve en la calle.

—Tampoco te pases, Afri. No me hagas la rosca, que nos conocemos...

—Te quiero mucho, peque.

Traga saliva, intentando deshacerse del nudo que se le ha formado en la garganta.

—Te veo este fin de semana —consigue decir una vez se le han pasado las ganas de ponerse a llorar.

—No sabes las ganas que tengo de achucharte y ver lo bien que te queda ese nuevo color y corte de pelo. Y, ahora en serio, ¿qué tal ayer con César?

—Mejor de lo que yo esperaba, la verdad. Es... agradable cuando no se empeña en ser un capullo en el trabajo.

Pasa los siguientes minutos haciéndole un resumen de lo que pasó la tarde anterior en su casa y la conversación que ha tenido con César en las escaleras.

—Me descojonaré como al final os hagáis amigos —comenta su hermana entre carcajadas.

—Eso no va a pasar. —Es consciente de que ha fruncido el gesto y debe parecer una niña enfurruñada, pero le da igual, no la está mirando nadie.

Capítulo 18

Respira hondo y cuadra los hombros antes de llamar al timbre. Como esperaba, solo por el barrio en el que se ubica, el edificio parece sacado de una serie. Nada que ver con los que ella ha conocido de primera mano.

Tampoco le sorprende que todo en el piso de César esté decorado en colores claros, muebles modernos y pocos adornos. De hecho, lo primero que le llama la atención cuando le sigue hasta el salón es que no hay ni una sola fotografía; algo que entiende en un piso compartido como el suyo, pero que le resulta cuanto menos curioso en el de alguien que vive solo.

—Ponte cómoda. Dame el abrigo y lo cuelgo en el armario de la entrada.

Se muerde el labio para no reírse, pero el recuerdo de los programas de reformas que ve a veces los domingos mientras desayuna la asalta, con todos esos propietarios quejándose de que no hay espacio en la entrada para colgar los abrigos y dejar los zapatos.

Aprovecha el tiempo que está sola para observarlo todo. El piso es elegante y luminoso, pero también frío, sin personalidad. Si alguien le dijera que es una casa de esas que utilizan para los anuncios y que nadie usa, se lo creería. Espera que al menos su habitación sea más... personal.

Cuando César regresa, lo hace acompañado de varios platos con embutido que deja en la mesa baja de cristal que hay frente al sofá con *chaise longue* que le ha señalado antes y en el que Olivia aún no se ha sentado.

—He comprado limonada de camino, pero tengo también cerveza, vino y algún refresco de cola.

—La limonada estará bien. Gracias.

—Te he visto beber cola en la sala de descanso —comenta César de camino a la cocina.

—No bebo cafeína después de las cinco. Luego no duermo.

—Entendido. —Esta vez, además de las bebidas, César lleva frutos secos y un par de cuenquitos para dejar las cáscaras y pielecitas.

Otro minipunto para César. La mayoría de los tíos que conoce, incluso los que luego tienen que limpiar ellos mismos, lo dejarían encima de la mesa y no se les ocurriría lo de llevar un recipiente para los desperdicios ni en un millón de años.

—¿Preparada?

—Vamos a por ese Carlitos.

Contiene el impulso de quitarse los zapatos y subir las piernas al sofá para sentarse al estilo indio, que es como siempre ve los partidos de tenis en su casa; pero se recuerda que no está en su piso y que, a juzgar por lo impoluto que está todo, a César podrían darle cuatro infartos y veinte apoplejías si lo hiciera.

No tiene problema en reconocer que le ha copiado la idea de la libreta para tomar notas a César, aunque no piensa confesárselo a él ni borracha. Así que, mientras los jugadores calientan en la pista, Olivia la coloca en el sofá, al lado de su muslo, con un bolígrafo encima.

Agradece que César no sea el típico que te sigue explicando algo que cree que no entiendes aunque le hayas demostrado que sabes más que él, que no es el caso precisamente, pero cuando la ve fruncir el ceño, siempre intenta saber en qué término o acción se ha perdido para explicárselo.

Si alguien le hubiera dicho la primera vez que tuvo un encontronazo con César que se sentiría lo suficiente cómoda con él para hacerle preguntas y demostrar su absoluta inutilidad para los deportes, se hubiera reído en su cara y, sin embargo, durante ese partido no tiene el menor reparo en interrumpir o preguntar cada vez que le surge una duda o el periodista hace algún comentario que no entiende.

Le gusta la pasión que siente César, aunque es un tipo comedido que no deja que sus emociones salgan a la luz fácilmente, Olivia puede verlo en el modo en el que le brillan los ojos y su cuerpo se tensa al llegar a un punto importante.

—Cuéntame una anécdota que tengas al haber cubierto algún partido de tenis —le pide a César cuando han acabado de ver la final del US Open que coronó a Alcaraz como una estrella del mundo del tenis y no una simple promesa.

—Siendo becario en otro periódico —César no se gira, solo le lanza miradas ladeadas— me encargaron transmitir la final del US Open online. Mi amigo y yo nos íbamos a encargar de todo: él de hacer la previa y yo del partido y la crónica, porque él ya había comentado la final femenina.

»Ese día yo fui a comer a su casa porque la idea era venirnos los dos juntos luego, ya que la final era por la noche. Mientras estábamos comiendo, llamaron a mi colega y le pidieron que fuera un par de horas antes para que todo estuviera listo cuando yo llegara, pero, claro, estábamos juntos, así que fui a la redacción con él. No era plan de quedarme en su casa con su familia.

»En cuanto llegamos a la redacción —continúa César— comprobamos que no teníamos acceso a la retransmisión televisiva. No recuerdo si porque no tenían Eurosport o porque ellos no lo daban en directo... El caso es que tuve que comentar la final mirando solo las estadísticas que ofrecía la web oficial del torneo.

—¿Sin ver el partido?

—Exacto. Fue una experiencia un tanto surrealista porque solo podía imaginarme lo que estaban haciendo en función de los números que iban cambiando y sabiendo cómo jugaba cada uno de los tenistas, pero sin verlo realmente.

—¿Nadie se dio cuenta?

—Que yo sepa, no. Si alguien se quejó, no me lo dijeron.

—Eso es... impresionante —confiesa, haciendo que César se encoja de hombros.

—Estaba haciendo lo que me gustaba y tenía esperanza de quedarme una vez que se me acabara la beca. No fue así, prefirieron quedarse con el más pelota. Y eso que mi amigo y yo le echamos muchísimas horas durante ese torneo. Esa tarde, sin ir más lejos, yo trabajé diez horas cuando mi beca era de cuatro horas diarias. Y no te creas que me dijeron que me tomara más de los dos días libres que me correspondían a la semana. Daban por sentado que los becarios teníamos que trabajar más horas y nadie lo agradecía o las premiaba. Jamás hice menos de cinco horas, y no es que me queje, porque aprendí mucho, pero no sé... creo que se aprovechaban de los becarios y los explotaban.

—Si te sirve de algo, a mí en el periódico en el que estuve de becaria durante mi último año de carrera me dejaron un fin de semana de redactora jefa. Era una de los dos becarios más antiguos y nos dejaron a uno de redactor jefe de la mañana y al otro de tarde. Con horario de redactor, por supuesto. Por suerte, no pasó nada grave, pero la situación demuestra hasta qué punto las redacciones dependen de los becarios porque ninguna tiene el personal necesario para hacer el trabajo que se les exige.

—Las cosas han empeorado en los últimos años. Ahora la mayoría sobrevive con *freelancers* que cobran una miseria y tienen que trabajar para varios medios. La calidad es lo primero que se pierde en situaciones así porque es imposible que tengas tiempo para hacer todo el trabajo que te reclaman para satisfacer a todos los medios.

Se le escapa una carcajada al recordar lo que vivió ella con la persona que la sustituyó en la revista después de irse.

—Cuando comencé a trabajar en esta revista, contrataron en mi antiguo curro a un *freelancer* que escribía, creo que, para cuatro medios. El tío le mandaba a mi antigua redactora jefa reportajes firmados por él que eran plagios de otros que había escrito yo. Modificaba cuatro cosas, si es que llegaba a hacerlo, cambiaba las fotos y quitaba mi firma y le decía que lo había hecho él.

—Qué morro...

—No le culpo porque es lo que dices: es imposible que puedas enviar reportajes nuevos a cada medio y tener vida y salud mental.

—A ver... que una cosa es que no tengas tiempo y otra que seas un cerdo y te mees en el trabajo de una compañera y la plagies para beneficiarte tú.

Olivia se encoge de hombros y niega con la cabeza. Recuerda el cabreo cuando se dio cuenta de que el que la sustituía estaba quitando su firma de los reportajes para poner la suya y cobrar por el trabajo que había hecho ella, pero ya se le ha pasado. No merece la pena seguir gastando energía en algo que ya se solucionó, por mucho que sea el reflejo del mundo en el que está trabajando.

—Me sentiría más cómodo si pillaras un coche para volver a casa. Se ha hecho tarde —señala César.

Olivia mira la hora en el móvil y suspira. La verdad es que es más tarde de lo que esperaba y volver a casa en metro le llevará casi una hora más.

—Preparo una ensalada y unos sándwiches si quieres

y pido un coche. Debí recordar lo largo que era el partido y dejarlo para un día en el que pudiéramos quedar antes.

—No te preocupes, César.

—Yo me encargo. Solo dime de qué quieres el sándwich y en cinco minutos tienes la cena.

Media hora después, Olivia corre por la entrada del edificio para no hacer esperar al coche que César se ha empeñado en pedir para que la lleve a casa. Lo único que lamenta es haberse dejado el postre porque tenía una pinta fabulosa.

Capítulo 19

Acepta la invitación de Sofía para salir el jueves porque el viernes, en cuanto termine de trabajar, coge un tren a Valencia para ver a su familia, y le apetece salir un poco con sus nuevos amigos de Madrid.

Agarra la copa medio llena y permite que Sofía la arrastre hasta el centro de la pista mientras sigue el ritmo de la música con las caderas. Cierra los ojos y deja que esta la envuelva, colocando una mano en la cintura de su amiga y levantando la copa con la otra para evitar que choque contra el cuerpo de alguien.

Cuando abre los ojos ve que, al fondo de la sala, hay una chica que no le quita ojo a Sofía, y no le extraña. Es seguramente la mujer más guapa del local y esa noche está despampanante con unos vaqueros ajustados y una camisa blanca, ancha y suelta que le llega hasta el muslo y lo bastante transparente como para que se adivine su espectacular cuerpo si las luces inciden sobre ella.

Unos minutos después, se acerca a la barra para pedir un refresco para ella y otra copa para Sofía. Se gira para mirar hacia la pista mientras espera a que le sirvan cuando ve a la chica que estaba al fondo acercarse a Sofía. Olivia le hace un gesto al camarero para que no sirva el segundo refresco y se acerca a Nando para pedirle que le acerque él la bebida a su amiga. Después, recoge sus cosas y sale del local.

Sonríe al pensar que hacían buena pareja y que, tal vez, Sofía tenga suerte en esta ocasión; luego, sigue caminando hacia Gran Vía mientras pide un coche a través de la *app*. En ese momento, recibe un mensaje y la sonrisa se amplía.

Sofía
¿Te has ido por mí?

Olivia
Me he ido porque tengo que hacer la maleta.

Sofía
¿Seguro?

Olivia
Te lo prometo. Te puedo mandar una foto en cuanto llegue a casa para que lo veas.

Diviértete. Es muy guapa.

Sofía
Te veo mañana. Descansa.

♥

Bloquea el teléfono en cuanto ve el coche detenerse frente a ella y sonríe. Lo que tenía con Sofía nunca fue más que sexo, del bueno, pero solo eso. Las dos sabían que la otra no estaba interesada en mantener una relación más allá de la amistad. Le gustaría que Sofía encontrara a alguien que la haga olvidar la mala experiencia de su última relación.

En el tiempo que han pasado juntas ha sido capaz de ver que, a pesar de decir que no quería pareja, a Sofía se le iluminaba la mirada cuando hablaba del amor. Puede que Olivia aún no esté preparada para buscar a alguien, pero cree que ya ha llegado el momento para su amiga, y Olivia no tiene ninguna intención de hacerla sentir incómoda.

Entra en silencio en el piso y, una vez que se ha desvestido y desmaquillado, pone la maleta pequeña sobre la cama y comienza a meter lo que cree que va a necesitar en su viaje relámpago a casa. Tiene ropa en casa de sus padres, pero todo de hace mil años y Olivia no va a dejar en Madrid alguno de los últimos modelitos que ha comprado. Nunca se ha considerado una *fashion victim*, pero sí alguien a quien le gusta la moda lo suficiente como para estar al tanto de las últimas tendencias, más allá de su trabajo. Pero es algo pobre para permitirse grandes diseñadores, así que, a lo largo de los años, ha encontrado algunas marcas que le dan lo que ella quiere y lo que su cuerpo necesita, considerando que tiene bastante más curvas que las modelos que se suben a las pasarelas en cada temporada.

Esa es otra de las cosas que ha aprendido con los años: que no todas las tiendas y no todas las marcas tienen talla para cuerpos como el suyo. Es algo que la frustra porque la mayoría de las mujeres que Olivia conoce tienen figuras más parecidas a la suya que a las de las modelos; sin embargo, pocas empresas de moda se preocupan por satisfacer sus necesidades.

Vestir a la moda es mucho más complicado y bastante más caro cuando no tienes una talla treinta y ocho, pero, por suerte, en los últimos años ha podido conseguir prendas *online* que la han ayudado en esa labor porque, a diferencia de las tiendas de toda la vida, para las tallas grandes (Olivia odia esa etiqueta, porque se encasilla en ella cualquier medida que no sea delgada o extremadamente delgada) es ropa bonita y moderna. Y, aun siendo consciente de que no es lo más ecológico, porque lo ideal es comprar prendas duraderas que no tengan que reponerse cada poco tiempo, la realidad es que los precios son prohibitivos para la mayoría de los bolsillos.

Olivia puede permitirse comprarse un par de vaqueros

que le duren una temporada, pero habría tenido que estar un par de ellas sin comprar nada para poder darse el lujo de hacerse con unos de mayor calidad. Y no puede permitirse ir desnuda por la vida durante ese tiempo.

En cuanto tiene la maleta hecha, rescata el teléfono que había dejado sobre la mesita de noche y le manda una foto a Sofía para que compruebe que no ha mentido.

Olivia
Espero que lo veas mañana cuando te levantes.

La alegra ver que no aparecen los dos *ticks* azules junto a su mensaje, significa que Sofía está ocupada haciendo otra cosa mucho más interesante que estar pendiente del móvil.

El viernes, en cuanto deja el equipaje en un rincón, el bolso y la cazadora en su mesa y enciende el ordenador, se arrastra hasta la sala de descanso a por un café. Sabe que salir un jueves implicaba arrastrarse el día siguiente, al menos hasta la hora de la comida, especialmente si dejaba la maleta por hacer y tenía que prepararla de madrugada.

No le sorprende lo más mínimo encontrarse a Sofía ya allí, con cara de querer morirse, algunas ojeras disimuladas con maquillaje y la mirada clavada en algún punto entre el infinito y el más allá.

—Buenos días —saluda, dándole un pequeño toque con el hombro a Sofía al pasar a su lado.

—Lo serán en cuanto consiga despertarme. He visto tu mensaje cuando me ha sonado el despertador. ¿Por qué no la dejaste preparada?

—No me dio tiempo. Me puse a leer crónicas de la final del US Open que ganó Alcaraz y se me fue el santo al cielo.

—Me fascina que te estés tomando lo de la apuesta tan en serio.

Se gira para mirar a Sofía con una ceja levantada mientras la máquina termina de preparar su capuchino.

—Entiendo lo de darles una patada en el culo a los de Deportes porque se creen que son el puto centro del universo. Si por alguno fuera, ni Nacional debería ir primero. Pero le estás dedicando más esfuerzo del que creo que él le está poniendo.

—En eso te equivocas. César se lo está tomando muy en serio. Te sorprendería. Es competitivo y, una vez que se ha metido en esto, no va a ponerme las cosas fáciles. Y yo no estoy dispuesta a dejar que gane.

—Esa es mi chica —masculla Sofía, levantando el vaso de cartón en su dirección.

—¿Qué tal anoche?

—No me fui mucho más tarde que tú. —Sofía le dedica una sonrisa traviesa—. He quedado con ella mañana. Es maja.

—Estuvo toda la noche mirándote.

—No es verdad.

—Sí lo es —responde, colocándose a su lado y dándole el primer sorbo a su café.

—Nando se enfadó porque pensó que te estaba poniendo los cuernos.

Ese comentario consigue arrancarle una carcajada.

—¿Le explicaste que no estábamos juntas?

—Sí, pero sigue diciendo que le caes bien y que le parece una faena.

—Cuando esté en el tren le mandaré un mensaje para agradecerle que protegiera mi honor, pero que no es necesario.

—Te ha cogido mucho cariño y Nando no es fácil de complacer. Deberías estar orgullosa.

—Nadie puede resistirse a mis encantos.

—Doy fe de ello. —Sofía le guiña un ojo y le devuelve el empujoncito con el hombro de forma cariñosa—. ¿Te vas directa desde aquí?

—Tengo la maleta en la redacción.

—Pásalo muy bien y tráeme algo. Aunque sea un poco de arena de la playa.

—Hecho. Suerte en tu cita —añade cuando Sofía está a punto de salir de la sala de descanso.

—No es una cita. Solo hemos quedado para tomar

algo. Contigo también quedé y no fue una cita. No me apetece tener novia, ya lo sabes.

Olivia no responde, pero no puede evitar pensar que, si la otra chica está interesada en algo más, Sofía no se negará a intentarlo.

Es complicado bajar a casa porque le gustaría pasar más tiempo con su familia, pero tampoco quiere perder la oportunidad de ver a sus amigos y salir con ellos. Aun así, siempre consigue encontrar el equilibrio entre estar en casa y no ser una antisocial.

Ese fin de semana es exactamente lo que necesita. Solo ha vuelto a casa dos veces desde la ruptura con Valeria. La primera estaba tan destrozada que apenas salió de casa y dejó que África se acurrucase a su lado en la cama y le acariciara el pelo mientras ella lloraba por la traición de la mujer que amaba. La segunda seguía intentando encontrarse de nuevo, se sentía desencantada con el trabajo y desesperada por salir del piso en el que se había visto en la obligación de meterse.

Ahora todo es distinto. Se siente bien en su nueva situación: feliz en su nuevo trabajo, satisfecha con el piso y, al menos, con una de sus compañeras y, lo más importante, sin rastro del rencor y el dolor que la han atormentado durante meses.

—Te echaba de menos, peque —le susurra su hermana

la noche del sábado cuando regresan después de salir con sus amigos de toda la vida. África se queda a dormir en casa de sus padres para pasar más tiempo con ella.

—Y yo a ti.

—No me refiero a que hacía tiempo que no venías. Me refiero a que vuelves a ser tú.

Olivia respira hondo y busca la mano de su hermana para entrelazar los dedos con ella. Los aprieta y sonríe.

—Yo también me he echado de menos durante un tiempo.

África no responde, pero se gira para poder abrazarla por la espalda y la aprieta con fuerza contra su pecho. Olivia sonríe y cierra los ojos, feliz por estar de vuelta y saber que su hermana siempre estará ahí para ella, pase lo que pase.

Capítulo 20

Está cansada después de haber dormido tan poco en Valencia y las horas de viaje, pero le parece maleducado cancelar en el último momento la sesión con César, así que se presenta en su casa con más ganas de acurrucarse en el sofá y echarse una siesta que de comentar parte de la gala de los últimos Oscar.

A pesar de su cansancio, Olivia fuerza una sonrisa cuando César le abre la puerta, un gesto que su compañero no le devuelve. Más bien la mira con el ceño fruncido y el gesto serio.

—¿Estás más morena?

Desde luego, esa pregunta no ha sonado como un cumplido y a Olivia se le borra la sonrisa de golpe.

—He pasado el fin de semana en casa —responde, ignorando a César y adentrándose en el piso hasta el salón.

—¿Y eso dónde es?

—Valencia. ¿Algún problema con eso?

—No. Me encanta Valencia. Es solo que me acabo de dar cuenta de que no eres de Madrid.

—Que comparta piso debería haberte dado una pista, Sherlock.

—Hay gente que comparte piso siendo de Madrid.

—Muy mal tienes que pasarlo en tu casa para irte a una ciudad como esta en la que es casi imposible vivir solo. No digo que no los haya porque hay familias muy desestructuradas y padres muy hijos de la gran puta, pero te puedo asegurar que, si yo pudiera, seguiría viviendo con mis padres hasta poder comprarme algo yo sola. Que a este paso será cuando me jubile —masculla la última frase, más para sí misma que para que la escuche César.

Olivia se quita la cazadora y la deja junto al bolso sobre el reposabrazos en el que se sentó la otra vez. Se cruza de brazos.

—¿Algo más sobre mi vida familiar que quieras saber o podemos empezar?

—Podemos empezar —responde él. No está muy segura de si César está cabreado con ella o un poco avergonzado en ese momento, pero está claro que la conversación no ha mejorado su humor.

Saca una bolsa de palomitas del bolso y un par de latas

que ha comprado en la tiendecita que hay cerca del piso de César para que estuvieran frías y se acomoda en el sofá.

—No hacía falta que trajeras nada, tengo cosas en la cocina.

—Es mi sesión, yo traigo las cosas. Bastante haces con poner la tele, aunque sea para ahorrarte a mis compañeras de piso —responde con una sonrisa, intentando aliviar un poco la tensión que esa noche se respira en ese salón.

—¿Qué se supone que vamos a ver hoy? —Mira el *pendrive* que le tiende Olivia como si fuera a morderlo.

—Seguimos con la gala. Vamos a ver los primero premios, hay muchos técnicos, pero son los que luego acabarán decidiendo qué película es la más galardonada de la edición. También el resumen de los que no se otorgan durante la gala.

—¿Hay premios que no se dan durante las ochocientas horas que dura esto?

—Si lo hicieran, duraría mil, así que siéntate y agradece que no quieran torturarte más de lo debido.

Está claro que César no está por la labor de tomarse la visualización como una práctica para aprender el trabajo que hay detrás de las crónicas de la gala cuando ni siquiera se molesta en abrir la libreta, pero Olivia está dispuesta a hacer su parte del trato.

—Tienes que tener en cuenta una cosa. Hasta 2018,

las pocas veces que una producción de una plataforma de *streaming* había sido nominada eran documentales. A partir de ese año comenzaron a recibir candidaturas también las ficciones. La pandemia no les dio otra opción porque durante meses no se estrenó ni una sola película en los cines, pero sí en las plataformas.

»En las dos últimas galas, las películas de *streaming* se colaron en casi todas las categorías, incluyendo las más importantes o prestigiosas. Y esta vez sí ganaron algunas de las estatuillas más preciadas.

—¿Cómo cuáles?

—No vale hacer trampa. Lo descubrirás a lo largo de la gala, mi Padawan.

—Esa referencia la he entendido, aunque no soy muy fan de Star Wars.

—Yo tampoco, pero forma parte ya de la cultura popular. Este año, además, se incluyó un premio a la película más apreciada por el público. Vamos, una forma de que la gente de Twitter votara por su peli favorita.

—¿No hay unos premios ya para eso?

—Los People's Choice, los Teen Choice... Pero la audiencia de la gala en plena pandemia fue un desastre y necesitaban atraer a más público.

—Puede que si la gala no durase una eternidad y se ahorrasen los chascarrillos machistas, racistas, homófobos y ofensivos en general, la gente no querría salir corriendo en dirección contraria.

—Si lo dices por lo de Chris Rock...

—A ver, lo de Chris Rock es lo que más llamó la atención de este año, que hasta yo, que no suelo prestarle atención a los Oscar, me enteré, pero vi luego un montón de vídeos en Twitter de otros presentadores haciendo un montón de comentarios inapropiados.

—Supongo que eso tampoco ayuda. Como mujer, algunas de las bromas que suelen hacer me resultan degradantes. Sin ir más lejos, antes de que Will Smith se levantase a darle una hostia, se refirió a Penélope Cruz como la mujer de Javier Bardem. Como si ella no hubiera ganado un Oscar también y no fuera una actriz reconocida a nivel internacional.

»Y aunque no lo fuera, le debes un respeto. Nadie se atrevería jamás a llamar a Jay-Z el marido de Beyoncé, pero con las mujeres se toman todo tipo de libertades y da igual. Para muchos seguimos siendo un accesorio de los hombres, aunque sean ellos los que ejercen de acompañantes.

Olivia deja de hablar, respira hondo y decide que es mejor dejar el tema antes de enfadarse. Aunque le gusta que César haya estado asintiendo mientras ella exponía su opinión al respecto.

—Es importante destacar qué premios se llevan los

españoles. Hay varios nominados en esta edición y, aunque sean categorías menos llamativas, siempre tiene buena acogida que se las destaque porque hay un montón de profesionales técnicos en Hollywood además de actores y directores.

No llevan ni una hora cuando César comienza a bufar. En realidad, no han empezado; solo están con el resumen de las categorías que se han anunciado antes. Olivia coge el mando que hay sobre la mesa, detiene la reproducción y se pone en pie.

—Será mejor que lo dejemos por hoy. No te apetece ver esto, no estás de humor y yo paso de obligarte a hacer algo que no quieres.

Se pone la cazadora, cierra el bolso y rescata el *pendrive* que seguía conectado a la televisión de César.

—Ya me buscaré la vida. Gracias por todo.

Ni siquiera espera a que César la acompañe a la puerta, da media vuelta y sale del piso para respirar profundamente en cuanto llega a la calle. No se había dado cuenta de lo opresiva que era la atmósfera en esa casa hasta que ha llegado a la acera. Sea lo que sea lo que le pasaba a César, está claro que creaba un mal rollo general que se sumaba a su cansancio y sus ganas de quedarse en su habitación haciendo nada.

Debería haberle hecho caso a su instinto y haber

anulado la sesión. Se hubiera ahorrado las malas caras y un viaje de ida y vuelta. Aprovecha el trayecto en metro para leer un poco. Desde que dejó a Valeria ha recuperado el gusto por la lectura y está devorando todas las novelas que se ha perdido durante esos años.

Una vez más, debería haberle prestado atención a sus primeras impresiones. Cuando Valeria le dijo que no leía nunca porque le parecía una pérdida de tiempo, tenía que haber salido corriendo en dirección contraria. Alguien que considera que la lectura no es un placer no tiene claras las prioridades.

Es fácil decirlo *a posteriori*, pero lo cierto es que, durante mucho tiempo, Valeria fue importante para Olivia. La quiso, se enamoró como hasta entonces no lo había hecho e incluso llegó a pensar que era la persona definitiva. Está claro que era la única en esa relación que se la tomaba en serio.

Suspira y vuelve a centrarse en su lectura: es mucho más interesante ver cómo se enamoran dos personajes ficticios que pensar en su exnovia siéndole infiel. Cuando llega a su parada tiene la tentación de fingir que se la ha pasado porque la trama está en un punto muy interesante y quiere seguir leyendo, pero le pueden las ganas de llegar a casa y meterse en la cama.

Piensa hacerse un sándwich, pillar un yogur y meterse

en la habitación para terminarse el libro y luego dormir hasta la mañana siguiente. Sigue notando el cansancio del viaje y las pocas horas de sueño del fin de semana.

Está caminando a su habitación con un plato con el sándwich, el yogur haciendo equilibrios en el borde, el libro bajo el brazo y la botella en la otra mano cuando comienza a sonarle el móvil.

—¿En serio? ¿No hay otro momento?

Se mete el cuello de la botella en la boca y saca el móvil del bolsillo trasero del vaquero. Pone los ojos en blanco al ver el nombre de César en la pantalla y está tentada de no cogerlo, pero luego piensa que tal vez es importante porque, al fin y al cabo, su compañero de trabajo jamás la ha llamado.

Abre la puerta de la habitación en tiempo récord, teniendo en cuenta las circunstancias, lo deja todo sobre el escritorio y le da al botón de responder, aún con la botella entre los dientes.

—¿Olivia? —pregunta César al ver que ella no ha dicho nada aún.

—Dime. —La voz le sale rara mientras se quita la botella de entre los dientes y comienza a pelearse con el bolso y la cazadora con solo una mano—. Si me he dejado algo, me lo puedes llevar mañana al periódico, no pienso volver a tu casa a estas horas.

—Llamaba para disculparme —responde él. Olivia se detiene en mitad de lo que está haciendo, con un brazo en un ángulo rarísimo: la cazadora pendiendo de su muñeca y el bolso colgando de su cuello igual que los turistas llevan la cámara de fotos—. He sido un anfitrión horrible. He tenido un mal día y... —Se lo escucha suspirar a través del teléfono y Olivia puede imaginarse cómo se pasa la mano por la barba de pocos días que siempre lleva.

»Teníamos un trato y ha sido muy feo por mi parte hacerte venir sabiendo que no iba a poder cumplir hoy. Siento que te hayas hecho el viaje hasta aquí y que yo solo haya puesto malas caras e ignorado lo que me decías.

Una disculpa es lo último que Olivia esperaba. En las últimas semanas, César le ha estado demostrando que, a pesar de todas las cosas que no le gustan de él, que las sigue habiendo, hay un montón más que le gustan. Si solo se sacase la escoba del culo y se comportase más como un ser humano y menos como un gilipollas, podría caerle hasta bien.

—Disculpas aceptadas —consigue responder después de algunos segundos de silencio en los que está segura de que César ha pensado que le ha colgado.

—Sobre lo que has dicho al irte, lo de que ya te las apañarías... Por mi parte, el trato sigue en pie. Si tú quieres, claro.

Se le escapa una sonrisa sin poder evitarlo. En el fondo, la posibilidad de volver al principio no le hacía ni la menor gracia.

—La próxima vez que tengas un mal día, avísame y me ahorro los casi tres cuartos de hora de metro.

—Trato hecho. Mañana vemos cómo nos reorganizamos.

—Me parece bien. Buenas noches, César.

—Buenas noches, Olivia.

—Y gracias por llamar.

Se sienta en la silla, aún con la cazadora colgando, aunque ha conseguido quitarse el bolso, y se dispone a dar cuenta de su cena antes de meterse en la cama, acurrucarse y seguir leyendo. Ya pensará en la siguiente disciplina deportiva con la que César piensa torturarla en otro momento.

Capítulo 21

Sonríe al escuchar la risa de Sofía en el pasillo. No necesita girarse para saber que es ella la que ha entrado en la sala de descanso. Selecciona un cortado en la máquina y lo señala con la barbilla cuando su amiga se detiene a su lado y se acoda en la mesa en una postura muy poco elegante.

—Solo es martes y ya quiero pegarme un tiro.

Olivia la observa de abajo arriba y ladea la cabeza. A pesar de estar guapísima, como siempre, puede notar unas leves ojeras bajo sus ojos perfectamente maquillados.

—¿Qué pasa?

—Vengo de una rueda de prensa. En media hora me tengo que ir a otra y esta tarde me toca cubrir una tercera —explica. Olivia no puede evitar bajar la mirada hasta los altísimos tacones que lleva Sofía y levanta una ceja—. Son cómodos, no me juzgues.

—Y vas en taxi.

—Eso también.

Esta vez Olivia ni se molesta en esconder el gesto de poner los ojos en blanco. Siempre ha tenido claro que en periodismo sigue habiendo dos categorías: los que escriben en la edición de papel y los de *online*. Luego están los híbridos, como en su revista, que es tan pequeña que ellos se lo hacen todo, pero a los que encasillan con los segundos.

—¿A qué viene esa cara? —le pregunta Sofía, incorporándose para poder coger el café que ya ha terminado de prepararse.

—La revista en la que trabajé antes de venir aquí era un grupo pequeño, éramos pocas publicaciones y un puñado de periodistas, pero el dueño era de la vieja guardia: el papel es lo importante. Así que los de la web éramos los apestados, los que menos recursos teníamos, los que siempre perdíamos a alguien cuando había que hacer recortes y los que menos inversión recibíamos.

Observa a Sofía por el rabillo del ojo y le alegra ver que le está prestando atención, aunque, por su expresión, no tenga muy claro a dónde quiere ir a parar.

—Un par de años antes de que llegara la pandemia decidieron renovarlo todo. Solo imagen, no te creas. Se gastaron un dineral en contratar diseñadores a pesar de que había un par en plantilla y crearon una nueva maqueta para papel, que presentaron con un aperitivo para toda la empresa el día que se lanzó la primera revista.

»El diseño de la web tardó unas semanas más porque, como había menos presupuesto y la prioridad era el papel, no llegaron a la fecha pactada —continúa—. Deberíamos haber lanzado la nueva apariencia web durante la mañana del viernes, cuando más tráfico hay, porque la gente hace planes para el fin de semana. Pero, a las dos y media, no estaba listo y todos decidimos quedarnos para intentar ayudar a pesar de que era nuestra hora de salida.

»El dueño de la empresa estaba por allí. Nos vio regresar con la comida para llevar que habíamos pedido en un restaurante cercano y ni siquiera se ofreció a pagarla. Eran cincuenta euros de mierda. Pero ni siquiera se dignó a pagarles la comida a los trabajadores que se quedaban de forma voluntaria a hacer horas extras, que sabían que no iban a cobrar, solo para que el trabajo se hiciera bien.

—Qué cabrón... pero, si era una cosa de diseño, ¿qué podíais hacer vosotros? —Sofía parece confusa.

—Comprobar que las cosas se habían cambiado bien y pasarles un informe con los errores para que ellos lo arreglaran. Si el jefe hubiera sabido algo del trabajo que hacíamos podría haberlo hecho él, pero ni siquiera sabía qué sección llevábamos cada uno. A media tarde nos dijo que podíamos irnos a casa si queríamos porque seguía sin estar todo listo, pero que estuviéramos disponibles para comprobarlo desde casa.

Olivia le da el último sorbo a su capuchino y se gira para mirar a Sofía, que ha apoyado la espalda en la mesita y la observa fijamente.

—Después de cenar nos envió un mensaje para decirnos que ya estaba el nuevo diseño subido y que comprobásemos que todo se veía correctamente. Estuvimos hasta las cuatro y media de la madrugada haciendo comprobaciones y pasando informes a la empresa que se había encargado de hacerlo.

»¿Sabes cómo lo celebramos?

—¿Otro aperitivo?

—Nunca lo celebramos. Ni una mísera bolsa de patatas y un refresco. Nada. El lunes siguiente, a eso de las cinco, llamó al redactor jefe y le dijo que si habíamos acabado nuestro trabajo, los que nos habíamos quedado el viernes, podíamos irnos antes a casa. Salíamos a las seis.

—¿Una hora?

—Sí. Sé que tú no tienes la culpa, pero me cabrea que a algunos os den facilidades, mientras a otros no nos dan ni las gracias.

Sofía baja la mirada y frunce el ceño, como si estuviera haciendo memoria, aunque Olivia no tiene ni idea de lo que está pensando.

—Tengo unas manoletinas en un cajón de mi mesa, con ellas podría ir en metro...

—Sofi, no es cuestión de que tú empeores tu situación para ponerte en un nivel inferior. Lo que tienen que hacer es mejorar la situación de los otros. No te he contado esto para que te pongas unas bambas y puedas ir en metro a las ruedas de prensa. Solo que me ha hecho gracia porque si yo sé que tengo que salir de la redacción, me pongo el calzado más cómodo que tengo porque me voy a pasar toda la mañana o la tarde en el metro.

—Deberían pagarte el taxi, como a nosotros.

—Sí, pero las dos sabemos que no van a hacerlo.

Lanza el vaso vacío a la papelera y gruñe cuando rebota en el borde y cae al suelo, obligándola a agacharse para recogerlo.

—¿Qué tal el fin de semana? ¿Habrá más citas con la chica del bar?

—Se llama Virginia y, sí, hemos estado hablando desde el sábado y pensamos salir el próximo viernes.

Solo hay que ver la cara de tonta que se le ha puesto para saber que a Sofía le gusta Virginia.

—Si te hace sonreír así, me cae bien.

—¿Quieres venir el viernes?

—¿De sujetavelas? Olvídalo.

—No seas tonta. He quedado con sus amigos y me

vendría bien alguien de apoyo. Iremos al local de mis colegas, así que Nando y el resto estarán por ahí. Sabes que a Nando le gustas, ¿no?

—¿A Nando? —frunce el ceño, sorprendida y confusa.

—Dice que estás muy buena y que eres muy lista.

—Olvídalo. No pienso liarme con dos del mismo grupo de amigos. —Sigue negando con la cabeza incluso cuando atraviesa la puerta y sale al pasillo para regresar a su mesa.

Pero, antes de que pueda alcanzarla, alguien toca su hombro y le da un buen susto. Olivia da un pequeño bote en el sitio mientras se lleva la mano al pecho y cierra los ojos para contener el insulto. Se da cuenta de que es César.

—Soy yo. Soy yo, lo siento. No pretendía asustarte.

—Me haces eso por la calle y te llevas una patada en los huevos, tenlo en cuenta.

Sonríe de lado cuando lo ve encogerse y apretar los muslos uno contra el otro, como si pudiera sentir el dolor incluso solo con la simple mención.

—Jamás se me ocurrirá volver a tocarte por la espalda sin avisarte primero.

—Buen chico.

Se le escapa una carcajada al ver la mirada afilada que le lanza César y comienza a girarse inmediatamente después.

—No tan rápido. Quería disculparme por lo de ayer.

—Ya lo hiciste por teléfono, César.

—¿Sigue en pie lo de mañana? —el tono de su compañero es un poco dubitativo, y eso la sorprende porque César suele ser siempre muy seguro.

—Depende de la tortura que tengas prevista para mí.

—He pensado que cuanto antes te quites el fútbol de encima, mejor.

Sabe que está poniendo cara de asco incluso antes de ser consciente de sentirlo, pero no puede evitarlo.

—Más vale que no sea uno de esos que acaban con empate a cero si no quieres que me duerma en tu sofá.

—Trato hecho.

Capítulo 22

Se está aburriendo. Mucho. De todos los deportes del mundo, con total seguridad el fútbol sea el que menos interés le despierta y, a la vez, es del que más sabe porque todo el mundo tiene una opinión y nadie se corta en compartirla.

Intenta disimular, en especial porque ve a César emocionado e ilusionado con el partido porque, según él, es uno de los mejores que ha visto nunca. Aun así, está recostada contra el reposabrazos, en una posición nada elegante, para qué mentir, y haciendo anotaciones en su libreta que poco tienen que ver con el fútbol. De hecho, ya tiene la lista de la compra y un par de ideas para entradas del blog, al que últimamente le dedica poco tiempo por culpa de esa apuesta.

—Te estás aburriendo como una ostra —comenta César sin apartar la mirada de la pantalla.

—No sé por qué lo dices.

César gira la cabeza, la observa de arriba abajo con una ceja arqueada y Olivia tiene que contener el impulso de enderezarse como cuando era pequeña y sabía que su madre la regañaría por no mantener la espalda recta.

—Cuéntame algo que me interese —le pide en un impulso. Se arrepiente en cuanto acaba de pronunciar la última palabra porque puede ver la sorpresa y el rechazo, quizás, en el gesto de César.

—No hay cabezas de cerdo en el césped.

Eso lo hace reír y a Olivia le sorprende ver cómo la mirada de César se ilumina cuando la observa.

—Lo interesante sería que lo hubiera, César. Creo que no le has pillado el punto a la petición. —Esta vez se obliga a enderezarse, al menos para descansar la espalda en el respaldo.

—A mi mujer tampoco le gustaba el fútbol.

Ese comentario hace que se incorpore de golpe, sentándose con el cuerpo hacia adelante y algo ladeado para poder mirar a César a los ojos.

—¿Estás casado? —Gira la cabeza para volver a observar el salón que ha llegado a conocer muy bien durante esas semanas, pero es incapaz de ver algo que le indique que en esa casa vive o ha vivido nunca nadie que no sea César.

—Divorciado.

—Lo siento.

—¿Por qué?

Se muerde el labio para no responder algo del tipo «porque ahora tiene sentido que seas una de las personas más solitarias que conozco», pero ni es lo que le está preguntando ni es algo que debería decirle a nadie.

—Las rupturas siempre son duras. —Se decanta por algo más políticamente correcto.

—Oí que habías roto con tu novio antes de empezar a trabajar en el suplemento.

—Novia —lo corrige. Si a César le sorprende no hay nada en su rostro que lo demuestre, y eso le hace ganar otro punto—. Y habían pasado ya algunos meses, pero sí. No fue una buena época entre cambiar de trabajo, buscar piso y recuperarme de los cuernos.

—Lo siento.

—¿Por qué? —No puede evitar la sonrisa al recordar la conversación que acaban de tener.

—Que te traicionen siempre es duro. —César no oculta la sonrisa ladeada cuando responde.

—¿Te llevas bien con ella?

—¿Con tu exnovia?

—Imbécil —le gruñe con una sonrisa mientras le da un manotazo en el brazo y vuelve a dejarse caer contra el respaldo del sofá—. Con tu exmujer.

—Sí. Es una buena persona.

Se muerde las ganas de preguntar por qué se divorciaron entonces, pero no son amigos y esa sería una pregunta demasiado personal.

—Yo no me llevo bien con mi ex, al menos no con esta. Con mi ex de la universidad, sí. De hecho, quedé con él hace unas semanas para comer y me presentó a su nueva novia. Es maja.

No va a negar que ha sacado a colación a Carlos con una clara intención de ver su reacción, pero, una vez más, no es capaz de ver ningún cambio en su gesto y Olivia no puede evitar pensar que tal vez César tenga más cosas buenas que malas. Aunque no va a decírselo, por supuesto.

—Eso es genial. Lo de llevarte bien con tu ex, no lo de la otra chica.

—Venga, César. Cuenta. —Le da pequeños toquecitos en el brazo para animarlo a que continúe.

—No hay mucho que contar. Nos casamos, no funcionó y nos divorciamos. Nos llevamos bien, hablamos a menudo y la veo cada vez que bajo a Toledo.

—¿Eres de Toledo?

—No, no. Soy de Madrid, aunque mis padres hace tiempo que se trasladaron al pueblo en Segovia. Mi hermana vive en la sierra y tenemos horarios bastante incompatibles.

—¿Cómo se llama?

—¿Mi hermana o mi ex?

—¿Las dos? —comenta después de pensarlo unos segundos.

—Mi hermana se llama Clara. Es la mayor y le encanta ejercer de protectora. Mi exmujer se llama Júlia. La conocí cuando fui a cubrir una competición a Barcelona; aunque, por entonces, ella ya vivía en Madrid.

—¿Cómo acabó en Toledo? —Se recrimina haber hecho la pregunta porque no es de su incumbencia.

—Es una larga historia, pero está cerca de Madrid sin tener que aguantar el jaleo de la capital. Les funciona, así que me parece bien.

Está claro que César no está por la labor de contar más sobre su exmujer, así que Olivia lo deja pasar. Entiende que hay cosas que no siempre apetece recordar, por mucho que se tenga buena relación con una expareja.

Aunque se está mordiendo la lengua para no preguntarle por ese plural; le encantaría saber si se lleva igual de bien con la nueva pareja de su exmujer.

—¿Esta es la casa que compartías con Júlia? —Sabe que está siendo cotilla, pero no puede evitarlo. César puede pararla cuando quiera.

—No, vivíamos en un chalet. Su familia tiene dinero

—aclara César al verla abrir los ojos como platos—. Este piso fue un regalo de mi suegro después de divorciamos.

—Mis no suegros dejaron de hablarme cuando dejé a su hija por ponerme los cuernos.

—Bueno, de casta le viene al galgo, ¿no?

No puede evitar echarse a reír al escuchar ese comentario. La verdad es que los padres de Valeria no le caían bien y siempre fue muy consciente de que el sentimiento era mutuo, así que no le sorprendió que se pusieran de parte de su hija y no afearan su comportamiento con ella.

—El partido casi ha acabado y te he visto tomar algunas notas, así que podemos pararlo si quieres —sugiere César después de unos minutos de silencio en los que los dos miran la pantalla sin prestarle mucha atención.

—No, no. Aguantaré como la profesional que soy. Deja que esos chavales sigan correteando detrás de la pelotita.

—¿Por qué odias tanto el fútbol?

—En realidad no es el fútbol en sí, sino toda la hipocresía e injusticia que hay alrededor. Me parece indecente que un futbolista cobre tanto dinero cuando hay deportistas que malviven con becas o trabajando de otra cosa porque no se pueden permitir vivir solo de su deporte.

—El fútbol genera mucho dinero —dice César. Ella pone los ojos en blanco al escuchar esa frase.

—Nosotros, como medios de comunicación, tenemos también mucha culpa en eso. Ofrecemos más fútbol porque es lo que la gente consume, pero la gente lo demanda porque es lo que más al alcance tiene. Durante los Juegos, lo que menos ve la mayoría de la gente que conozco es fútbol.

—Entiendo a qué te refieres y tienes razón, pero es complicado que esto cambie en un futuro a corto o medio plazo.

—Lo sé. —Olivia vuelve a dejarse caer sobre el reposabrazos, con el cuerpo retorcido sobre el sofá—. Pero ya no hablo solo de eso. Es todo lo que lo rodea. ¿Recuerdas las imágenes del aficionado del Barça en la puerta del Camp Nou que lloraba porque se iba Messi?

—Como para olvidarlo...

—Eso lo hace una mujer por un grupo o un actor y lo más bonito que la llaman es *friki*. Lo hace un tío por un futbolista y está socialmente bien visto.

—Nunca me lo había planteado. —César se pasa la mano por la barbilla y Olivia escucha el sonido de sus uñas al raspar la barba.

—Porque eres un hombre. A ti no te critican hagas lo que hagas. ¿Recuerdas tu comentario sobre la alfombra roja de los Oscar? Para las mujeres siempre es así: tienes que esforzarte más para estar perfecta y, aun así, siempre se te criticará más que a un tío que se preocupe lo mínimo. Y no hablo solo de la apariencia. Eso es casi lo de menos.

—Mi hermana es la persona más inteligente que conozco. No es amor de hermano, de verdad. Es un puto cerebrito. Pues las veces que ha cambiado de trabajo ha sido porque ascendían a tíos menos preparados que ella porque, claro, ellos no tenían que preocuparse por los niños. —César tiene el ceño fruncido y la mirada afilada.

—No me cuesta lo más mínimo creérmelo.

—La primera vez que ocurrió, mi hermana ni siquiera tenía planeado tener hijos. Se le presuponía solo porque es mujer, como si todas quisierais tenerlos.

—Y, si no los quieres, como es mi caso, te miran como si estuvieras matando a la humanidad. Pero a ningún hombre se le critica si no quiere tenerlos. Es mi cuerpo y mi estabilidad emocional los que están en juego, qué menos que dejarme decidir a mí.

—Totalmente de acuerdo. Entiendo que en pareja es una decisión que se debe tomar entre los dos, pero siempre priorizando la decisión de la mujer que, al fin y al cabo, es la que va a tener que pasar por todo el proceso.

Olivia mira a César detenidamente, como si fuera la primera vez que lo ve. Ese hombre que tiene delante tiene tan poco que ver con la imagen que se hizo la primera vez que interactuó con él que tiene que recordarse que es el mismo.

—No conozco a tu madre ni a tu hermana, pero tienen todos mis respetos. Y tú también.

—Gracias. ¿Por qué exactamente?

—Porque es muy difícil encontrar a un hombre que entienda todas estas cosas. Dice mucho de ti y de tu círculo que no te pongas a la defensiva cuando se hablan de estos temas.

—No encaja con tu imagen de neandertal que te has hecho de mí, ¿no? —Casi puede escuchar en su imaginación cómo César chasquea la lengua, aunque en realidad no lo haga.

—No. Y no me importa reconocerlo. Sigo pensando que te pasaste tres pueblos con las cosas que dijiste para que Salva te pusiera en portada, pero creo que no eres mal tío.

—¿Ahora somos amigos?

—Tampoco te vengas arriba, chaval.

En ese momento, se escucha el silbato del árbitro que marca el final del partido y César para la reproducción.

Recoge sus cosas tan rápido como puede y se encamina a la puerta sin pararse demasiado a despedirse. Quiere llegar cuanto antes a casa y a esa hora los metros tardan más que durante el día.

—Gracias por la clase magistral y por la charla. Te veo mañana en el trabajo —se despide, entrando ya al ascensor, y se le dibuja una sonrisa cuando escucha la carcajada de César.

Capítulo 23

Puede que tanto hablar de ella últimamente haya servido para convocarla o algo por el estilo porque lo que menos esperaba Olivia es recibir un mensaje de una de las amigas de Valeria para decirle que su exnovia quiere hablar con ella y que, por favor, la desbloquee para poder tener una conversación adulta.

—Conversación adulta... —masculla mientras lee el mensaje por enésima vez. Tiene ganas de estrellar el móvil contra la pared, pero no le sobra el dinero para comprarse otro, así que se limita a gritarle mentalmente—. Eso se lo podías haber dicho a tu amiguita antes de que se enrollara con otra estando conmigo. Tiene ovarios...

Cuando cree que no va a decir ninguna barbaridad, desbloquea la pantalla, abre la conversación y comienza a teclear.

Olivia
Por si se te ha olvidado, Valeria me fue infiel. Bloquearla es lo menos que se merece. No tengo nada que hablar con ella, tuvo mucho tiempo para decirme lo que tenía que decirme y no lo hizo. Ahora es demasiado tarde.

Te agradecería que no volvieras a ponerte en contacto conmigo si es para hablarme de ella. No me interesa.

Durante algunos segundos incluso baraja la posibilidad de bloquearla a ella también, pero luego piensa que eso sí sería infantil y simplemente archiva la conversación porque en realidad no le interesa lo que vaya a responderle y le molesta tenerla en la parte alta de la lista, como un recordatorio.

Odia reconocerlo, pero ese mensaje ha conseguido amargarle la tarde. Lo único que le apetece es irse a un bar, porque en casa no tiene alcohol, emborracharse un poco y luego irse a casa a ponerse como una cerda con un helado.

Y eso todavía la cabrea más porque ha superado a Valeria, no debería de afectarle que sus amigas sean unas hipócritas y la traten de niñata cuando fue ella la que hizo las cosas mal y no Olivia. Pero le molesta. Porque durante cinco años ella también fue su amiga o, al menos, Olivia pensó que lo era, y desde la ruptura ninguna de sus amistades ha dado señales de vida. Y en el momento en el que lo hacen es para pedirle que sea adulta y desbloquee a la persona que más daño le ha hecho.

—Hay que joderse... —murmura mientras se pone la chaqueta y coge el bolso de camino a la puerta.

En cuanto se sienta en la barra del bar y pide el primer mojito, Olivia le manda un mensaje a César. Lo último que le apetece es pasarse la tarde hablando de películas y actores si puede estar poniéndose ciega a ron y helado.

Sonríe al pensar que hay una oferta de tres por dos en mojitos en ese bar al que lleva intentando no prestarle atención un mes, pero que esa tarde le va a servir la borrachera a un precio razonable.

César Deportes
¿Te encuentras bien? Tú nunca cancelas una sesión.

Olivia
De puta madre.

No está borracha, pero entre la penumbra del local, que el tipo que está a su lado está gritándole a la pantalla en la que, como no, están poniendo un partido de fútbol, y no deja de chocar contra ella y que escribir le requiere mucho tiempo, Olivia opta por mandarle un audio como respuesta.

—Estoy demasiado ocupada viendo un partido del... ¿Barça? con un montón de gente ruidosa como para ver la diversidad de opiniones.

César Deportes
¿Dónde estás?

Olivia
No sé cómo se llama, pero está aquí y no tiene mal aspecto.

—Te imagino aquí viendo partidos con esta gente. Aunque espero que no seas del Barcelona porque a estos no le hace mucha gracia que vaya ganando. —Envía otro audio antes de terminar con el primer mojito.

Le extraña el silencio de César, pero no tanto como para dedicarle más de un segundo de sus pensamientos antes de enviarle otro audio a su hermana para ponerla al día. En cuanto acaba su monólogo de casi diez minutos, Olivia está aún más cabreada que antes de bajar al bar y le encantaría desbloquear a Valeria para decirle por donde se puede meter su propuesta de quedar para hablar.

Afortunadamente, no está tan borracha para hacerlo,

así que se guarda el teléfono en el bolso que ha dejado en la repisita que hay bajo la barra. Mira la televisión y sonríe al darse cuenta de que César estaba dispuesto a perderse ese partido por una de sus sesiones.

Levanta la mano para pedir el tercer mojito cuando siente una mano en su hombro y se gira para mandar a la mierda al tipo que lleva una hora dándole empujones, pero se queda quieta, con la boca abierta y la mirada un tanto desenfocada. Está claro que tiene cada vez menos tolerancia para el alcohol.

—Este me lo tomo yo y a ella le pones una coca. Gracias. —César le dedica una sonrisa al camarero y se acoda a su lado, apartando no tan suavemente al tipo que ha estado invadiendo su espacio personal toda la tarde.

—¿Qué haces aquí? Si te vas a empezar a comportar como los tipos esos de los libros que controlan a sus novias, ya puedes largarte porque ni soy tu novia ni me gusta que me controlen. —Intenta coger el mojito, pero César le da un manotazo y retira el vaso.

—Estaba por la zona viendo el partido. Iba a llamarte para preguntarte si te importaba que hiciéramos la sesión en tu casa un poco más tarde de lo normal cuando me ha llegado tu mensaje. No podía perderme el momento en el que vieras un partido de fútbol por propia voluntad.

—Imbécil.

—Lo que tú digas, pero no estoy en un bar emborrachándome solo y viendo algo que no me gusta. Venga. —César hace un gesto con la cabeza, señalando una mesa que se ha quedado vacía al fondo del local y Olivia pone los ojos en blanco, pero baja del taburete y lo sigue con su refresco en la mano—. No es el mejor mojito que me he bebido, pero tampoco es el peor.

Aprovecha que César va delante para darle un no tan rápido y sí muy profundo repaso. Lleva unos vaqueros que se le ciñen al culo, pero, sobre todo, a sus muslos, y a Olivia le pierden los muslos. Si estuviera más borracha, podría hasta fantasear con lo impresionante que sería que la embistiera con fuerza mientras le rodea las caderas con sus piernas.

—Una vez fui con unas amigas a las fiestas de un barrio porque queríamos ver un concierto y ahí probé el peor mojito que he tomado en mi vida. Imbebible —agrega, para que no parezca que estaba mirándole el culo, aunque era lo que estaba haciendo.

—¿Cuántos te tomaste?

—Dos de esos vasos grandes de plástico rígido que dan ahora en las fiestas para que no pidas de los blancos de toda la vida —comenta. César comienza a reírse y Olivia siente la necesidad de defenderse—. Costaban casi lo mismo que un refresco. No me juzgues.

—No se me ocurriría.

César permanece en silencio, bebiendo el mojito, que no es el mejor del mundo, pero tampoco el peor, y mirando la pantalla.

—Mi ex le ha dicho a una amiga suya que me escriba para pedirme que quede con ella y hablemos —confiesa cuando el silencio se le hace pesado.

—¿Quieres hacerlo?

—No. No me apetece verle la cara. Y no se lo merece. Estuvo meses engañándome, que hubiera hablado entonces. ¿Sabes cómo me enteré de que me ponía los cuernos? —pregunta. César niega con la cabeza—. Porque se le estropeó el ordenador y me pidió el mío, se dejó la conversación de WhatsApp con ella abierta y el portátil sobre la mesa del comedor.

—Muy sutil.

—Ni siquiera lo hizo a propósito. Simplemente, estaba tan acostumbrada a que yo no cotilleara sus cosas y se sentía tan segura que se le olvidó que era mi portátil y, por tanto, en algún momento lo necesitaría. Hay que ser gilipollas...

—Un poco sí, la verdad.

—Me planteé perdonarla. La quería tanto y estaba tan segura de que era la persona... mi persona... Lo pienso ahora y me dan ganas de pegarme. —Se pasa la mano por el pelo, apartando los mechones que le caen sobre la frente—.

Porque no fue un error de una noche. No fue algo puntual. Me estuvo engañando, mintiendo, traicionando durante meses y yo no fui capaz de ver las señales.

—No es culpa tuya que alguien en quien confías te traicione, Olivia.

—Y lo peor fue sentirme sola. Mis amigos se habían reducido a colegas en común. Soy tonta y me alejé de mis amistades de la universidad porque quería pasar más tiempo con ella. Todos desaparecieron cuando rompimos. Nadie me devolvía las llamadas, los mensajes se quedaban en visto, no tenían tiempo para quedar y ayudarme con la mudanza o para charlar... Y ahora me vienen con estas...

—¿Le has dicho a su amiga que no quieres quedar con tu ex? —César la observa detenidamente.

—Por supuesto, pero me jode que después de meses su amiga me hable para ponerse de su parte cuando en todo este tiempo ni me ha preguntado cómo estaba.

—¿Era amiga tuya también?

—Yo creía que sí, pero me ha demostrado que no lo es.

—¿Te importa?

Olivia aparta un poco el vaso con los dedos y le devuelve la mirada a César.

—La verdad es que no. En realidad, no me caía especialmente bien, pero es una de las mejores amigas de Valeria y se supone que debíamos llevarnos bien, así que...

—Valeria ya no es tu novia y ella ya no es tu amiga. Te has librado de dos personas que no te aportan nada. Emborráchate hoy si quieres, cena chuches y helado si te apetece, pero que no pase de esta noche. Te lo digo por experiencia. No sirve de nada dejar que las cosas malas que te pasan te hagan perder lo bueno que tienes.

—Debería haberme ido al centro a encontrar a alguien que me hiciera olvidar ese mensaje... —masculla, más para sí misma que para César, que, a pesar del ruido del bar, parece escucharla.

—¿Un clavo saca otro clavo?

—No tengo intención de tener una relación seria con nadie, la verdad. Solo quiero divertirme.

A César le cambia la mirada, pero Olivia está segura que es producto de la tenue iluminación del local.

—Y tú, ¿buscas al amor de tu vida?

—No siempre es necesario buscarlo para encontrarlo, a veces simplemente te lo encuentras. —César se encoge de hombros y le da otro trago al mojito, frunciendo los labios en un gesto de desagrado.

—Muy poético. ¿Eso significa que lo has encontrado?

Empieza a pensar que el alcohol le suelta la lengua más de lo que ella creía porque es incapaz de dejar de hacer todas las preguntas que lleva callándose desde que le conoció.

—No. Eso significa que a veces buscas y no encuentras y cuando dejas de buscar... aparece, sin más.

—Si buscar implica salir, conocer gente y divertirte —alza las cejas varias veces, intentando parecer provocativa, pero no tiene muy claro que lo consiga a juzgar por el gesto de César— me parece bien.

—A veces se necesita algo más que... divertirse.

—¿Siempre te cuesta tanto ser claro o es solo porque odias a las de Cultura?

—No odio a las de Cultura. La mayoría sois hasta majas... excepto el tipo ese que trabaja contigo que es gilipollas perdido —dice. Olivia asiente con insistencia ante esas palabras porque definitivamente Tomás es imbécil.

—¿Por eso me habías pedido que hoy fuera más tarde a tu casa? —Señala la pantalla con la barbilla y sonríe cuando ve un poco de rubor en las mejillas de César.

—Es un partido de la Champions, no puedes juzgarme. Lo dejamos para mañana si te parece bien.

—Me parece bien.

—Por cierto, no me parezco en nada a esos tíos de las novelas a los que te referías antes. Mi ex me obligó a ver todas las pelis de *Cincuenta sombras de Grey* y salí horrorizado del cine.

—¿El meme de «Si Christian Grey fuera un hombre pobre, *Cincuenta sombras de Grey* sería un capítulo de

Mentes criminales»? —cuestiona. Espera a que César asienta con la cabeza para continuar—. Es totalmente cierto. ¿En serio estabas cerca o ha sido una excusa?

—Real como que el mojito me está sentando fatal. Uno de mis mejores amigos y su mujer viven a un par de manzanas de aquí. Estaba viendo el partido en su casa, aprovechando que el niño tenía un cumpleaños.

—Siento haberte estropeado los planes.

—No pasa nada. Vuelvo luego para cenar. En cuanto te acompañe a casa.

—No tienes...

—Pero quiero. Anda, levanta, que ya ha acabado el partido y estos se van a poner un poco pesados porque ha ganado el Barça. El otro día cuando fui a tu casa vi que había una tienda de esas que abren hasta tarde, seguro que tienen chucherías y helado.

Olivia se levanta, pero al alejarse un paso de la mesa, César la detiene y señala los vasos vacíos.

—¿Has pagado? —Olivia niega con la cabeza y observa cómo César llama al camarero—. Pues hazlo.

—Te invito al mojito —responde con una sonrisa mientras le da el billete al camarero y le hace un gesto para que se quede con las vueltas.

—Es lo mínimo que puedes hacer.

—¿Qué tal si dejas de ser gilipollas un rato?

—¡Oye! ¿Pero qué formas son esas de tratar a un amigo que viene para que no bebas sola?

—Te vas a cagar mañana...

Capítulo 24

No suele tomar nada antes de salir hacia el trabajo porque desayunar recién levantada le sienta regular, pero esa mañana lo necesita. Ya no es por la resaca, que tampoco es para tanto, sino porque se siente avergonzada.

¿Cómo se le ocurrió contarle todas esas cosas a César? No son exactamente lo que se llama «amigos». Él es la persona más reservada y cerrada que ha conocido en la vida y en ningún momento le ha dado a entender que tenga intención de confiarse a ella de ninguna forma.

Aunque el hecho de que dejara a su amigo para ir a beber con ella es algo que haría un amigo. Uno de los buenos, todo sea dicho. Pero... ¿contarle cómo se enteró de la infidelidad de Valeria? En serio, ¿en qué estaba pensando cuando abrió su gran bocaza para contárselo?

Gime al llevarse el café a los labios y no tiene muy claro

si es porque le ha quedado malísimo o por pensar que va a encontrarse con César en el trabajo y no va a saber cómo mirarlo a la cara sin morirse de vergüenza.

El sonido de la puerta de la habitación de Candela al abrirse es la señal de que debe mover el culo si no quiere llegar tarde, así que enjuaga la taza en el fregadero, se pone el abrigo, mete la comida en el bolso, se lo cuelga y se despide de su compañera de piso con un «buenos días» susurrado antes de salir corriendo.

Sea obra de un milagro o de que ha evitado la sala de descanso a las horas habituales, lo cierto es que es casi la hora de comer y Olivia todavía no se ha encontrado a César. Con la que sí coincide cuando va a llenarse el termo de agua es con Sofía, que la mira de arriba abajo con una ceja levantada y cara divertida.

—¿A ti qué te pasa?

—Ayer me medio emborraché.

Eso hace que Sofía deje el café que estaba tomando sobre la mesa y se acerque un poco, bajando la cabeza para estar más cerca.

—¿Estás bien? ¿Pasó algo?

Está claro que Sofía ha llegado a conocerla muy bien en esos meses.

—Una amiga de Valeria me pidió que me comportara como una adulta y quedara con ella para hablar.

—Hay que tener los ovarios del tamaño de su cabeza para decirte eso. ¿Qué le has dicho?

—Que no me volviera a escribir para pedirme cosas así.

Sofía recupera su vaso de café y lo choca contra el suyo con un asentimiento de cabeza.

—Me jode mucho haber reaccionado así. Valeria puede hacer con su vida lo que le dé la gana porque no me importa y no me interesa, pero, en cuanto leí ese mensaje, volví a sentirme tan sola como cuando la dejé y nadie se preocupó por cómo me sentía.

—En tu caso, además de perder a tu pareja, perdiste a tus amigos; es normal que la aparición estelar de la colega te desestabilizara. Has pasado el luto por tu ex, pero creo que no te has permitido hacerlo por tus amistades.

—Me he dado cuenta de que en realidad no lo eran —confiesa con un suspiro.

—Puede que ellos no fueran tus amigos, pero tú sí lo eras de ellas.

—En este caso algunos ni siquiera me caían bien del todo, pero creo que tienes razón. Estaba tan ocupada cambiando de trabajo, buscando piso y superando a Valeria que no me he permitido pensar en todo lo que he perdido... o ganado con la ruptura.

—Oli, es normal que haya cosas que vayas cerrando más tarde. Yo, en tu situación, me hubiera hecho un ovillo en un rincón y me hubiera puesto a llorar. Bastante mal lo pasé cuando lo dejé con mi ex como para plantearme cambiar de trabajo y encajar con nuevas compañeras de piso.

—Dos veces —le aclara, para que quede bien patente lo que ha tenido que vivir en el último año.

—Lo importante es: ¿tienes claro que no sientes nada por Valeria?

—Cristalino.

—¿Te interesa mantener la amistad con esas personas?

—Viendo cómo se han comportado, no.

—Pues ya estaría. Eso sí, la próxima vez, llámame y nos emborrachamos juntas. Está feo lo de beber sola.

Gime bajito, casi había olvidado esa parte.

—No bebí del todo sola. Cuando iba por el segundo mojito, llegó César. Se bebió el tercero y me obligó a pedirme un refresco.

—¿César?

—Había quedado con él para lo de la apuesta, ya sabes —explica, porque es muy consciente de lo raro que parece todo si no sabes qué pasó—. Cancelé la sesión, él me preguntó dónde estaba y se presentó allí para que no bebiera sola.

—Al final Vega y Alba tenían razón y no es tan gilipollas como parece.

—También me compró chuches y helado para que me pusiera ciega cuando subiera a casa.

A Sofía se le escapa una carcajada de la que tarda demasiado tiempo en recuperarse.

—¿Hay algo entre vosotros?

—¿Qué? ¡No! Solo quedamos para ver partidos y galas de los Oscar. Ni siquiera lo conozco bien. Es como leer un libro con las páginas en blanco: no enseña nada.

Sabe que no es del todo cierto, César le ha contado que estuvo casado, se lleva bien con su exmujer y su suegro le regaló el piso en el que vive. Es bastante para alguien que ni tiene fotos en el salón.

—O muy poquito —se corrige.

—Prefiero a un César que, sin ser tu amigo, no te deja emborracharte sola que a cien amigas que desaparecen cuando estás en un mal momento y luego reaparecen con mensajes de mierda.

Olivia lo piensa durante algunos segundos y asiente. Sofía tiene toda la razón.

Mientras regresa a casa, intercambia un par de mensajes con África en los que le cuenta lo que pasó el día anterior; así que no le sorprende nada que el teléfono le suene en cuanto pone un pie en el piso.

—Estoy bien, Afri. No tienes que preocuparte por mí.

—Me parece fatal que no me llamaras ayer en cuanto recibiste el mensaje —protesta África.

—No quería preocuparte y no quería darle importancia. Además, te mandé un audio de diez minutos.

—Te salió mal por lo que cuentas. Me he dormido y no lo he escuchado hasta hace un rato porque tenía mucho trabajo.

Decide ignorar que su hermana no ha escuchado su audio porque en el fondo se avergüenza un poco de lo patética que debía parecer. Ni se ha molestado en escucharlo. Espera seguir teniendo un poco de respeto por sí misma.

—No es por Valeria, en serio. —Empieza a estar cansada de darle vueltas a lo mismo.

—Es por la gilipollas de su amiga. No me has dicho quién ha sido, pero seguro que es esa que nos hablaba como si fuéramos gilipollas o niñas de primaria.

Se le escapa una carcajada porque es precisamente esa.

—Te quiero tanto, Afri...

—Y yo a ti, peque, pero no vuelvas a emborracharte sola y menos por esa gentuza. Guarda las copas para cuando vaya a verte.

—¿Vas a venir?

—Aún está por confirmar, pero puede que tengamos una reunión en Madrid en unas semanas y voy a intentar que sea un viernes para pasar el fin de semana contigo.

A Olivia se le acelera el corazón al escuchar eso.

—Te cedo mi cama si es preciso, tata.

—No hace falta, cabemos las dos apretujaditas.

De repente, su semana ha mejorado hasta niveles insospechados. Solo la posibilidad de tener a África unos días con ella consigue ponerle una sonrisa en los labios.

—Iremos de compras, ¿verdad?

—Si no hay más remedio...

—Sé que odias ir a comprar ropa, pero serán compras de Navidad. —África deja que las palabras floten en el aire porque sabe que Olivia adora sumergirse en el espíritu navideño.

—Con una condición.

—Suéltalo.

—Helado de turrón, pelis navideñas y mantita todas las noches.

—Haré el sacrificio supremo de hacer todas esas cosas que no soporto por disfrutar de tu maravillosa compañía durante mis aventuras de compras —exagera África, haciéndola reír.

—Eres idiota.

—Te aviso en cuanto confirmen la fecha de la reunión. Cruza los dedos para que mis artimañas surtan efecto y pueda escaparme todo el fin de semana.

—Pondré velitas.

Capítulo 25

—Te he enviado una lista con los libros que creo que deberías leerte porque han sido adaptados y hay posibilidad de que estén nominados a alguna categoría importante. —Contiene las ganas de descalzarse y subir las piernas al sofá porque sigue sin ser su casa, pero es lo que le nace en esa penumbra.

—Vale, me los leeré.

—Te dejaría algunos, pero me llevé casi todos mis libros a Valencia cuando rompí con Valeria. No es práctico hacer la mudanza con una estantería llena de libros.

—No te preocupes. No voy a morirme por comprar un par de novelas.

No puede evitar repasar los muebles del salón en los que no hay ni un solo libro. Ni siquiera los típicos que te obligan a leer en la carrera. Olivia no puede evitar pensar que le pegaría tener un ejemplar de *A sangre fría* de Truman Capote, o una edición descatalogada de *El escándalo Watergate* de Berstein y Woodward solo para demostrar que lo suyo es periodismo del serio.

Levanta la cabeza cuando un pensamiento la asalta. Seguro que en su habitación César tiene la biografía de Federer, las memorias de Valdano y todo lo que se haya escrito sobre fútbol.

—¿Qué? —pregunta César, mirándola fijamente, como si estuviera esperando que hablara.

—Nada.

—Ibas a decir algo.

—Solo estaba pensando.

César entrecierra los ojos y le lanza una mirada afilada mientras alza una ceja. Está claro que no la cree, pero Olivia no piensa compartir sus pensamientos con él, así que se inclina para coger un puñado de patatas y señala la televisión con un gesto de la cabeza.

—¿Empezamos?

No obtiene respuesta, pero César coge el mando y le da al botón para empezar a reproducir la gala, luego avanza rápido hasta dejarla donde interrumpieron la sesión la última vez.

Comenta las películas ganadoras con César, aunque sabe que no las verá después porque solo hace eso por la apuesta, no porque tenga un verdadero interés por aprender ni mucho menos por disfrutar del cine.

Le sorprende que César tome notas y no proteste como suele hacer. No hay murmullos de desaprobación si comenta algo técnico ni ojos en blanco cuando le hace una lista de las películas de un actor al que enfocan por casualidad.

Llevan una hora de sesión y César solo ha hecho comentarios positivos y gruñidos de aprobación y Olivia empieza a pensar que hay gato encerrado. Repasa mentalmente lo que pasó la última vez que se vieron y gime bajito al recordar que César se presentó en el bar en el que estaba emborrachándose y le contó un montón de cosas que no debería haberle dicho.

Empieza a pensar que César cree que es una mujer desequilibrada y ha decidido seguirle la corriente y por eso solo asiente y apunta cosas en su libretita.

No estaba tan borracha como para no recordar todo lo que dijo, pero se le revuelve el estómago al pensar que tal vez sí lo estaba y hay algo que se le escapa, que hizo o dijo alguna cosa inapropiada o descabellada que los ha puesto en esa situación, como si no fuera ya bastante incómodo estar en la casa de un compañero de trabajo con el que no se lleva demasiado bien solo porque han hecho una apuesta. Aunque Olivia lleva días pensando que tampoco le cae tan mal como esperó que le cayera a esas alturas.

Olivia está segura de que meterse en esta situación ha sido una estupidez, pero en este momento le pareció una buena forma de reivindicar su trabajo. Aunque ahora no esté tan segura de que sirva de algo.

—Estaría bien que te leyeras la trilogía de *El señor de los anillos*, *El Silmarillion* y *El hobbit*. —Se obliga a permanecer seria cuando lo dice mientras César anota en su libreta.

Lo ve detenerse a mitad de una frase, levantar el rostro con el ceño fruncido y girarlo para mirarla. Alza una ceja y mueve levemente la cabeza, animándole a añadir algo.

—¿Lo estás diciendo en serio?

—Ya sabes, por la serie y todo eso...

César no dice nada, pero ve cómo pone un signo de interrogación junto a la anotación que estaba haciendo y lo deja pasar.

Olivia ha tenido suficiente por ese día. De hecho, empieza a pensar que ha tenido bastante en general y que eso es una tomadura de pelo, así que se da un golpe en las rodillas con las manos y se pone en pie.

—Es hora de que me vaya a casa. Puedes quedarte el *pendrive* por si quieres ver algo.

César comprueba la hora en el móvil y frunce más el

ceño antes de dejar la libreta y el boli sobre la mesita y ponerse también en pie.

—No es tan tarde y...

—Mira, César, paso de esto. He tenido una semana de mierda y no me apetece que te rías de mí y me hagas perder el tiempo. Se nota que no te interesa lo más mínimo y casi prefería la actitud negativa de antes a este pasotismo.

»Tienes la gala, tienes links a noticias y una lista de las películas favoritas. No me necesitas y está claro que no me quieres aquí.

—Eso no es cierto —la interrumpe César.

—Lo disimulas de puta madre.

—Pensé que con la mierda de semana que habías tenido, lo último que necesitabas era pasarte la tarde del viernes conmigo si me comportaba como un gilipollas y protestaba por todo.

—Lo prefiero a que digas que sí a cosas que claramente son absurdas.

—*El Señor de los Anillos*... —masculla César antes de morderse los labios para esconder una sonrisa—. Sonaba raro, sí.

—Agradezco que intentaras no ser un capullo, pero no soy una niña ni soy de cristal, no voy a romperme porque he tenido una mala semana. Las he tenido mucho peores, créeme, y sigo aquí.

—Lo sé. Eres una persona fuerte.

Sonríe cuando se da cuenta de que ha dicho persona y no mujer.

—Lo soy, así que te agradecería que no te convirtieras en alguien que no eres solo porque crees que me estás protegiendo o ayudando, porque no es así, solo me hace sentir extraña.

—Lo siento.

—No tienes que sentirlo, pero no vuelvas a hacerlo.

—¿Eso significa que no me dejas el *pendrive* para que me las apañe solo? —dice él. Se le escapa una risita cuando escucha la pregunta.

—Exacto. Y, por cierto, gracias por lo del otro día. Creo que no te lo agradecí convenientemente. Eres una buena persona, aunque a veces te empeñes en disimularlo y parecer un gilipollas.

—Curiosa forma de dar las gracias.

Nota cómo el rubor le cubre las mejillas. César tiene razón.

—Lo siento. Te agradezco que bebieras conmigo y que no hayas hecho ningún comentario sobre lo que te dije esa tarde.

—No sé a qué te refieres. ¿Te veo el lunes?

—Por supuesto. Buen fin de semana.

—Tú que lo tienes libre, yo no recuerdo la última vez que descansé esos dos días.

—Ventajas del periodismo deportivo, campeón.

Suelta una carcajada cuando ve a César poner los ojos en blanco y torcer el gesto. Ese es el César que conoce y al que ha empezado a tener un poco de afecto.

Capítulo 26

—Siento decirte esto, pero ni con un mapa ni un esquema ni dibujitos voy a entenderlo. —Se cruza de brazos y observa la pantalla como si fuera lo más extraño que ha visto en su vida. En realidad, es posiblemente uno de los deportes que menos le interesa y eso es mucho decir.

—No es tan complicado. Solo necesitas saber un puñado de términos.

—Lo he intentado, César. De verdad. Pero no soy capaz de saber qué es un *boogie*, cuándo es un *derby* o quién el *caddie*.

César la mira con los ojos entrecerrados y finge estar serio, pero le cuesta contener la risa.

—Bueno, puede que sepa quién es el *caddie* por las películas americanas esas de pijos, pero... lo demás es cierto.

—¿Has pronunciado mal todos los términos de verdad

o es una forma de escaquearte? Si es lo segundo, no va a funcionar.

—¿Los he dicho mal? —Empieza a buscar en su libreta hasta que llega a la página en la que tiene una especie de glosario de términos de golf y repasa la lista—. *Birdie* y *bogey*... —Gimotea, agachando la cabeza hasta reposar la frente en su cuaderno—. ¿Lo ves? Soy una negada para el golf. Aunque he de decir —añade, incorporándose y mirando a César, que ya no contiene la sonrisa— que *boogie* y *derby* suenan mejor.

—El *derby* es otra cosa y lo sabes. No te hagas la loca.

—¿Qué pasa, que ahora los deportes no pueden compartir terminología? ¿Los de balonmano no meten goles? —Abre mucho los ojos cuando la asalta una idea—. Eso, veamos un partido de balonmano. Mi hermana tuvo un novio que jugaba y alguna vez la acompañé a un partido. No es que prestara mucha atención, pero al menos sé lo que tengo que ver.

—Aquí también. Tienes que ver la pelotita esa blanca...

—La que está abollada.

—Esa. —César apenas es capaz de contener la carcajada—. Y contar los golpes...

—Es muy aburrido... —Echa la cabeza hacia atrás mientras alarga la «o» y gimotea de nuevo. Sabe que se está comportando de una forma muy infantil, pero no puede evitarlo. No le gusta el golf, no lo entiende y encima le parece más aburrido que ningún otro deporte.

—Eres imposible, Oli...

El teléfono los interrumpe y el gesto de César cambia por completo cuando ve el nombre que aparece en la pantalla.

—Tengo que cogerlo, vuelvo enseguida —le advierte cuando se levanta y camina con paso rápido hacia la que Olivia cree que es su habitación.

Observa la televisión, esforzándose por entender algo de lo que dicen los comentaristas, pero es como si hablaran otro idioma, uno del que Olivia no tiene ni la más mínima base ni interés por descifrar.

No le gustan ni los conjuntitos esos que llevan; le recuerdan demasiado a los malos pijos y ricos de las películas. Todos los despiadados de las cintas de adolescentes juegan al golf y van con esos chalequitos y las gorritas en sus cochecitos y sus *caddies*.

Cuando César regresa al salón unos minutos después, tiene el gesto más serio que ella le ha visto nunca. Es una mezcla de preocupación, tristeza y algo que no consigue adivinar, pero que hace que se ponga inmediatamente en guardia.

—¿Ocurre algo?

—Todo bien. Solo me han llamado para avisarme de algo, pero no es grave, ya está solucionado.

Olivia piensa que si está todo solucionado es porque había un problema que había que arreglar, pero no insiste porque va conociendo a César lo suficiente como para saber que no es una persona que comparta sus cosas con el primero que pase por delante; es muy celoso de su intimidad. No es que se lleven a matar como al principio, pero siguen sin ser amigos.

Los siguientes minutos transcurren en silencio, solo roto por los comentarios de la retransmisión, hechos en susurros como si fueran a molestar a los golfistas. Olivia mira de vez en cuando a César, que no deja de consultar el móvil y de responder mensajes con dedos rápidos y labios fruncidos.

—Será mejor que me vaya. Ya te he dicho que no vas a conseguir que me aprenda nada más y está claro que tú tienes que ocuparte de algo más importante que de un partido de golf.

—Lo siento, Olivia. No era mi intención...

—Lo entiendo, César. A veces la vida te jode los planes, aunque sean los más aburridos del planeta.

César sonríe y mira de reojo la pantalla antes de buscar el mando y pulsar el botón de pausa.

—Seguimos otro día. —César se pone en pie para acompañarla a la puerta.

—No si me vuelves a poner golf. No se te ocurra porque cojo mis cosas y me piro en cuanto le des a reproducir.

Siente la necesidad de hacerlo sonreír, así que no le importa estar haciendo un poco el tonto al mover las manos y gesticular exageradamente.

—Siempre te puedo poner boxeo...

Le detiene con un gesto de la mano, se acerca hasta César con el gesto serio y esta vez no es una broma.

—Si me pones boxeo, tú y yo vamos a tener un problema, campeón.

César enrolla los labios y baja la mirada para esconder la diversión y Olivia suspira bajito porque significa que, sea lo que sea que pasa al otro lado del teléfono, no es demasiado grave para quitarle el sentido del humor ese raro que tiene.

—Nos vamos mañana en el trabajo —se despide César desde la puerta, ya con el teléfono de nuevo junto a la oreja.

Olivia sacude la cabeza cuando sale del edificio, intentando alejar esa sensación que se le ha instalado en la boca del estómago. No debería sentarle mal que César no quiera compartir sus problemas con ella. Que una tarde se emborrachara y él apareciera para escucharla hablar, porque ella no es capaz de mantener la boca cerrada, no implica que él esté dispuesto a hacer lo mismo.

No son amigos.

Aunque Olivia estaba segura de que habían empezado a llevarse lo suficientemente bien como para... hablar si tenían un problema. Está claro que no.

No debería estar enfadada o decepcionada porque César no ha hecho nada para provocarle ese sentimiento. Y, aun así, mientras camina hacia el metro, no deja de sentir esa bola pesada que le hace el camino más complicado.

Capítulo 27

Está leyendo lo último de Taylor Jenkins Reid que lleva semanas queriendo empezar, tumbada en el sofá, con una mantita tapándole los pies, una infusión de frutos rojos y unas tortas de arroz inflado por si le entra hambre.

Le falta la velita literaria para representar el estereotipo de lectora que se ve en Instagram, así que coge el móvil y hace una foto con intención de subirla a su perfil.

Está escribiendo el texto de la publicación cuando el teléfono comienza a vibrarle en la palma, pillándola por sorpresa el nombre que ve en la pantalla. Frunce el ceño y descuelga sin saber muy bien por qué le resulta tan extraño recibir una llamada de César.

—¿Sí?

—Da igual lo que haga, me vas a odiar siempre, ¿verdad?

No necesita verlo para saber que no está muy sereno, aunque no parece demasiado ebrio.

—¿César? ¿Está borracho? —pregunta, aun sabiendo la respuesta.

—No... ¿Sí?... Puede que un poco. —César se ríe y luego se queda en silencio y Olivia puede escuchar el ruido típico de un bar con gente gritando, la tele de fondo y sonido de platos y vasos chocando.

—¿No estás en tu casa?

—No. He salido a tomar algo. No has contestado a mi pregunta.

—No te odio, César. ¿Dónde estás?

—Debajo de mi casa.

—¿Por qué me llamas, César?

Sin soltar el teléfono, Olivia recoge sus cosas y camina hasta su habitación para dejarlo, coge el bolso y la cazadora y sale del piso, comprobando cuánto tardará el coche que ha pedido con la aplicación al tiempo que hablaba con César.

—Porque a mí me caes bien, pero sé que no me soportas y da igual lo que haga, siempre la acabo cagando contigo.

—No has bajado a emborracharte porque no me caigas bien.

—¿Ves? No lo has negado. Me odias.

—Ya te he dicho que no es verdad, César.

Intenta convencer a César de que no lo odia mientras espera a que llegue el coche, pero su compañero ha entrado en bucle y no deja de reírse y repetir que lo odia sin dejar de darle sorbos a lo que sea que está bebiendo.

—¿Vas a decirme el verdadero motivo por el que te estás emborrachando? —Ignora la curiosidad del conductor, que le lanza miradas de soslayo a través del espejo.

—Porque debería estar en otro sitio.

—Pues pide un coche y vete donde sea que quieras ir.

La risa que le llega es tan amarga que Olivia frunce los labios, incapaz de entender qué está pasando. No tiene muy claro si la llamada que recibió la tarde anterior, estando en mitad de una sesión, será el motivo, pero, a juzgar por el gesto que tenía César al volver al salón, lo que le dijeran no debió ayudar demasiado a mejorar su estado de ánimo.

—No tienes ni idea de lo que estás diciendo.

—Pues no, porque no es que me cuentes mucho sobre ti, César. —Se recrimina haber dicho eso en cuanto pronuncia la última palabra. No debería reclamarle nada, y menos cuando él está en ese estado.

—Eso me gusta más, que no disimules lo mal que te caigo.

—¡Que no me caes mal, joder!

Esta vez el conductor ni siquiera disimula la mirada interrogativa que le lanza a través del espejo, y Olivia se encoge un poco hasta que su cabeza queda oculta tras el asiento del copiloto.

—César, de verdad, no me caes mal es solo que... somos muy diferentes y...

—No me soportas. Puedes decirlo. Soy mayorcito para aceptar las críticas.

—Te estás poniendo pesadito... Tampoco es que yo sea tu persona favorita en este mundo, así que deja de hacerme sentir mal por algo que, además, es mentira. —Suspira cuando ve que entran en la calle en la que vive César—. ¿Dónde estás exactamente?

—Te lo he dicho, en el bar de debajo de mi casa.

Olivia hace memoria y no recuerda ningún bar o restaurante en los bajos del edificio de César. Sale del coche, deseándole una buena noche al conductor, y se detiene frente a la puerta para mirar en ambas direcciones en busca de un luminoso o un cartel. Y entonces lo ve. Un par de números más arriba, escondido en un entrante de la calle, asoma parte de una placa de publicidad de cerveza, así que vuelve a ponerse en marcha.

—¿Te has cansado de escucharme? —La pregunta le hace darse cuenta de que llevan unos minutos en silencio.

—No. Sigo aquí.

Abre la puerta del bar a la vez que termina la frase y sabe que está en el lugar correcto cuando escucha el eco de los mismos sonidos que le llegan desde el interior a través del teléfono. Hace un barrido con la mirada por todo el local y encuentra a César en un rincón, con la espalda apoyada en el respaldo de la silla, que tiene pinta de ser incómoda de cojones, los ojos cerrados y la mano alrededor de un vaso vacío.

No acaba la llamada hasta que se coloca frente a él, al otro lado de la mesa. Lo último que quiere es que siga dándole vueltas a las mierdas que se le han metido en la cabeza.

Lo ve separar el teléfono de su oreja y mirarlo con el ceño fruncido que tan bien conoce antes de soltar un suspiro de resignación y dejarlo sobre la mesa. Solo en ese momento se da cuenta de que Olivia está frente a él con las manos en las caderas y el gesto a medio camino entre la diversión y la preocupación.

—¿Me vas a contar lo que sea que te ha puesto así o vas a seguir comportándote como un gilipollas?

—Así que piensas que soy un gilipollas... —César se inclina hacia delante y apoya los codos en la mesa.

—No es eso lo que he dicho. Pero hoy te estás comportando como uno. —Aparta de la mesa la silla que tiene delante y se sienta, imitando la postura de César—. Soy toda oídos, campeón.

—¿Qué haces aquí?

Se reiría de la expresión de sorpresa de César si la

situación no fuera tan bizarra, así que se limita a levantar una ceja y a mirarlo como si fuera tonto.

—¿Qué ha pasado para que acabes en este bar bebiendo solo?

—Tiene gracia que tú me preguntes eso.

—Precisamente porque he estado donde estás tú te lo pregunto.

Como toda respuesta, César observa el fondo de su vaso vacío y comienza a darle vueltas mientras niega con la cabeza.

—Eh... —Olivia le llama la atención—. No me caes mal, ni mucho menos te odio; solo es que no te entiendo. Me encantaría que fuéramos amigos, pero no lo estás poniendo nada fácil cerrándote y siendo tan hermético.

—Seguro...

—Vamos a ver... —Olivia nota cómo comienza a enfadarse—. ¿Tú te has molestado en intentar que seamos amigos? Más allá de irme a buscar al bar, que fue un detalle, no voy a negarlo. —Alza una ceja y espera la respuesta de César, que no llega.

Se echa hacia atrás y apoya la espalda en el respaldo, observando a su compañero sin entender qué demonios hace ahí si César no está dispuesto a colaborar en nada. Tiene gracia que la haya llamado para preguntarle si lo odiaba.

—Luego no se te ocurra preguntarme si me caes mal. —Apoya la mano en la mesa, dispuesta a ponerse en pie, pero César pone la suya sobre sus dedos y presiona con suavidad.

—Te he dicho que debería estar en otro sitio.

—¿Y por qué no vas?

—Porque no me quedan días libres, porque mañana tengo que trabajar... y porque me han dicho que no vaya.

Se muere por preguntar quién y por qué, pero no lo hace porque lo conoce lo suficiente como para saber que solo se lo contará si él quiere.

—Si te hace sentir tan mal no ir...

—No lo entiendes, Olivia.

—Explícamelo. —Se cruza de brazos y lo reta a que hable.

—Tenemos un pacto. Si me necesitaran allí, me lo pediría. Lo sé. Sé que no tengo que preocuparme, pero no puedo dejar de hacerlo. Es... —César cierra los ojos, respira hondo y se pasa una mano por el pelo.

Olivia está segura de que va a pedir una copa más cuando levanta la mano para llamar al camarero, pero pide la cuenta, deja un billete sobre la mesa y se pone en pie.

—Ha sido una solemne estupidez venir a emborracharme. No gano nada.

—Deberías haberlo pensado antes...

—Si estoy aquí en parte es por tu culpa —confiesa. Olivia se señala y abre mucho los ojos, sorprendida e indignada—. Me acordé de lo que hiciste el otro día y se me ocurrió probar.

Tiene que morderse el labio para no reírse. En su lugar, se pone en pie y espera a que llegue a su altura para emprender la marcha. No sabe muy bien qué hacer cuando llegan a la calle, así que saca el teléfono, dispuesta a pedir un coche para regresar a casa, pero César hace un gesto con la cabeza hacia su edificio.

—¿Vienes?

Mira a ambos lados de la calle, como si fuera a aparecer un coche mágico o algo parecido y, al verlo, se encoge de hombros y asiente.

—Claro.

No es que se haya movido mucho por el piso de César, pero lo ha acompañado a la cocina en un par de ocasiones, así que se atreve a adentrarse en esa estancia y abre un par de armarios hasta que da con las tazas y las cápsulas de la máquina de café. Prepara uno, fuerte, sin leche ni azúcar, como lo ha visto tomarlo en el trabajo, y camina hasta el comedor, donde César está sentado en el sofá, con los codos apoyados en las rodillas, las manos enterradas en el pelo y los hombros en tensión.

—Te sentará bien.

—No estoy tan borracho —apunta César, que, a pesar de todo, se lleva la taza a los labios y gime—. Siento haberte hecho venir hasta aquí para nada.

—He venido porque he querido y ha sido para que tuvieras a alguien con quien hablar si lo necesitabas. Aunque no hayas hecho uso de ello... —masculla las últimas palabras, pero César parece haberla oído porque vuelve a dejar la taza en la mesa y la mira.

—No es por ti, Olivia. Lo juro. Es solo... —Se frota la cara con las manos y vuelve a suspirar—. Es algo muy privado y no me gusta hablar de ello. No te lo tomes como una ofensa personal.

Asiente, no muy convencida, pero sabe que es lo máximo que va a obtener. Decide sentarse junto a César y esperar a que termine el café antes de regresar a casa.

—¿No puedes cambiar los días libres con algún compañero? Yo te los daría, pero me da que no daría el pego en Deportes —intenta bromear y sonríe al conseguir arrancarle una risita a César.

—Lo he intentado, pero ninguno puede. A lo máximo que aspiro es a coger los dos seguidos la próxima semana en lugar de uno...

—Espera. ¿Solo libras un día? —inquiere. Espera a que César asienta con la cabeza para hacer la siguiente pregunta—: ¿Por qué? Es una locura trabajar seis días.

—Los acumulo para poder coger varios seguidos, pero justo los que había guardado los gasté hace un par de semanas y ahora no tengo muchas opciones.

—¿Días de asuntos personales?

—Lo he intentado, pero me han dicho que tengo que pedirlos con al menos dos de antelación.

—Pues sí que estamos buenos... Te ayudaría mejor si supiera cuál es el problema... Se me están acabando las ideas.

En ese preciso instante, el móvil de César anuncia la llegada de un mensaje. Desde la posición en la que está sentada no ve la pantalla, pero puede ver la sonrisa que se le dibuja en el rostro a César cuando ve lo que sea que le haya llegado.

—¿Todo bien?

—Parece que sí. —Esta vez el suspiro de César es de alivio.

Le ve dejar el móvil sobre la mesa y terminarse el café de un trago antes de girar el rostro y fijar la mirada en ella.

—Gracias. Por venir, por no mandarme a la mierda y por el café.

Ahora que la preocupación y la tristeza que antes llenaban sus ojos han desaparecido, Olivia puede ver un brillo que no le había percibido antes. No sabe muy bien a qué emoción atribuirla, pero hace que se le acelere el corazón y le suden las manos.

—¿Estarás bien? —Se seca las palmas en los vaqueros, dispuesta a levantarse e irse antes de que la sensación se haga más intensa.

—No estoy tan borracho, Olivia. De hecho, después del café estoy lúcido y despierto.

—Lo ideal a esta hora de la noche —responde con una sonrisa.

César no deja de mirarle los labios y Olivia, por acto reflejo, se los lame y pasa los dientes por el inferior sin llegar a mordérselo. Está casi segura de que ha escuchado a su compañero hacer un sonido bastante parecido a un mugido, pero ha debido ser fruto de su imaginación porque no hay motivo para que haga algo así.

Ni siquiera es consciente de que sus rostros se han ido aproximando tanto hasta que se da cuenta de que está viendo sus rasgos desfigurados por la cercanía, pero, antes de que pueda procesar lo que está pasando, siente el rostro de César sobre el suyo y todo se detiene.

El corazón deja de latirle, los pulmones de recibir oxígeno y el vello de todo el cuerpo se le eriza.

—Me gustaría mucho besarte. —El susurro le llega como una caricia sobre su boca, y Olivia se lame los labios antes de asentir levemente con la cabeza.

Pero no pasa nada durante unos segundos, que a Olivia se le hacen eternos. Está a punto de echarse hacia atrás y fingir que no ha ocurrido nada cuando siente la mano de César cerrarse sobre su nuca y sus labios se pegan a los suyos.

Capítulo 28

Podría achacarlo a que lleva unas cuantas semanas sin sexo, concretamente desde que Sofía empezó a tontear con la chica que la tiene suspirando, pero lo cierto es que se estaría mintiendo si no se reconociese que César le pone desde hace mucho, incluso cuando aún pensaba que era un gilipollas arrogante. Así que ese calor que le nace de lo más profundo de sus entrañas y el estremecimiento que le recorre el cuerpo no la pilla del todo por sorpresa, aunque no esperaba que fuera tan... instantáneo.

Que César bese bien, muy bien, también está ayudando lo suyo, para qué negarlo.

Siente una mano posarse con firmeza en su cintura y sube la suya hasta la nuca de César, que se mueve hasta que sus cuerpos están pegados. No es la posición más cómoda, pero, cuando la lengua de su compañero se desliza entre sus labios, a Olivia se le olvida la incomodidad y se centra en lo importante: esa boca suave y caliente que no deja de succionar y besar la suya de un modo tan sorprendente que la tiene en una nube.

César besa con suavidad y calma, pero con una pasión que a Olivia le sorprende porque pocas veces la ha intuido, más allá de cuando el premio es un hueco en la *home* de la web del periódico en el que ambos trabajan.

Enreda los dedos en los cortos mechones de la parte posterior de su cabeza y tira de ellos, obligando a César a echarse un poco para atrás para conseguir el control del beso. Esta vez es su lengua la que se adentra como un huracán en la boca de César, dispuesta a dejarlo con el corazón tan alocado como lo tiene ella en ese momento.

Nota la sonrisa de César en mitad del beso cuando, finalmente, suelta su cabello y le permite recuperar la posición. Antes de poder darse cuenta, siente cómo la mano de su cintura se mueve hasta colocarse en el centro de su espalda y no tiene tiempo de reaccionar antes de que su cuerpo se incline hacia atrás. No se resiste, consciente de en qué va a parar ese movimiento.

Deja escapar el aire de golpe cuando al fin su espalda reposa sobre el sofá y el peso de César cae sobre ella. Se estremece al sentir cómo el calor de su cuerpo se acrecienta con el de su compañero, que traspasa las capas de ropa y le hace notar la piel a punto de fundírsele.

Baja la mano por la espalda de César, desde su nuca, y se le escapa un gemido al notar la dureza de sus músculos contra su palma. No es que tuviera alguna duda de que César es un tipo que se cuida, pero no pensó que hubiera tantos músculos bajo la tela. Llega hasta su cintura y duda antes de colar los dedos por el interior de la sudadera.

Como si le leyera la mente, César se incorpora hasta quedar con una rodilla en el sofá y la otra pierna en el suelo, tira de la prensa y se la saca por la cabeza. Olivia se lame los labios durante los segundos que él tarda en desvestirse, recreándose en el suave vello de su pecho y, sobre todo, el que desciende desde su ombligo y se pierde bajo el vaquero.

Sonríe de medio lado y se incorpora, riendo cuando el impulso casi hace que se golpee con la cabeza de César al quitarse el jersey. Vuelve a dejarse caer y la mirada de su compañero está oscura y su respiración un poco más acelerada.

Permanece unos segundos sin moverse, dejando que César la observe. Nota el corazón acelerársele en el pecho y los nervios agarrándose a su estómago, más consciente que nunca de los kilos que le sobran. No suelen acomplejarla, pero es complicado cuando estás medio desnuda y alguien está apreciando cada centímetro de tu cuerpo.

La sensación se desvanece porque el deseo sigue ardiendo en la mirada de César que lleva su mano hasta el estómago de Olivia y la hace ascender por su torso, deteniéndose unos segundos sobre uno de sus pechos antes de continuar hasta su cuello mientras se inclina y la besa con una voracidad que la pilla desprevenida.

Olivia tarda un poco más de la cuenta en reaccionar.

César se separa con lentitud y le mira fijamente.

—¿Quieres que pare? —pregunta César con voz ronca, pero un tono suave.

Ella niega con la cabeza, aunque se obliga a hablar para que no quepa ningún tipo de duda:

—No —gime, sorprendiéndose de lo grave que suena su voz.

César sonríe y asiente con la cabeza antes de volver a inclinarse hacia ella. Esta vez, Olivia está preparada: entierra los dedos en su pelo y tira de él para juntar sus bocas y besarlo exactamente como quiere hacerlo; con un beso feroz, apasionado, sucio y húmedo.

Echa la cabeza hacia atrás y se muerde el labio inferior y César comienza a besarle el cuello, estremeciéndose al sentir que sus nudillos recorren sus costados. Se arquea para permitir que César cuele la mano bajo su torso y desabroche su sujetador. Escucha cómo contiene el aliento mientras se incorpora y lo suelta de golpe cuando su mirada se fija en uno de sus pechos.

Le gustan sus tetas. No son demasiado grandes, tampoco son pequeñas, y están firmes. Ver cómo a César se le amplía la sonrisa al observarlas y cómo se relame al tiempo que se inclina para atrapar uno de los pezones con los labios la tranquiliza, aunque ni siquiera era consciente de haber vuelto a dejar que sus inseguridades se colaran en la situación.

Vuelve a enterrar los dedos de su mano en el pelo oscuro y juguetea con los mechones mientras los labios de César recorren sus pechos y la hacen estremecerse al succionar sus pezones. Baja la mirada tras encontrarse con unos ojos oscuros que la observan y alza una ceja, confundida por el gesto.

Se le olvida todo cuando César saca la lengua y comienza a descender por su estómago, recreándose más de la cuenta en su ombligo, antes de seguir su camino hasta chocarse con la cintura de sus vaqueros.

—Esto sobra... —masculla César comenzando a desabrocharlos.

Ella tira de algunos de sus mechones, obligándolo a regresar a su boca mientras lleva la otra mano a los pantalones de César para imitarlo y deshacerse de esa prenda.

Gruñe porque no es capaz de desabotonar el vaquero solo con una mano y tiene que soltarle el pelo; pero merece la pena porque así puede sentir el firme culo de César bajo las dos palmas al tiempo que empuja la tela por sus caderas.

Tiene que tener cuidado para no darle una patada a César al estirar las piernas para permitirle que tire de los pantalones y los deslice por ellas, y se muerde la sonrisa cuando lo ve desestabilizarse y casi caerse al suelo al intentar quitarse sus vaqueros sin bajar del sofá.

La risa se le borra en cuanto César clava las rodillas en el sofá y aparta una de sus piernas para colarse entre sus muslos. Se le acelera la respiración mientras lo ve observarla, hundir los dedos en sus caderas y tirar de ellas, dejando descansar su peso sobre ella. A Olivia se le escapa un jadeo con el primer roce de la erección de César contra su sexo; incluso con la tela que los separa, la sensación le manda escalofríos a todo el cuerpo.

Levanta la cabeza para besarlo, pero César sonríe de medio lado y se aparta para dejarle un beso en su clavícula y volver a hacer el recorrido por su torso con la lengua. Esta vez no se detiene en sus pechos, tampoco en su ombligo, y Olivia contiene la respiración al verlo seguir descendiendo hasta que roza la cinturilla de sus braguitas. César levanta la mirada en ese preciso instante y vuelve a sonreír. Baja las manos desde las caderas de Olivia hasta sus muslos, donde clava los dedos y tira de ellos mientras se pone de rodillas de nuevo entre sus piernas.

Ella se siente atrevida y cómoda de observarlo entre sus muslos, así que se anticipa y levanta las piernas, colgándolas de los hombros de César, para dejar que él deslice su ropa interior por sus caderas. Las estira cuando la prenda llega a sus rodillas y, un segundo después, forman un arco en el aire antes de desaparecer en algún lugar del suelo del salón.

Vuelve a descansar las piernas sobre el sofá y mira fijamente los calzoncillos de César. Este suelta una carcajada y se pelea con la prenda hasta poder quitársela, para regocijo de Olivia, que se muerde el labio inferior al ver su erección. Pero no tiene tiempo de apreciarla tanto como le gustaría porque, antes de darse cuenta, César vuelve a inclinarse y toda su atención se centra en el punto exacto en el que la lengua de este hombre reanuda el camino por su cuerpo.

Suelta el aire que ni siquiera sabía que estaba conteniendo y lleva las dos manos hasta el pelo de César al sentir que sus labios succionan sobre su clítoris con suavidad. Jadea cuando la lengua desciende y se adentra en su interior. Se arquea, buscando más contacto, y gruñe al sentir los dedos de César clavándose en sus muslos para acercarla a su boca.

Olivia solo puede pensar en lo mucho que le gusta el modo en el que César la está tocando. Le basta un suave tirón en el pelo para que él entienda lo que quiere transmitirle y haga o dejar de hacer algo. No es la postura más cómoda del mundo, pero ni siquiera le importa porque, quién iba a pensarlo, César tiene una lengua prodigiosa.

—Si no paras, voy a corr...

—Genial, porque es lo que pretendo —la interrumpe César con una sonrisa lasciva y la mirada tan oscura que no hay ni rastro del marrón habitual.

Hace fuerza con las piernas que vuelve a tener sobre sus hombros y tira del pelo de César sin poder contenerse cuando el orgasmo la golpea con tanta fuerza que tiene que cerrar los ojos y taparse la boca con una mano para contener los sonidos que se escapan de entre sus labios.

Aún con los ojos cerrados, nota cómo César deja sus piernas de nuevo sobre el sofá, que se mueve al liberarlo de su peso. Se obliga a mirarlo y se estremece al verlo, desnudo y cubierto de una capa de sudor, de pie junto a ella.

—No te muevas. Tardo cinco segundos.

Ni siquiera le da tiempo a asentir mientras piensa que lo de moverse no es una opción, teniendo en cuenta que su cuerpo aún se sacude con los espasmos del clímax. Sonríe cuando lo ve aparecer de nuevo con un paquetito plateado en las manos y, esta vez, el escalofrío es de anticipación.

Aún no se ha recuperado del orgasmo, pero está más que dispuesta a continuar con la fiesta, así que alarga el brazo y le quita el objeto de entre los dedos, rompe el envoltorio con los dientes al tiempo que César vuelve a arrodillarse entre sus piernas y desliza el condón por su erección, arrancándole un gemido a su compañero, que sacude la cabeza y respira hondo al sentir sus caricias.

César se inclina y la besa, hundiendo la lengua en su boca con brusquedad y necesidad. Olivia lleva sus manos hasta sus glúteos, donde clava los dedos y empuja, incitándolo.

—¿Estás segura?

—Oh, sí. Segurísima, créeme.

Contiene el aliento cuando César se alinea y lo suelta lentamente conforme lo siente deslizarse en su interior y llenarla. Cierra los ojos y hunde la cabeza en el reposabrazos al tiempo que lo entierra dentro de sí de una embestida con un empujón de las manos.

—¿Estás bien?

Asiente y comienza a contonearse, incitándolo a que se mueva. La segunda embestida es igual de lenta y Olivia gruñe porque lo quiere más fuerte y más profundo, pero, antes de que pueda decírselo a César, este le aparta el pelo de la frente y le gira la cabeza lo justo para poder besarle en el punto en el que el cuello y el hombro se unen. Luego, sale de su interior para introducirse de nuevo con un movimiento rápido que la hace jadear.

Todo se vuelve ansioso y desesperado desde ese momento. César embiste cada vez más rápido y más profundamente mientras no deja de besarle la piel que tiene a su alcance. Olivia pasea las uñas por su espalda y su culo, clavándolas hasta que lo escucha sisear y afloja el agarre.

Sonríe cuando César ni siquiera se inmuta al sentir que uno de sus dedos se cuela entre sus nalgas. La mayoría de los tíos heterosexuales que ha conocido se tensan como las cuerdas de una guitarra si algo se acerca a su entrada; que César no lo haga solo confirma que cada vez tiene más puntos a favor que en contra.

Se le escapa un sonido más parecido al de un animal que al de un humano en cuanto César introduce la mano entre sus cuerpos y comienza a acariciar su clítoris, dejándole claro que ha tomado nota de todas las indicaciones que le ha hecho antes porque consigue llevarla al borde del segundo orgasmo de la noche en tan solo segundos.

—Joder, sí... exactamente así... —Se le quiebra la voz en mitad de la frase y suelta una especie de lloriqueo cuando una embestida profunda la deja sin aliento.

César se separa lo justo como para poder mirarla a los ojos y sonríe al ver su gesto, entregado. Clava los dedos con más fuerza en sus glúteos y lo empuja mientras el orgasmo le sacude el cuerpo y la obliga a tensar todos los músculos, lo que hace que su amante la siga unos segundos después, enterrando el rostro en el hueco de su cuello para acallar los jadeos.

Respira con bocanadas cortas y superficiales e intenta recuperar un ritmo cardíaco que no la haga temer que está a punto de tener un infarto, al tiempo que acaricia la espalda húmeda de César, cuyo aliento se estrella contra su piel, erizándola cuando se le enfría el sudor.

Alza una ceja y sonríe, traviesa, mientras desciende la mano por la espalda de César; solo que esta vez no deshace el camino al llegar a su cintura y continúa hasta volver a colar uno de sus dedos entre sus nalgas. Escucha la risita de César contra su piel antes de que él levante la cabeza y la mire.

—¿No vas a decirme que por ahí ni el bigote de una gamba?

Esta vez la carcajada de César hace que también le vibre el cuerpo, y enrolla los labios para no sonreír abiertamente.

—Dame un segundo para deshacerme de esto.

Lo ve levantarse, quitarse el condón y desaparecer por el pasillo para volver unos segundos después con un par de mantas. Se mueve hasta dejarle hueco a su lado y se acomoda, acurrucada, contra su cuerpo antes de que él los tape con una de ellas y deje la otra sobre el respaldo.

—Una vez estuve a punto de acostarme con un tío. Era uno de mis mejores amigos en la época de la universidad.

Es gay y yo sabía que sentía atracción hacia mí. Yo estaba borracho y cachondo y él me tiró la caña como lo había hecho un millón de veces antes, medio en broma y medio en serio. Solo que esa vez, en lugar de ignorarlo o hacer un comentario gracioso, lo cogí por la camiseta y lo besé.

Olivia levanta la cabeza y lo mira con los ojos muy abiertos. César no es el tipo de tío que se imagina experimentando.

—Me había pasado toda la noche pensando que estaba guapo, así que quería probar si eso significaba algo. Besaba de puta madre, no voy a negarlo y estaba dispuesto a ir más lejos, pero no pasó nada.

Ella levanta una ceja a modo de pregunta muda.

—Te puedo asegurar que si una tía me besa como él me besó, se me pone dura enseguida, y con él no pasó nada. Ni morcillona. Y lo intentamos durante un buen rato, pero simplemente no... fluía... Lo que quiero decir es que no me voy a escandalizar por un dedo en el culo. Por algo tenemos ahí la próstata.

Megapunto para César.

En ese momento, Olivia se da cuenta de que es la vez que más tiempo ha escuchado hablar a César de temas que no sean el fútbol u otro deporte. Tiene que contenerse para poner los ojos en blanco cuando lo piensa, así que vuelve a bajar la cabeza para acurrucarse de nuevo.

—¿Cuándo supiste que a ti también te gustaban las chicas?

Nunca le ha hecho preguntas personales, lo que ha hecho que, hasta ahora, ella se haya sentido como una cotilla si se interesaba por sus cosas. Pero supone que, después de lo que acaba de pasar, no es lo más raro del mundo.

—Creo que lo he sabido siempre. He sido afortunada de tener unos padres que siempre nos han hablado de todas las opciones de forma abierta. Pensé que era lo normal, pero cuando mis amigas empezaron a mirarme raro si decía que una chica me gustaba, me di cuenta de que no.

»Soy muy consciente de que he tenido mucha suerte y que la mayoría pasa por un periodo de autodescubrimiento con el que es complicado lidiar, así que nunca podré agradecerles a mis padres la educación que nos dieron y que esta me evitara pasar por esa etapa confusa.

César acaricia su brazo y se inclina como si fuera a darle un beso en la frente. Pero parece cambiar de opinión antes de hacerlo y se aleja.

—¿Alguna pregunta más que quieras hacerme? Venga, a casi todos los tíos que conozco les da morbo saber si he hecho tríos.

Sabe que ha dado en el clavo al ver un leve rubor cubriéndole las mejillas bajo la barba.

—¿Lo has hecho?

—Sí, un par de veces. En la uni estuve con un chico y teníamos una relación abierta. Fue ahí cuando descubrí que no es lo que más me gusta, aunque la experiencia fue una pasada para alguien recién llegado a Madrid y con un montón de cosas que descubrir. Y sí, los he hecho con dos chicos y con dos chicas.

Si César tiene más dudas se guarda mucho de mostrarlo porque, en cuanto Olivia levanta la mirada, no ve ni rastro de la curiosidad morbosa que suele acompañar a ese tipo de conversaciones.

Sonríe al sentir los dedos de César enredando sus mechones y tira de la manta para taparse por completo antes de cerrar los ojos.

Capítulo 29

Hay demasiada luz para su gusto y sigue teniendo mucho sueño, así que se gira para intentar protegerse los ojos con la almohada, pero al alargar el brazo se topa con un objeto duro bajo su cabeza, en lugar de algo mullido y blandito. Entonces, el recuerdo de lo que pasó por la noche la asalta, obligándola a abrir los ojos y a levantarse hasta quedarse sentada en el sofá.

César está frente a ella, a medio vestir y desviando la mirada. Eso debería encender sus alarmas, pero está demasiado aturdida para ello.

Se deja caer sobre el sofá, poniendo uno de sus brazos por encima de sus ojos para evitar la claridad. No sabe qué hora es, pero sabe que es demasiado temprano para levantarse e irse a trabajar, aunque necesita asegurarse.

—¿Qué hora es?

—Aún puedes dormir una hora más. —El tono de voz de César indica que está sonriendo, así que se obliga a mirarlo.

—¿Qué?

—No te has tapado con la manta cuando me has visto.

—Anoche estuviste dentro de mí, ya has visto mis tetas —responde, con una sonrisa—. ¿Sales a correr?

Solo en ese momento se da cuenta de que César lleva un chándal, una sudadera y unas zapatillas.

—Sí, me viene bien para empezar el día. He dejado bollos y galletas sobre la encimera y ya sabes dónde está el café —le indica. Olivia escucha eso y se vuelve, consciente del hambre que tiene porque la noche anterior se quedaron dormidos antes de llegar a plantearse cenar algo—. También hay una toalla limpia en el baño, por si quieres ducharte. Cierra la puerta cuando te vayas.

Siente la última frase como si acabaran de darle un puñetazo en el estómago y se dobla sobre sí misma para protegerse del dolor en cuanto lo escucha abandonar el salón. Respira hondo y contiene las lágrimas.

No es que esperara que eso fuera algo más que una noche de sexo, pero se supone que son amigos, o al menos compañeros. Que la eche de su piso después del sexo no entraba dentro de las reacciones que podría imaginarse.

Se permite un par de minutos para asimilar lo que ha

pasado y, en cuanto las lágrimas amenazan con salir, Olivia aparta del todo la manta, busca su ropa por el suelo del salón y la amontona sobre la mesita. Ni siquiera piensa quedarse a darse una ducha porque necesita salir de allí lo antes posible. Pide un coche mientras se viste a toda prisa. Está claro que César no va a volver pronto, ya se ha encargado de dejárselo claro, pero no le apetece lo más mínimo quedarse en ese piso más tiempo del necesario.

Recupera el plumas y el bolso que dejó sobre la mesa por la noche y sale del apartamento, dando un portazo. Baja a la calle a esperar el coche y Olivia se promete que no va a volver a ese piso. A la mierda la apuesta.

—Y a la mierda César —murmura cuando ve aparecer el coche.

No debió liarse con César anoche. Fue un error dejarse llevar. Por mucho que le ponga, no tenía que sucumbir a la tentación porque todos los puntos que creía que había sumado se han ido a la mierda, y ahora se siente como si la hubieran tirado a la basura después de haberla usado.

Podría haberse esperado ese trato de alguien con el que ha coincidido en una discoteca, pero no de alguien que la conoce, con quien comparte trabajo y que creía que era amigo..., o al menos estaba en proceso de serlo.

Odia sentirse así, y la idea de tener que enfrentarse a César al llegar al periódico le revuelve el estómago.

Agradece que sus compañeras de piso sigan durmiendo cuando llega a casa, aunque un rápido vistazo a la cocina le recuerda que deben tener una conversación con Nora porque las encimeras están llenas de platos sucios y hay un montón de ropa con pinta de estar húmeda en una silla.

El agua caliente le quita un poco la tensión de los hombros, pero, mientras se frota con la esponja, recuerda las caricias de César y comienza a frotarse cada vez más fuerte para quitarse el recuerdo de su tacto hasta que su piel está enrojecida.

Envuelta en el albornoz y ya en su habitación, Olivia comprueba la hora y le manda un mensaje a su hermana para pedirle una llamada más tarde. Sonríe, agradecida, porque África estará en Madrid en poco más de una semana y podrán hablar largo y tendido del asunto y cara a cara. Pero no puede esperar hasta entonces para sacárselo de encima.

Suspira aliviada al recibir la respuesta de su hermana durante su desayuno.

Tata
¿Qué ha pasado?

¿Estás bien?

Olivia
Te lo cuento esta tarde

cuando hablemos, pero
estoy bien, nada grave.

Tata
Oli...

Olivia
Estoy bien, de verdad. Te lo cuento esta tarde.

Tata
Ese *de verdad* suena fatal, que lo sepas, pero te conozco lo suficiente como para saber que si quisieras hablar de ello ahora lo harías.

Si cambias de opinión y quieres contármelo, avisa y me escapo para llamarte.

Olivia
Gracias.

Te quiero.

Mira el teléfono y da un salto para ponerse en pie al ver que se le está echando la hora encima. Mete el táper con la comida en el megabolso, deja la taza en el fregadero, que curiosamente es de las pocas superficies que no está hasta arriba de cacharros, escribe una nota que deja en la puerta de la nevera con un imán y se pone el abrigo antes de salir corriendo.

Cuando ya está en el metro, saca el móvil y manda un mensaje al grupo que tiene con sus compañeras de piso.

Olivia
He dejado una nota en la nevera, pero, como no quiero excusas, lo digo también por aquí.

Nora, tienes que fregar todo lo que has ido acumulando en la cocina. Está hecha una pocilga y ni quiero ni puedo vivir en esas condiciones.

Como sigas con esa actitud, vamos a tener que hacer algo que ni Cande ni yo queremos, pero no nos estás dejando opciones.

Candela piso
Yo se lo dije ayer por la tarde, pero sigue igual. Es como hablar con una pared.

Estoy harta.

No solo es que no recojas nada y lo dejes todo tirado para que nosotras lo recojamos, es que hace semanas que no cumples con los turnos de limpieza y no es porque no tengas tiempo.

Olivia mira la pantalla fijamente, esperando a que Nora escriba algo al ver aparecer los *ticks* azules en la aplicación. Dos paradas de metro después, su compañera de piso sigue sin dar señales, así que sale del grupo para mandarle un mensaje a Candela, pero esta es más rápida.

Candela piso
Si cuando volvamos del trabajo eso sigue ahí, empiezo a buscar piso. Lo siento por ti, pero no lo soporto más.

Olivia
Hablamos con el casero y que la eche. Paso de ponerme a buscar habitación otra vez.

Candela piso
Me parece bien.

Olivia bloquea el móvil, cierra los ojos y suspira, apoyando la cabeza en las puertas en las que está apoyada. Como si no tuviera suficiente con lo de César tiene que lidiar con un drama doméstico.

Teniendo en cuenta que ha conseguido pasar el día sin tropezarse con César, no tiene ganas de empeorar su humor con esa charla cuando llega a casa, aunque es inevitable después del intercambio de mensajes de primera hora. De modo que no le sorprende encontrarse a Candela en el salón al regresar a casa.

—Ya le he dicho que teníamos una charla pendiente en cuanto llegaras. Ha recogido lo de la cocina, ha puesto una lavadora con la ropa que había en la silla y que olía que tiraba de espaldas a humedad y la ha tendido. Pero ha tenido los santos ovarios —Candela hace un gesto muy descriptivo con las manos a la altura de las caderas— de echarme en cara que alguna prenda se le había estropeado por dejarla en la silla, como si en la lavadora no hubiera sido peor.

Toca con los nudillos en la puerta de Nora y espera a que la abra para volver al salón, pero se sorprende cuando su compañera no se mueve del hueco que ha dejado.

—Ya lo he recogido y Candela me ha dicho...

—Mira, Nora, no tengo el día para aguantar tonterías. —Se cruza de brazos y se apoya contra la puerta de su habitación—. Se te ha dicho muchas veces que lo mínimo que tienes que hacer es dejar las zonas comunes limpias. Te hemos pedido un millón de veces que no dejes los platos sucios en el fregadero ni sobre las encimeras para que creen moho, suciedad y agua estancada que acaba oliendo mal.

—Ni Oli ni yo tenemos por qué sacar tu ropa de la lavadora después de cuatro días. Si la pones, te esperas a que acabe y la tiendes. Si no vas a poder colgarla, no la pongas. Es muy simple.

—Lo he pillado, ¿vale?

—También lo habías pillado las otras veces y aquí estamos de nuevo, Nora. Que parecemos el puto meme de «Here We Go Again» de Twitter, ¡joder! —gruñe Candela, empezando a enfadarse—. Esta es la última vez que te lo decimos, la próxima hablaremos directamente con el casero.

Nora le lanza una mirada alarmada a Olivia, que se la mantiene para que sepa que esta vez van en serio. No puede soportar más seguir viviendo con una persona que demuestra tan poco respeto por ellas, y no está dispuesta a buscarse otro piso cuando este le encanta.

—No habrá próxima vez —promete Nora.

—Más te vale —le advierte Candela, regresando al comedor.

Se sienta en el reposabrazos del sofá y cierra los ojos mientras apoya la cabeza en la pared.

—¿Me vas a contar qué coño hacías desayunando en casa entre semana?

—Larga historia. He quedado para hablar con mi hermana, otro día te lo cuento.

—Oli, ¿estás bien?

Le dedica una sonrisa a Candela, intentando que resulte genuina y sirva para tranquilizarla.

—Solo una mala noche. Estaré bien.

—Estoy aquí para lo que necesites.

—Gracias, Cande.

Capítulo 30

Intuye que César va a ignorarla a partir de ese momento, pero tampoco le apetece encontrárselo por casualidad, así que pasa el menor tiempo posible en la sala de descanso, a pesar de que Vega está muy interesada en contarle cotilleos a la hora de la comida.

Aunque a sus compañeras de trabajo les resulta extraño que de repente prefiera tomarse el café frente a su ordenador y regrese a la redacción en cuanto ha terminado de comer, ninguna le pregunta qué le ocurre y Olivia lo agradece. No tiene tanta suerte con Sofía, que la acorrala el viernes, metafóricamente hablando, en la sala de descanso.

Ignora la mirada penetrante e insistente de su amiga y finge que encuentra la lista de opciones de la máquina de café muy interesante mientras se bebe su capuchino.

—No me hagas someterte al tercer grado, Oli. Las dos sabemos que tengo tácticas para hacer que hables.

Se gira para observarla por encima del hombro y entrecierra los ojos.

—Tienes novia o seminovia o lo que sea que consideres a esa chica, no vas a convencerme colándote bajo mi falda.

—No sabes si tenemos una relación abierta. —Sofía levanta una ceja y da un paso hacia ella mientras se lame el labio.

Es cierto, Olivia no lo sabe y, aunque intuye que es un farol, no está dispuesta a que las pillen en una situación comprometida ni aunque sea de broma, así que se gira y se enfrenta a su amiga.

—¿Qué quieres saber?

—Para empezar, ¿por qué estás tan rara desde hace unos días?

Olivia respira hondo, suelta el aire tan lento como puede y responde sin pensar.

—Me acosté con César y a la mañana siguiente me echó de su casa.

—Será hijo de la grandís... —Sofía gira sobre sí misma y comienza a caminar hacia la puerta.

—¿Dónde te crees que vas? —Olivia la frena cuando Sofía tiene la mano ya en el pomo.

—A decirle cuatro cosas a ese gilipollas. Le voy a cortar las pelotas y luego se las va a tener que comer en crudo.

Olivia pone un gesto de asco y luego se recuerda que no tiene que dejarla salir de esa habitación hasta mantener una conversación con ella.

—De eso nada. Ya soy mayorcita y no necesito que mi amiga y exfollamiga me defienda de un gilipollas. Te lo agradezco, Sofi, pero empeorarías las cosas.

—No se puede quedar tan tranquilo... Espero que le hayas cantado las cuarenta.

—No he hablado con él desde que me echó —reconoce—. No es que me dijera «sal de mi casa», solo me dijo que cerrara cuando me fuera y se largó.

Sofía da un paso hacia ella, pone un dedo bajo su barbilla y la obliga a levantar la cabeza hasta que sus ojos se encuentran.

—A ti te gusta.

—No me gusta, de «me gusta». «Me gusta» de que esperaba que no fuera solo un polvo y luego «si te he visto no me acuerdo». Esas cosas con tíos que no conoces están genial, pero no con uno que trabaja al final del pasillo.

—¿Ni siquiera ha intentado explicarse o disculparse? —pregunta Sofía. Olivia niega con la cabeza y vuelve a bajar la mirada—. Será cabrón... Que no me lo cruce porque le corto las pelotas, de verdad. A ver si puede jugar al golf con ellas.

No puede evitar que la carcajada le brote de lo más profundo.

Está tumbada en su cama, buscando planes para hacer la próxima semana con África cuando le llega una notificación que le hace levantar la ceja y afilar la mirada.

César Gilipollas
¿Te falta mucho? Deberías haber llegado hace media hora.

Desliza el dedo para quitar la notificación de la pantalla y continúa comprobando la agenda para decidir qué harán. No piensa responderle. Si no se ha dado cuenta él solito de que la ha cagado, no va a hacerle un mapa. Solo faltaría.

Cuando el lunes recibe un mensaje de César justo antes de salir del trabajo, Olivia está a punto de contestarle, pero niega con la cabeza, bloquea el teléfono y se lo guarda en el bolsillo trasero.

César Gilipollas
¿Vas a venir hoy?

Pero el mensaje del miércoles se lleva la palma. Esa vez a Olivia le cuesta un mundo no mandarle el emoji de la mano enseñando el dedo corazón.

César Gilipollas
Me parece muy fuerte que ni siquiera te dignes a responderme los mensajes. No esperaba esto de ti.

Tiene narices que encima se haga el indignado. Después de lo que le hizo, de cómo la trató tras acostarse con ella... Lo mínimo que debería hacer es disculparse antes si quiera de volver a dirigirle la palabra.

Abre la aplicación, dispuesta a bloquearlo porque no le apetece seguir leyendo esas gilipolleces, pero lo piensa mejor. No va a darle ese gusto. Va a seguir sin leer sus mensajes, para que le quede claro lo poco que le importa lo que diga; aunque le gustaría mandarlo a la mierda.

El jueves Olivia llega más tarde de lo normal a casa porque se ha pasado por el súper para hacer la compra y pillar algunos de los caprichos que más le gustan a África. Piensa mimarla todo lo que pueda en esos pocos días que van a estar juntas.

Agradece que Nora siga manteniendo la casa en orden y que no hayan tenido ningún incidente más. Además, ha coincidido que se va a casa a ver a sus padres ese finde, así que ella podrá sentirse cómoda con a su hermana en el piso.

Se cuelga una de las bolsas del codo para poder meter la mano en el bolso y sacar el llavero cuando ve una sombra moverse por el rabillo del ojo. Da un salto hacia atrás, metiéndose una de las llaves entre los dedos a modo de pincho, por si tiene que defenderse. Suspira cuando la farola ilumina el rostro del hombre que sigue caminando hacia ella y reconoce los rasgos de César.

—¡Joder, qué susto me has dado! —grita, llevándose la mano al pecho, aún empuñando la llave.

—Perdón, no quería asustarte. Estaba ahí sentado y te estaba esperando...

Cierra los ojos un par de segundos, respirando hondo, hasta que siente que el corazón le baja de la garganta.

—¿Qué quieres? —espeta, empezando a caminar hacia el portal.

—¿Podemos hablar? —César señala hacia arriba con un dedo, pero sin apartar la mirada de Olivia.

—Están mis compañeras de piso. Di lo que tengas que decir y lárgate.

Deja las bolsas en el suelo, se cruza de brazos y lo observa con la ceja levantada. Da igual lo que le diga, no va a cambiar de opinión sobre él.

—Lo siento. El otro día me comporté como un gilipollas y lo peor es que no he sido consciente de ello hasta que he hablado con mi hermana.

Pondría los ojos en blanco por lo patético que está sonando, pero ni siquiera tiene ganas, así que se limita a alzar un poco más la ceja y permanece en silencio.

—No pretendía que pareciera que te estaba echando de mi casa, de verdad, pero ahora entiendo que es exactamente así como sonó. —César se pasa la mano enguantada por el pelo y se revuelve su siempre impecable tupé—. Solo quería que no te sintieras mal por largarte sin esperar a que regresara.

—¿Y por qué debería haber hecho algo así?

—Aquella noche en el bar me dijiste que lo mejor de los rollos de una noche era poder largarte sin dar explicaciones.

—Hablaba de tíos que no conozco, no de hombres que podrían gustarme y que además trabajan conmigo.

No es consciente de lo que ha dicho hasta que ve la cara de sorpresa de César, que da un paso para acortar la distancia que los separa. Olivia tiene la tentación de echarse hacia atrás, pero se contiene.

—Pero tú dijiste que ahora no buscabas nada serio.

—Y no lo busco, pero tampoco buscaba una ración de tarta de chocolate cuando he entrado al súper y ahí estaba al pasar por la sección de pastelería. ¿Sabes qué? Da igual.

—No da igual, Olivia. ¿Por qué no nos tomamos algo y hablamos?

Mira las bolsas de la compra, piensa en todas las cosas que tiene que hacer antes de ir a recoger a África al hotel después de trabajar y niega con la cabeza.

—Mi hermana está en la ciudad y voy a estar muy ocupada este fin de semana.

—¿La próxima semana?

—Me voy de vacaciones el viernes, voy a estar muy liada.

César respira hondo y da un paso atrás, volviendo a ponerse serio de repente.

—No me vas a dar ni la oportunidad de disculparme como es debido y explicarte...

—Ya lo has hecho y, sinceramente, que te hayas dado cuenta de lo que hiciste porque te lo ha dicho tu hermana no dice mucho en tu favor. —Se encoge de hombros.

—Sabes que no soy tan capullo.

—Bueno, está claro que no lo tengo tan claro o no estaríamos en esta situación.

—Deja que haga las cosas bien.

—César, ni siquiera me dejas pasar del salón cuando voy a tu casa. Todo lo que te rodea, todo lo que tiene que ver contigo es un gran misterio y no sé si me apetece tomarme el tiempo de descubrir lo que escondes. —Se agacha para coger las bolsas, con intención de entrar de una vez al edificio.

—Una charla. A la vuelta de las vacaciones. Te lo explico todo y, si después quieres que te deje en paz, no volveré a molestarte.

Contempla bien los ojos de César, a pesar de la poca luz que les rodea. Hay algo en su mirada, en la forma en la que su cuerpo parece estar en tensión, que le dice que tal vez deba decir que sí.

—Ya veremos. Pregúntame cuando vuelva.

—Está bien. Buenas noches, Olivia.

—Buenas noches, César.

Capítulo 31

—¿Entonces me estás diciendo que hasta que habló con su hermana no se dio cuenta de que te había echado? —África tiene la cuchara de helado de turrón frente a la boca y la mira con los ojos muy abiertos.

—Exactamente eso.

—Pero, vamos a ver... —empieza. Olivia observa cómo su hermana se mete la cuchara en la boca y gime, cerrando los ojos para disfrutar del dulce—. ¿... qué parte de «cierra cuando te vayas» le pareció buena idea?

—Él dice que pensó que la que querría salir corriendo era yo y me lo quiso poner fácil.

África relame la cuchara hasta que no deja rastro del helado y luego la deja sobre la tapa de la tarrina.

—Te pega haberle dicho algo del tipo «no me quedo

nunca a dormir», pero trabajáis juntos, digo yo que debería haberse dado cuenta de que no servía en su caso.

—La verdad es que cuando hablamos de eso estaba un poco borracha. Fue el día que la amiga de Valeria me mandó el mensaje y puede que pretendiera que era una máquina de follar en parte para saber si se escandalizaba. Es que a veces parece un puto témpano de hielo, Afri —lloriquea, lamentando haber sido tan bocas.

—Espero que esa noche no lo fuera porque...

—No lo fue. Te lo aseguro —la corta, sonriendo al recordar a César enterrado entre sus piernas.

—Luego vamos a los detalles, primero aclaremos esto. A ti ese tío te gusta.

—Me parece atractivo y no niego que alguna vez he pensado que no me importaría llevármelo a la cama.

—No era una pregunta, Oli. Sé que te gusta, se te nota cuando hablas de él. Se te notaba antes...

—No es verdad —la interrumpe, metiéndose una cuchara de helado en la boca.

—Lo es. Sonreías al hablar de él. Al menos en las últimas semanas. Al principio podía verte con el ceño fruncido cada vez que lo nombrabas, pero luego...

Deja la cuchara sobre el bote de helado, junto a la de su hermana, se tapa los ojos con las manos y lloriquea mientras se deja caer sobre la cama.

—No debí haberme acostado con él, Afri.

—¿Hizo algo que no te gustó? ¿Te sentiste obligada o presionada? No hablo de por la mañana, sino cuando estabais ahí, dándole.

Tiene que contenerse para no sonreír al escuchar a su hermana, pero no sirve de nada porque África lo sabe y se deja caer a su lado para hacerle cosquillas y obligarla a quitarse las manos de la cara.

—No, no hizo nada que no me gustara; de hecho, algunas de las cosas me encantaron. No me sentí obligada ni presionada, estuvo muy atento en todo momento.

—Lo triste que es que nos alegre que un tío se tome la molestia de asegurarse de que nosotras también lo disfrutamos...

Prefiere no pensar en eso, bastante tiene ya con lo que tiene como para ponerse a recordar la cantidad de veces que un tío no aceptó un «no» o un «para» a la primera. Y Olivia es consciente de que es de las afortunadas.

—¿Qué quieres hacer?

—Supongo que lo más sensato será escuchar lo que tenga que decir, que se explique y luego tomar una decisión.

—¿Lo crees?

—Al conocerlo te hubiera dicho que no, pero después de tantas semanas hablando habitualmente con él, incluso con todo lo que sé que esconde, me cuesta creer que sea tan capullo.

—Pero lo pensaste.

—Es que me da igual con qué intención lo dijera, la impresión que daba era de que no me quería ahí cuando volviera. —Se pasa la mano por la cara y suspira—. No es solo la frase, Afri, es que no he pasado del salón, la cocina y el baño las veces que he ido. No sé cómo es su habitación o qué hay tras la puerta al fondo del pasillo. En algunas cosas creo que lo conozco, pero luego en cosas básicas parece un desconocido total.

Se queda unos segundos quieta, mirando el techo mientras su hermana se acurruca a su lado y pasa un brazo por su cintura.

—Dime que has hecho planes para este fin de semana. Ninguna de las dos queremos pasarnos dos días hablando de César y su pésimo gusto para expresarse.

—Ni de coña, hermanita. No pienso dejar que me joda tu visita. Hacía siglos que no venías y tengo planes para un mes.

—¿Nunca vas a dejar de ser tan exagerada?

Se gira hasta quedar de lado en la cama y la mira.

—Te encanta que lo sea, así que deja de disimular.

Recupera el teléfono de la mesita y abre el bloc de notas en el que ha anotado cosas que sabe que a África le interesarían.

—Elige.

Aunque no pierde ni un segundo de estar con África durante esos escasos dos días que la tiene en Madrid, Olivia no puede evitar darle vueltas a lo que pasó con César y, teniendo a su hermana cerca, le es más fácil reconocer que hace tiempo que siente atracción física hacia él y que incluso podría plantearse tener algo más si no fuera un libro cerrado bajo cuatro llaves. Lo poco que le ha dejado ver, a excepción de la mañana después, le gusta.

Están sentadas en la chocolatería de la calle San Ginés. Muy de turistas, pero a su hermana le apetecía y se han comido tanta cola como si fueran a comprar lotería en Doña Manolita; algo que Olivia ya hizo antes de que las colas se hicieran eternas para sus padres y toda la familia, como cada año. No va a negar que San Ginés merece la pena porque el chocolate está de vicio y es exactamente como le gusta a África.

—Me tienes que traer aquí cada vez que venga.

—En pleno agosto un chocolate caliente te va a sentar genial, hermanita.

—Sabes a lo que me refiero... —África hace un gesto con la mano, quitándole importancia, y se mete el churro mojado en chocolate en la boca—. ¿Has hablado con César?

—¡No! —Se indigna—. No se me ocurriría dedicarle tiempo a eso mientras estás aquí.

—¿Por qué?

—Porque lo que tenga que hablar con él lo puedo hacer cuando te vayas y solo vas a estar hasta mañana.

—¿Eso significa que vas a hablar con él? ¿Vas a perdonarlo?

—No lo sé, tata. Primero quiero que se explique y, si lo que me dice me convence, ya veremos. Tampoco es que me haya propuesto nada. Hasta donde yo sé, César solo quiere contarme por qué se comportó así.

—Si me has dicho la verdad, y no lo dudo —aclara su hermana—, él quiere algo más que una noche de amor.

—¿En serio estás citando a Bárbara Rey hablando de su noche con Chelo García Cortés?

África sonríe con los labios manchados de chocolate y un churro en la mano, dispuesta a volver a sumergirlo en su taza.

—La madre que te parió... —Se le escapa una carcajada.

—La misma que a ti, así que un respeto, peque. A ver si voy a chivarme.

Después de pasar por casa para darse una ducha rápida, y cambiarse, se dirigen de nuevo al centro, donde ha quedado con Sofía y sus amigos. Olivia está un poco nerviosa porque no le gusta demasiado mezclar partes de su vida, pero África quiere conocer a las personas con las que sale desde que dejó a Valeria, y ella está dispuesta a concederle el deseo.

Sofía las recibe con una sonrisa y un abrazo. Su amiga sabe lo importante que es África para ella, así que le agradece que se preocupe por hacerla sentir querida e integrarla en las conversaciones. Le recuerda a cuando ella misma comenzó a salir con el grupo y lo mucho que le gustó ver que todos intentaban hacer que se sintiera cómoda.

Bailan durante horas, hasta que la matan los pies y los gemelos le dan calambres. Le duele la mandíbula de tanto reírse y la cabeza de lo alta que está la música. Ve a Sofía acompañar a África hasta la barra y entrecierra los ojos al verlas juntar las cabezas y cuchichearse al oído. No hace falta ser muy lista para imaginar de qué están hablando. Debería molestarle, pero sabe que son dos personas que la quieren y se preocupan por ella y que no dirán o harán nada que pueda hacerle daño.

—Una pena que lo vuestro no cuajara. Sofía me cae genial —le grita África cuando regresa a su lado.

—Prefiero tenerla como amiga. Como pareja no teníamos futuro.

—Puede que lo tengas con César...

Pone los ojos en blanco y sigue bailando un poco más, ignorando el gesto de su hermana. Ya le ha dicho lo que piensa y no va a cambiar de opinión. No, al menos hasta que ella y César tengan una conversación.

Piden un coche cuando los pies no las aguantan más. Duermen hasta tarde y no desayunan. A la mañana siguiente, comen temprano algo que piden a domicilio porque ninguna de las dos quiere cocinar y se ponen una peli hasta la hora en la que Olivia tiene que acompañar a su hermana hasta la estación.

Se despide sabiendo que en pocos días será ella la que coja un tren para ir a Valencia a pasar una semana con su familia para celebrar la Nochebuena y la Navidad.

—Si hablas con César, me cuentas qué ha pasado.

—Eres más cotilla que yo —la pica.

—De alguien lo has sacado, peque. Te veo en unos días.

Capítulo 32

César Gilipollas
¿Qué tal ha ido el fin de semana con tu hermana?

Olivia no va a negar que le sorprende un poco recibir el mensaje. Habían quedado en que, cuando volviera de las vacaciones de Navidad, hablarían y vería si lo dejaba explicarse, así que tarda un par de minutos en decidir si abrir la aplicación y responderle o borrar la notificación sin tan siquiera entrar a leer el texto.

Solo es un mensaje y no es sobre lo que pasó entre ellos, así que no quiere ser imbécil y le responde.

Olivia
Corto e intenso.

César Gilipollas
Se nota que te adora.

Frunce el ceño, intentando recordar si en algún momento del fin de semana han coincidido con César, hasta que cae en las historias de Instagram. Está segura de que tanto su hermana como Sofía y su grupo han subido un montón de ellas. Lo que no sabe es cómo tomarse que César las haya estado comprobando porque, hasta donde ella sabe, ni siquiera la sigue en esa red social. En ninguna, en realidad. Pero antes de hacerse una idea equivocada, prefiere preguntar, no vaya a estar montándose una película.

Olivia
¿Me has estado *stalkeando*?

César Gilipollas
Puede que un poquito.

No era mi intención, pero una vez que le das a una etiqueta no puedes parar.

¿Te molesta?

¿Le molesta? Sigue sin tenerlo claro. Es lo que hace todo el mundo cuando le gusta alguien o simplemente para cotillear; ella lo ha hecho con personas que ha conocido a lo largo de su vida y, durante un tiempo, se supo la vida de la nueva novia de su ex mejor que la suya, así que tampoco tiene motivos para quejarse siempre que no vaya más allá.

Olivia
¿Tengo que preocuparme?

César Gilipollas
Solo lo hice esta mañana cuando vi las historias que habías colgado.

No volveré a hacerlo.

Prefiere no preguntar por qué ha ido a ver sus historias si no la sigue, porque ella también ha cotilleado las suyas alguna que otra vez. Va a tener que empezar a comprobar quiénes ven sus *stories*...

Olivia
Mientras no tengas una cuenta secundaria para cotillearme sin que sepa que lo haces, me parece bien.

César Gilipollas
¿Seguro que no hay ninguna opción de vernos antes de que te vayas?

Olivia
Tengo un montón de cosas que comprar y preparar.

Además, voy a salir tardísimo de la redacción.

No sé en Deportes, pero en el suplemento, cuando uno se va de vacaciones, no lo sustituyen y tiene que dejar el trabajo preparado para que sus compañeros no pringuen más de lo que ya lo hacen.

No puedo irme sin dejarlo todo listo o Vega no podrá con su trabajo y con el mío.

César Gilipollas
Lo entiendo.

Pero preferiría hablar esto antes de que te fueras.

Olivia
Es lo que hay, César.

Se muerde el labio y las ganas de añadir «no haberla cagado», pero se contiene y le manda un «buenas noches» que César no tarda ni un segundo en responder.

Como había previsto, se pasa toda la semana haciendo horas extras que sabe que no va a cobrar. No lo hace por el periódico, sino por sus compañeras. Sabe que tanto Vega como Alba tienen demasiado trabajo como para hacerse cargo de lo que ella pueda dejar pendiente y no quiere cargarlas con esa responsabilidad. Si fuera por Tomás, se iría sin remordimientos de conciencia, igual que hace él.

Al menos consigue hacer todas las compras que tiene pendientes: los regalos de sus padres, el de su hermana y el de su cuñado, también algunos encargos que le ha hecho su madre, además de los detallitos para sus amigos. Y encima tiene la maleta lista un día antes. No se lo cree.

Así que el viernes, cuando ha hecho las últimas compras y ha cerrado la maleta con ellas dentro, deja el equipaje junto a la puerta y se tumba en la cama con una sonrisa mientras piensa en todas las cosas que pretende hacer en esos diez días. Ninguna de ellas es descansar.

Como esperaba, se pasa las vacaciones haciendo visitas con sus padres a familiares con los que no tiene mucha relación, saliendo a tomar café con sus amigas de toda la vida para ponerse al día sobre sus vidas y saliendo de fiesta por la noche con sus colegas. Así que, cuando llega Nochebuena, Olivia no tiene casi fuerzas para estar otra noche bailando hasta la madrugada.

Pero una vez que se ha arreglado para cenar con su familia y se ha bebido un par de copas de cava, la perspectiva de salir se vuelve cada vez más tentadora.

Está bailando con sus amigos en un círculo al fondo de la discoteca, con una copa en la mano y las entrañas vibrándole al ritmo de los bajos de esa canción que suena a todo volumen cuando alguien la empuja y Olivia casi derrama la bebida sobre su fantástico y maravilloso vestido rojo. Se gira para enfrentarse al que se ha chocado contra su espalda, pero antes de que pueda decir nada, un chico con el pelo castaño y unos ojos oscuros como la noche la coge por los hombros.

—Perdón. ¿Te he hecho daño? ¿Te has golpeado con

algo? ¿Te he tirado la copa? —grita el chico para hacerse oír por encima de la música, inclinándose un poco hacia ella.

—No, no y no.

El chico le dedica una enorme sonrisa mientras la repasa con la mirada. Olivia espera que sea para asegurarse de que no miente y no porque la esté desnudando mentalmente.

—Vale, genial. Lo siento. Mis amigos son unos cafres y no he podido frenar a tiempo —añade el chico, soltando uno de sus hombros, pero dejando una mano en el otro—. ¿Puedo invitarte a otra copa?

—Tranquilo, no me la has tirado. —Levanta la bebida para confirmar sus palabras por si la música acalla sus palabras.

—No lo digo por eso.

Olivia se echa para atrás y mira al chico con una ceja levantada y sin saber si tomárselo en serio o ignorarlo por si es una broma.

—Me llamo Sergio —el chico se presenta, como si leyese sus dudas.

—Olivia.

—Olivia... ¿puedo invitarte a otra?

Busca a su hermana con la mirada, que asiente para indicarle que está pendiente, y solo entonces señala la barra con la cabeza.

—Que sea un mojito.

Es complicado mantener una conversación con alguien en una discoteca, así que, pasados unos minutos en los que se hacen un par de preguntas, deciden volver a la pista de baile. Olivia se asegura de quedarse cerca de su grupo. No es que Sergio le dé mal rollo, pero ha aprendido por las malas que cualquier precaución es poca. Sobre todo, cuando acabas de conocer a un chico y más en los tiempos que corren, en los que, en cuanto te descuidas y si no estás atenta, puedes encontrarte en una situación peligrosa; y no porque tú quieras.

Le ha parecido un chico majo, verdaderamente interesado en escuchar lo que ella tuviera que decirle a pesar de la gente que los empujaba y la música que acallaba parte de sus palabras. Tiene una sonrisa bonita y sus amigos, que también pululan alrededor, no parecen los típicos gilipollas que les entran hasta a las farolas.

A medida que avanza la noche y sin importar el ritmo de la música, se van acercando más hasta que Sergio le rodea la cintura con un brazo y se inclina para susurrarle al oído. En realidad, está gritando porque es la única forma de hacerse oír, pero con un susurro que le eriza la piel del cuello.

Se estremece cuando siente la nariz de Sergio rozarle bajo la oreja y sube una mano hasta la nuca del chico para enredar los dedos en su pelo. Frunce el gesto porque el tacto le resulta desagradable porque se le quedan las yemas pegajosas por el producto que ha usado para peinarse, así que vuelve a bajarla hasta su hombro.

Esboza una sonrisa en cuanto Sergio se aparta y la mira a los ojos antes de volver a inclinarse y rozar sus labios con los suyos, esperando a que Olivia lo rechace o acorte la distancia que les separa.

Olivia gime cuando sus bocas se unen y siente la presión de los labios de él, pero, antes de que pueda acostumbrarse, siente su lengua tratando de hacerse un hueco en su boca y se tensa. Sergio parece notarlo y se aparta un poco sin dejar de acariciarle la espalda y la cintura con las manos al tiempo que siguen moviéndose en la pista.

El segundo beso es más lento, como si Sergio intentara que olvidase el modo tan poco elegante de meterle la lengua de antes. Olivia se lo agradece y responde, apretándose más contra su cuerpo.

Cuando Sergio aprovecha uno de sus gemidos para tantear si esta vez su lengua es bienvenida, Olivia la deja entrar y la acaricia con la suya, pero algo no funciona. No hay chispa, no se le acelera el corazón y se le pone la piel de gallina al pensar en otro beso. Así que se aparta y sonríe, pero desvía la mirada, evitando el contacto visual.

—Lo pillo —dice Sergio, dando un paso atrás y soltando a Olivia lentamente.

Ella decide ir al baño a refrescarse antes de volver con sus amigos y, mientras se observa en el espejo, no puede evitar pensar que, al menos en cierta forma, la culpa de que esa noche no haya habido chispa ni se le haya acelerado la respiración es porque una parte de su cerebro tiene muy presente a César.

Sonríe cuando ve aparecer a su hermana tras ella a través del espejo y siente su mano en el hombro.

—Creo que vas a tener que sentarte con César para tener esa conversación. —África parece conocerla mejor de lo que le gustaría.

—Eso parece.

Capítulo 33

Pasa la mayor parte del viaje de vuelta dormitando en el tren. Intenta leer, pero, después de un par de páginas, empieza a dar cabezazos, así que decide cerrar el libro, ponerse algo de música suave y apoyar la cabeza en el cristal. Se despierta varias veces, pero permanece con los ojos abiertos el tiempo justo de asegurarse de que no están ya en Madrid antes de volver a acurrucarse bajo su abrigo puesto a modo de manta.

Afortunadamente, su compañero de asiento es de los que pillan las indirectas y no intenta mantener una conversación con ella. En más de una ocasión, Olivia ha tenido que quitarse los auriculares para no parecer una borde porque la persona que iba a su lado se empeñaba en contarle su vida como si se conocieran de siempre.

Cuando se despierta y están ya en la Comunidad de

Madrid, decide que se acabó lo de seguir durmiendo; sobre todo, si pretende no parecer un búho por la noche, ser persona por la mañana y rendir en el trabajo. Gime al pensar en el madrugón y en las horas que la esperan sentada delante de la pantalla, sobre todo porque lo más cerca que ha estado de un ordenador en esos días ha sido para explicarle a su madre cómo ver una película de Netflix en su portátil sin estar conectada al wifi.

Comprueba el móvil para hacer tiempo. Tiene un par de mensajes de su hermana y respuesta de algunos de sus amigos de Valencia a su historia desde el tren de cuando ha salido de la estación. Duda, con el dedo suspendido sobre la pantalla, pero finalmente consulta qué personas han visto sus *stories* y se muerde la sonrisa al ver que uno de ellos ha sido César.

Para variar, él no ha colgado nada en su cuenta en esos días. Es como si fuera un señor mayor que no usa las redes sociales más allá de para compartir alguno de sus artículos del periódico.

A medida que se acercan a Chamartín, Olivia siente la pereza de salir de la estación, coger un taxi, llegar a casa, deshacer la maleta... Al menos, su madre le ha metido un par de tápers para que volver a la rutina no se le haga tan pesado. Sonríe al recordarlo y se le estruja un poco el corazón al pensar en cuánto los echa de menos; y eso que acaba de irse.

Da igual cuántas veces pase por eso, el proceso de volver a casa desde la estación siempre se le hace pesadísimo. Sin embargo, cuando finalmente el coche se detiene frente a su edificio y el taxista la ayuda a sacar la maleta, Olivia suspira, aliviada, de estar por fin en casa. Siente un pinchazo al pensar en que Nora ha estado todos esos días sola en el piso y que puede encontrárselo como si un huracán hubiera pasado por él, pero sacude la cabeza y decide que ya se enfrentará a eso si, al subir, tiene que saltar sobre las sartenes para llegar al frigo.

Mira mal al taxista cuando arranca sin asegurarse de que llega al portal sin problemas, aunque, en cuanto echa un vistazo hacia el edificio, ve bajo la farola una figura que reconoce enseguida.

—Solo quería asegurarme de que llegabas bien. El taxista era muy majo por lo que he visto. —La voz de César suena un poco más ronca de lo que la recordaba.

—No es lo normal. La mayoría suele quedarse hasta que cierro la puerta del portal; aun así, siempre cabe la posibilidad de que te toque un gilipollas al que le dé igual que te pille un tipo antes de entrar.

—¿Me estás llamando gilipollas? —César se muerde la sonrisa y Olivia tiene que contenerse para no devolvérsela.

—No era mi intención, pero ya que lo dices...

—Yo sí me esperaré hasta que entres.

—¿En serio solo has venido para ver si llegaba bien?

—Estaba en casa de mis amigos, los que viven cerca, y he hecho tiempo hasta que llegaras. Sigo queriendo hablar contigo, pero sé que después del viaje no es un buen momento.

—No lo es. Pero gracias por venir a comprobar que no me secuestra nadie antes de llegar a casa —bromea, ya con medio cuerpo dentro del portal y la maleta impidiendo que se cierre la puerta.

—Te veo mañana en el periódico.

—Hasta mañana.

Olivia suspira, aliviada, al entrar al piso y comprobar que no hay minas en la cocina y que, extrañamente, está todo recogido y limpio. Cuando abre la puerta que lleva al salón, se da cuenta de que está sonriendo y se obliga a dejar de hacerlo porque parece idiota.

Le resulta extraño que Nora no esté en casa; se supone que tenía que trabajar todas las fiestas. Menos raro es que no esté Candela, que se fue a casa el día 23 por la noche y no regresará hasta después de Año Nuevo. Pero Olivia está demasiado cansada para pensar en ello, así que se limita a sacar los tápers que su madre le metió a presión en la maleta, a comerse el bocata que llevaba en el bolso por si le entraba hambre antes de llegar a casa y se mete en la cama, pensando que ya deshará el equipaje al día siguiente.

A pesar de las intenciones que ambos tenían, César y ella no se ven durante la jornada laboral; y eso que Olivia vuelve a sus horarios normales y no huye de la sala de descanso en cuanto termina de comer. De hecho, se pasa un poco de la hora porque se queda hablando con Alba y Vega de sus vacaciones y de lo que ha pasado en la redacción durante su ausencia.

—¡Espera, que no te hemos contado lo mejor! —Vega cierra la puerta después de asegurarse de que Tomás no ha llegado aún—. Adivina a quién han despedido...

—Pues ni idea, la verdad, si no me das una pista.

—Empieza por J y termina por avi —interrumpe Alba.

—¿El editor? —se sorprende.

—El mismo. Al parecer se han enterado de que tenía una denuncia por alzamiento de bienes o algo así.

—No es exactamente eso —interviene Alba—. Al parecer se llevó parte del dinero que había en una de sus empresas y lo pillaron antes de que lo devolviera. No sé muy bien qué delito es, pero no es alzamiento de bienes.

—Emilia está que se sube por las paredes porque lleva años trabajándose a Javi y ahora, de repente, le han traído a una mujer con la que no sirven sus trucos y Lola tiene que empezar a demostrar lo que vale porque no la avala lo que hizo con la hermana del editor. Así que las dos están jodidas —sentencia Vega.

Olivia abre mucho los ojos, bastante sorprendida por todo lo que está escuchando. Está claro que durante sus vacaciones ha habido mucho movimiento en el periódico. No ha tenido demasiada relación con las de Ciencias, más allá de que la tal Lola la mire como si quisiera arrancarle la cabeza y abrirle el pecho para engullir su corazón.

—Veo que habéis estado entretenidas durante mi ausencia.

—Y eso que lo del despido se ha hecho en los despachos y nos hemos enterado porque un día no llegó a la oficina y preguntaron por él. Al parecer, lo hicieron cuando casi no había nadie en la redacción y Javi se llevó sus cosas de noche.

—Con nocturnidad y alevosía —apostilla Alba.

Olivia está comiéndose la manzana que su madre le metió junto a los tápers en el momento en que César entra en la sala de descanso. Se le acelera un poco el corazón y tiene la tentación de desviar la mirada, pero no lo hace porque no quiere tener que responder preguntas de sus compañeras.

—¿Cómo lleváis vosotros vuestra apuesta? —Vega se acoda en la mesa, apoya la barbilla en su mano y los observa alternativamente.

—Lo tenemos un poco parado por las fiestas, pero he aprendido mucho de deportes —se adelanta a responder ella.

—Continuaremos en breve —dice César. A Olivia le suena a pregunta, aunque parece que es la única que lo capta.

Levanta la cabeza y su mirada se cruza con la de César. Olivia inclina la cabeza hacia un lado y toquetea el móvil con un dedo, haciendo sonreír a su compañero.

Para cuando llega a su mesa, tiene un mensaje de César.

César Gilipollas
¿Esta tarde en mi casa a la misma hora de siempre?

Quiero contarte algunas cosas y enseñarte otras.

Olivia
Allí nos vemos.

Es absurdo que esté nerviosa, pero lo está, así que se seca la mano sudada en los vaqueros antes de llamar al timbre del piso de César. Olivia respira hondo mientras las puertas del ascensor se abren y suelta el aire con un suspiro cuando escucha el ruido de la cerradura.

No tiene muy claro por qué está así. Tampoco lo que quiere y no está dispuesta a hacer algo que no le apetece solo porque César le ponga un poquito, o bastante, y le haya hecho replantearse algunas cosas.

—Hola —saluda César desde la puerta con una sonrisa tímida.

—Hola.

Se siente extraña al entrar de nuevo en esa casa después de haber pensado que no volvería a pisarla. Es muy consciente de la presencia de César a su espalda, así que se gira en cuanto llegan al salón.

—¿Qué querías decirme?

—Puedes quitarte la cazadora y el bolso. Confiaba en que pudiéramos tener una conversación tranquila. ¿Quieres una infusión de esas que tomas? He comprado algunas que creo que te gustarán.

—Tú no tomas infusiones —replica mientras deja el bolso sobre la mesa del comedor y se quita la cazadora, que deja sobre el respaldo de una de las sillas antes de seguir a César hasta la cocina.

—No, no tomo. Las he comprado por ti.

Olivia no sabe si sentirse blandita por ese gesto o enfadarse porque es un arrogante que se cree que ella va a perdonarlo por su cara bonita.

—La dependienta me dijo que, si te gustan las afrutadas, estas te encantarían. Hay una que tiene jengibre; me dijiste que suele venirte bien cuando te resfrías. —César saca al menos media docena de infusiones diferentes que deja sobre la encimera para que Olivia decida qué le apetece.

Elige una casi al azar, demasiado sorprendida por

ese despliegue para tomarse más tiempo para decidir. Se apoya contra la encimera mientras el agua se calienta en el microondas y observa a César, que espera frente al electrodoméstico con los brazos cruzados y las piernas ligeramente abiertas.

Cierra los ojos ante el recuerdo de su cuerpo desnudo embistiendo contra el suyo. No puede estar pensando en eso cuando van a tener una conversación seria, no se va a permitir tomar una decisión basada en el sexo, por bueno que fuera.

—Aquí pone que tiene que estar entre cinco y ocho minutos infusionando. La de la tienda me dijo que estas no suelen amargar, pero tenlo en cuenta.

Asiente y coge la taza, rodeándola con las dos manos para calentárselas. Espera que César saque una cerveza de la nevera y se sorprende cuando lo ve coger la taza que hay en la cafetera.

—¿Café a estas horas?

—Descafeinado —le aclara César, haciendo un gesto con la mano para que salga de la cocina.

Se sienta donde solía hacerlo siempre que tenían una de las sesiones y reprime las ganas de descalzarse y subir los pies al sofá, como ha hecho algunas veces después de coger algo de confianza. En su lugar, vuelve a sostener la taza y la apoya sobre sus rodillas, cobijándola entre sus manos.

César se sienta en la mesita del centro, casi frente a ella, en cuanto Olivia retira la taza, como si esperase que lo hiciera. No sabe si tenerlo tan cerca le gusta o le molesta.

—Sé que te parezco un cretino, en primer lugar, por haberte dicho eso y, en segundo, por no haber sido consciente de cómo sonaba. Y no voy a decirte que estás equivocada, pero quiero que sepas que en ningún momento fue mi intención echarte.

»Clara dice que si fuera tú me cortaría las pelotas, aunque espero que no sea tu intención porque les tengo verdadero aprecio. —César insinúa una sonrisa que no llega a materializarse.

»Pensé que te lo estaba poniendo fácil. Cuando me desperté y te vi aún aquí, recordé lo que me dijiste y creí que si desaparecía, no te sentirías en la obligación de fingir que querías quedarte.

—Lo de que si había pasado la noche, era porque quería, ni se te pasó por la cabeza.

—La verdad es que no. Pensé que te habías dormido sin querer. Te puedo asegurar que lo último que quería era echarte. ¡Joder! —César se pasa la mano por el pelo, desordenándolo y dándole un aspecto de recién follado que hace que a Olivia se le acelere el corazón—. Me hubiera encantado compartir la ducha y desayunar juntos.

—Pero preferiste irte a correr y dejarme sola.

—Te lo he dicho: creí que era lo que tú querías.

—Bueno, tal vez la próxima vez deberías preguntar antes de asumir. No lo digo solo por mí y con respecto a una... relación, lo digo en general.

—Lo haré. Llevo demasiado tiempo solo y dependiendo solo de mí y de mis decisiones. He perdido algo de práctica.

—Algo... ya...

—Mucha. También lo he pillado.

—¿Eso es todo lo que tenías que aclararme? —pregunta por encima de su taza después de darle un trago a la infusión. Está buena, tiene que reconocerlo.

—No, por supuesto que no. Dijiste que no me conocías y tenías razón, pero, a la vez, estás muy equivocada. Sabes más de mí que la mayoría de mis amigos; no es que sea muy hablador precisamente...

—Me he dado cuenta.

—Pero contigo no me importa. Soy consciente de que para alguien tan extrovertido como tú es raro entenderlo, pero consigues que me abra mucho.

—No es suficiente —asegura.

—Lo sé. —César se pasa las manos por los muslos y Olivia se obliga a apartar la mirada y bloquear las imágenes que le sugiere ese gesto—. No es que lo estuviera escondiendo u ocultando, pero es algo que prefiero guardarme para mí.

César se pone en pie y le tiende la mano. Olivia la coge y lo imita, quedándose frente a frente a pocos centímetros el uno del otro.

—Querías saber qué hay en la habitación del fondo —dice César a modo de explicación mientras rodea la mesa y luego se adentra en el pasillo—. Es la habitación de mi hijo Iker —anuncia, abriendo la puerta y haciéndose a un lado para que Olivia pueda verla.

—¿Tienes un hijo? —Olivia siente que la mandíbula se descuelga por la sorpresa.

—Sí, tiene cuatro años. Bueno, casi cinco. Vive con su madre en Toledo y viene pocas veces a verme, pero esta es su habitación.

El dormitorio, pintado de un lila claro, está lleno de juguetes y libros infantiles. Olivia se queda cerca de la puerta, sintiéndose incómoda ante la idea de entrar en un lugar que no le pertenece.

—¿Por qué no me lo dijiste?

—La mayoría de la gente que me conoce lo sabe y hace mucho que no hago nuevos amigos a los que tener que explicarles mi vida. Al principio, pensé que era algo que no te incumbía, porque es privado y demasiado bonito —a César se le dibuja en los labios la sonrisa más luminosa que Olivia le ha visto— y luego no supe cómo contarte algo tan importante sin que pareciese que te lo había ocultado.

—Ni una foto en el salón, César...

—¿Te tengo que recordar que las primeras veces que hablamos casi nos arrancamos la cabeza? ¿En serio creías que iba a invitarte a mi casa y darte información que pudieras utilizar en mi contra en una discusión?

—¿Por qué iba a utilizar a tu hijo en tu contra? Es algo bueno. Que yo no quiera tenerlos no significa que sea una desalmada. —Se gira para mirar a César de frente, cruzándose de brazos, bastante ofendida—. ¿Es eso lo que crees?

—No. No digas tonterías. Ni siquiera habíamos tenido esa conversación cuando decidí no dejar las fotos de Iker en el salón.

—Así que habitualmente las tienes...

—Sí, claro. Es mi hijo y estoy muy orgulloso de él. Le haría un retrato del tamaño de la Almudena y lo colgaría de la fachada si pudiera. También tengo fotos de él en mi habitación —César abre la puerta y esta vez entra antes que Olivia—, por eso no me importó que acabásemos en el sofá.

Olivia observa el dormitorio con detenimiento. Sigue siendo bastante impersonal, pero sí percibe detalles que explican quién duerme ahí. Hay varias fotos de un bebé riéndose y varias más del mismo niño a distintas edades; en todas, o casi todas, está junto a César. Colgando del tirador de la puerta hay pases de prensa de varios eventos. Sobre la mesita de noche hay una biografía de un jugador de fútbol; a juzgar por la portada, de uno de los de la lista que Olivia le dio cuando empezaron las sesiones informativas.

—Me hubiera cortado el rollo ver la foto de un crío mientras nos enrollábamos —reconoce, haciendo reír a César.

—¿Qué más quieres saber?

—¿Qué más tengo que saber y no me has dicho?

—Todo lo que querías saber y pueda contarte ya te lo he dicho.

—¿Qué secreto no puedes confesarme?

—No es un secreto y no tiene nada de malo, pero no es mío y no me siento cómodo contándolo sin autorización.

Olivia mira la foto de Iker y luego a César de nuevo, que asiente levemente.

—Está bien.

César da un paso hacia Olivia, sube la mano hasta dejarla a pocos centímetros de su cuello y la deja suspendida ahí.

—Me gustas mucho, Oli. Desde hace tiempo. —César cierra los ojos y suspira—. Se me da fatal esto. Sé que piensas que soy imbécil y que no quieres nada serio con nadie, pero me gustaría intentarlo.

—Necesito tiempo. No estoy diciendo que no —se adelanta cuando César comienza a bajar la mano—, pero vas a tener que currártelo más si quieres que... esto, sea lo que sea, funcione.

Se le acelera el corazón al verlo sonreír de esa manera y la mirada se le ilumina.

—Ahora mismo solo puedo asegurarte que no estoy cerrada a intentarlo, pero tienes que darme motivos para querer hacerlo.

—Hecho. Si vas a estar con otras personas...

—No sé de qué hablas. —Levanta una ceja, esperando la explicación.

—Vi las historias de tus amigos en Nochebuena. Estabas besándote con un tío y reconozco que me puse un poco celoso. Sé que no tenemos nada... aún, pero preferiría que no...

—No pasó nada. Solo nos besamos. —Enrolla los labios sobre sí mismos para ocultar la sonrisa y el gesto tenso de César se suaviza.

—Vale... ¿Quieres quedarte a cenar?

—Lo siento, no puedo. Tengo que hablar con Cande porque se supone que Nora debía estar en el piso, pero no la veo desde que llegué y la casa no parecía un vertedero cuando volví.

—¿Y eso es malo?

—Es raro, no malo. Queremos asegurarnos de que todo está bien con ella.

—¿Volvemos a las sesiones?

—Claro. Mañana, si no ha pasado nada, podemos retomarlo.

Capítulo 34

—¿Me estás diciendo que tiene un hijo? ¿No es una de tus coñas? —África parece sorprendida cuando pregunta.

—Estoy hablando totalmente en serio.

—¿Y qué vas a hacer? Porque a ti ese tío te gusta.

—Le he pedido tiempo y él ha aceptado, así que iremos viendo.

—Suéltalo, peque.

Aprovecha que sigue sola en el piso para tumbarse en el sofá y seguir hablando con su hermana. Se tapa los ojos con una mano y suspira antes de responder.

—Tiene un hijo, Afri.

—Eso ya me lo has dicho.

—Y el secreto que sigue escondiendo está relacionado con él.

—Es un niño, Oli. No va a ser un asesino en serie ni nada parecido.

—¿Seguro? —lloriquea, sabiendo que no es eso lo que le preocupa—. ¿Qué hago yo cuidando de un niño? Nunca he querido hijos.

—Te estás adelantando un poquito, ¿no crees?

—Nunca he estado con alguien que tuviera una responsabilidad así, Afri. No sé si podría hacerlo en caso de que lo nuestro funcionara.

—Ponerte en esas cuando ni siquiera estáis saliendo me parece un poco ridículo, Oli. Deja que fluya. No te adelantes a los problemas.

—No es algo que pueda ignorar. Es un niño que depende de César, y no sé si yo encajaría ahí.

—Si no lo intentas, obviamente no lo harás. —Escucha el suspiro de su hermana al otro lado del teléfono—. ¿Confías en mí?

—Ciegamente, tata.

—Inténtalo. Ni siquiera sabes qué espera él de ti en caso de que lo vuestro funcione, así que, si ves que te gusta, que todo lo que te molestaba antes ha desaparecido, háblalo con él. No olvides que ese niño tiene una madre, no es como si fueras a criarlo tú; entonces sí entendería el ataque de pánico.

—No he entrado en...

—Claro que sí, guapi...

—Imbécil.

—Yo también te quiero.

Permanece en silencio algunos segundos, escuchando la respiración pausada de su hermana y la conversación lejana de su novio de fondo.

—Mañana he quedado con él para seguir con lo de la apuesta.

—Cierto, que todo esto empezó así. ¿Qué tal lo llevas?

—Estos días que no he ido a su casa he estado preparando cosas por mi cuenta y creo que bastante bien. Desde luego, ahora entiendo de lo que hablo, aunque sigue sin interesarme demasiado.

—Dime que la próxima vez que vengas vas a poder rebatirle cosas a papá.

—Aunque supiera, me niego a llevarle la contraria cuando se pone así.

—¿César es de los que se pone así también?

—Pues no lo sé, solo hemos visto un partido juntos y era en diferido. Bueno... y el día que le escribí estando medio borracha también había fútbol, pero él no le prestó mucha atención a la tele.

—Estaba muy ocupado escuchándote y enamorándose de ti.

—No se estaba enamorando de mí —protesta.

—Cariño, se ha grabado todo lo que le has dicho...

—Eso no tiene nada que ver.

—Lo que tú digas... Sigamos con el otro drama. ¿Qué le ha pasado a tu compañera de piso?

—Esa es otra. —Olivia se incorpora y apoya la espalda en el respaldo del sofá, dejando las piernas sobre la mesita baja que tiene enfrente—. En cuanto llegué de casa de César y comprobé que Nora no estaba en casa y que no parecía que hubiera pasado por aquí, le escribí a Cande y decidimos hablarle por el grupo. Resulta que se ha peleado con el novio, se ha pirado a su casa y ha dejado el trabajo.

—¿Qué dices? ¿Se ha ido definitivamente?

—Nos ha dicho que volverá después de las Navidades; aunque, sin trabajo y habiendo discutido con el novio, no tengo nada claro que vaya a hacerlo. Pero, bueno, ella sabrá.

—El problema es que no sabe. ¿A quién coño se le ocurre dejar el trabajo porque has discutido con tu novio?

—Teniendo en cuenta que dejó el curro que tenía en su ciudad y se vino a Madrid por su novio sin nada pensado, la verdad es que no me sorprende demasiado.

—Eso no me lo habías dicho...

—Me lo contó antes Cande. Nora ya vivía aquí cuando yo me mudé. Al parecer, ella y su novio se conocieron por Internet y ella decidió dejarlo todo por él. No sé si es muy valiente o muy estúpido.

—Depende de si acaba bien o no. Si siguen juntos dentro de un tiempo será una heroicidad, si lo dejan ahora, será una estupidez.

—Supongo que tienes razón.

—Yo siempre tengo razón, peque.

Se le escapa una carcajada y no puede evitar sonreír cuando escucha la risita de su hermana al otro lado del teléfono.

—Mañana, si te quedas a pasar la noche en casa de César, mándame un mensaje. Si duermes en tu casa, llámame y destripamos cada palabra.

—Eres imposible.

—Te encanta y lo sabes, peque.

Aunque menos inquieta que la noche anterior cuando acudió para mantener una conversación seria con César, Olivia siente que algo ha cambiado, y no va a la sesión con la despreocupación con la que lo hacía en las últimas semanas.

Lo primero que le llama la atención en el momento en el que César le abre la puerta y la deja entrar es que en el salón ahora hay algunas fotos. Reconoce algunas de haberlas visto en la habitación de César, y se le escapa la sonrisa. Sobre la mesa hay patatas fritas, pistachos y un mezcladito de frutos secos sin cáscara con un montón de kikos, como a ella le gusta.

—Tengo refrescos en la nevera y más infusiones, por si quieres probar otra.

Olivia observa la mesita mientras se quita la cazadora y se le hace la boca agua solo de ver los kikos.

—Refresco. Si quieres que pruebe las infusiones, ponme pastelitos y pastitas, no salado.

—Tomo nota.

César regresa unos segundos después con dos vasos, un refresco para Olivia y una cerveza para él. Ella lo espera sentada en el sofá, pero no se ha atrevido a subir los pies hasta pedir permiso.

—No te he ofrecido cerveza porque recuerdo que me dijiste que no te gusta demasiado y que solo la bebes con limón. Puedes ponerte cómoda, como hacías antes.

Mira a César con los ojos entrecerrados porque tiene la sensación de que se ha metido en su cabeza y no acaba de gustarle.

—He terminado de leer los libros que me recomendaste. Algunos están muy bien, pero espero que la película haya mejorado otros...

—Si esperas que te diga que los libros siempre son mejores, estás equivocado. Normalmente, me suele gustar más la novela, pero reconozco que hay veces en las que las adaptaciones engrandecen mucho la historia.

—Te van a quitar el carnet de *snob*.

—A ti ya te habrán quitado el de gañán si te los has leído todos.

—Muy graciosa.

—Lo intento —responde, levantando las cejas, provocativa, con una sonrisa juguetona en los labios.

Se pone seria cuando nota que César contiene la respiración y clava la mirada en su boca. Intenta no pensar en ello, pero tiene que reconocer que hoy tiene el guapo subido y esos vaqueros le sientan como un guante porque se le ajustan a los muslos como una segunda piel. A Olivia no le importaría nada arrancárselos con los dientes.

—No recuerdo por dónde nos quedamos —susurra César en un tono suave, como si estuviera compartiendo un secreto, haciendo que Olivia se incline un poco hacia él.

—Yo tampoco. Dime qué te falta por repasar y lo vemos.

—Me he escuchado las canciones originales y las canciones principales de las bandas sonoras porque, lo siento, pero lo intenté con una entera y casi me hago una lobotomía después.

—Depende mucho de la película, pero, sí, las instrumentales pueden ser un poco densas del tirón.

—¿Cuándo dan la lista de nominados?

—A principios de febrero. Pero en unos días se celebran los Globos de Oro; lo que suele ser un buen barómetro para ver cuál es la favorita de la academia. Aunque no puedes fiarte porque algunos años parece que ven películas diferentes y se pasan las quinielas por el forro.

—¿Vas a ver la gala?

—No tengo muy claro si se va a retransmitir; el año pasado no la emitieron. Aunque siempre hay algún medio que cubre la alfombra roja.

—A ti te encanta.

—Vega me dijo que ella y Alba suelen comentarla el día después. No puedo esperar para unirme este año.

—Suena a aquelarre de los chungos.

—Siento defraudarte, pero las mayores críticas se las llevan los señoros por no arriesgar nada. No hacemos sacrificios de hermanas, pero si el color o el corte no le sienta bien a una actriz, se dice con respeto y no pasa nada. Ya te anticipo que a Timothée Chalamet le solemos hacer la ola solo por saltarse los estereotipos de género y que Meryl Streep será una diosa.

—Veo que tienes tus favoritos...

—Yo y todos. Tú deberías. Es imposible no tenerlos. No hace falta que te diga a estas alturas que la mierda que nos vendieron en la carrera de que debíamos ser imparciales es mentira. Es imposible ser imparcial. Quieras o no, tus creencias o tus vivencias hacen que te decantes por una opción u otra. Hay que intentar que no se note y procurar ser justo, pero lo otro es una utopía.

—Cuando empecé a currar como becario, trabajé con un periodista de la vieja guardia. Juraba que él era totalmente imparcial, pero tenías que verlo si perdía el Madrid. Una vez hasta me pareció ver que le salía humo de la cabeza. Era todo un espectáculo.

—Te lo voy a preguntar, aunque sé la respuesta. ¿Hay fotos de ese momento? —César niega con la cabeza y Olivia se ríe—. Lo sabía. Eres un sieso.

Se sonroja cuando nota el modo en el que César la mira y cómo se muerde el labio para no hacer el comentario que Olivia sabe que le apetece soltar.

—Ya, no lo digas.

César deja escapar una carcajada, luego se quita los zapatos y sube los pies al sofá, girándose para quedar frente a ella.

—Creía que íbamos a tener una sesión... —comenta.

—Y la tendremos. ¿Qué te parece si vemos una de las pelis favoritas en las quinielas? Puedes quedarte a dormir... El sofá es cómodo y no me importa pasar la noche aquí.

Olivia siente cómo el calor se extiende por todo su cuerpo al recordar lo que hicieron sobre ese sofá hace un par de semanas y lo poco que le importaría volver a hacerlo.

—No va a pasar nada, pero no me parece bien que te quedes hasta tarde aquí y luego te vayas sola a casa, sobre todo si no hay nadie en tu piso.

—Pero no puedo ir a trabajar sin pasar por casa...

—Te has cambiado antes de venir. Recuerdo lo que llevabas cuando nos hemos cruzado en el pasillo y no era esto.

Olivia vuelve a sonrojarse porque se haya dado cuenta, pero, sobre todo, porque la ha pillado en su intento por estar guapa para su sesión mientras que antes no se había preocupado jamás de algo así.

—Está bien, pero yo dormiré en el sofá.

—Eso no va a pasar... —César abre la boca para añadir algo, pero parece pensárselo mejor y la cierra, bajando la mirada antes de coger el mando y encender la televisión—. He pensado que podíamos pedir comida china porque, como me voy mañana, no tengo demasiado en la nevera.

—¿Pasarás la Nochevieja con Iker?

—Sí. Iré a Toledo a recogerlo mañana, dormiré esa noche allí y nos vendremos después de desayunar. Mis padres han preparado una fiesta y así podrá jugar con sus primos.

—Seguro que os divertís.

—Iker lo va a disfrutar muchísimo y eso es lo importante. No es que a mí me haga mucha gracia lo de la fiesta con personas extrañas, pero a él le encanta conocer gente. Es todo lo contrario a mí.

A Olivia se le dibuja una sonrisa en la boca y se le pone el corazón blandito al imaginarse a César con su hijo.

—Eres un buen padre, César.

Se preocupa por si ha dicho algo que no debía. No es nadie para decirle a alguien si es o no un buen padre, pero, cuando ve el gesto de César, se tranquiliza.

—Lo intento. ¿Qué tal si después de las fiestas tú y yo... salimos? Una cena y película podría estar bien.

—Me parece buena idea —admite. A César se le ilumina la cara con una enorme sonrisa—. Iba a preguntarte si querías venirte en Nochevieja con nosotros, pero tienes planes más importantes.

—Sí, lo siento, pero cuando tengo a Iker no quiero ni puedo hacer más planes.

—Lo entiendo. Es lógico teniendo en cuenta que no vivís en la misma ciudad... —Olivia se siente realmente estúpida al darse cuenta de algo—. Por eso solo libras un día y los acumulas, para poder estar con tu hijo... No lo entendí en su momento, pero ahora tiene sentido. En su momento llegué a pensar que tenías novia fuera o algo así.

—No, siempre ha sido por Iker. ¿Preparada? —pregunta después de unos segundos de silencio durante los cuales solo se han mirado a los ojos.

—Lista.

Capítulo 35

—Sigue siendo hiperraro que Nora haya desaparecido de esta forma. Te juro que no entiendo cómo funciona su cabeza. En realidad, lo que me resulta extraño es que dejara el piso limpio antes de largarse.

Olivia y Candela están en el cuarto de baño, maquillándose, antes de ir a las cenas a las que están invitadas.

—Mi teoría es que hizo limpieza porque iba a pasar esos días aquí con el novio, aprovechando que nosotras no estábamos, y se le fastidió el plan.

—Eres buena, jodida... —Candela le guiña un ojo a través del espejo—. Gracias por dejar que me acople a vuestra noche. Me apetece cenar con mis amigos, pero la mayoría tienen plan familiar para el resto de la celebración y paso de quedarme en una fiesta de pijamas con un puñado de niños. Si al menos fueran mis sobrinos...

—Eres bienvenida. Además, así conoces a mi grupo.

—Va a ser un poco raro ver a tu ex con otra chica.

—Sofía no es mi ex. Nunca estuvimos saliendo —admite. Se ríe cuando ve a su compañera de piso poner los ojos en blanco a través del espejo.

—Os he intuido follando, para mí cuenta como...

—Por favor, eso no es verdad —la corta—. Jamás nos escuchaste.

—Escuchaba la música que ponías cuando venía, que para el caso...

—Lo mismo que aquella vez que Nora se trajo al tío aquel con el que se enrolló antes de volver con su novio.

—Esa es otra... —Candela suelta la brocha con la que se está maquillando y se gira para mirarla—. Que llevaban cuatro o cinco meses, ya lo habían dejado, ella salía con otros tíos y vuelven para dejarlo todo y largarse. Joder, no puedes hacer que tu vida gire en torno a un tío —añade, recuperando la brocha para continuar maquillándose—. Y no, no es lo mismo, aquello fue bochornoso y te agradezco que me ahorraras la vergüenza ajena de escucharte dándolo todo.

Se mira en el espejo, comprueba que el rabito del *eyeliner* le ha quedado igual en ambos ojos y suspira. Se siente guapa, y eso que aún lleva puesta una camiseta grande para no poder mancharse el vestido con el maquillaje.

—Cuando terminéis de cenar, mándame un mensaje y me acerco, que estaré a un par de calles. Es una señal del destino que vayamos a estar tan cerca —sentencia Candela.

—La señal es que nos vamos a ahorrar una pasta en taxis yendo juntas.

—Eso también. Estás muy guapa, te va a quedar genial con el vestido.

—Ni confirmo ni desmiento que no haya probado un par de opciones de maquillaje esta semana para ver cuál quedaba mejor con lo que había elegido ponerme.

—Esa es mi chica.

Olivia deja a Candela terminando de peinarse y aprovecha para cambiarse. No está muy convencida de los zapatos, porque odia los taconazos, pero reconoce que con ese vestido esos van muy bien. Sabe que si se los pone va a acabar muerta y con dolor de pies, pero piensa que una noche es una noche, así que se los calza con un suspiro.

—Vas a triunfar hoy—comenta Candela desde la puerta.

—No es la intención. Bastante tengo ya como para buscarme más lío.

—Al final no me contaste lo que pasó con tu compañero el que era gilipollas pero que ahora te gusta.

—El otro día me quedé a dormir en su casa. No —se

adelanta a la protesta de Candela—, no nos acostamos. Yo dormí en su cama y él en el sofá.

—¿Eso significa que no estáis juntos?

—No, no lo estamos. Pero hemos quedado para salir después de las fiestas. Algo así como una cita.

—Algo así... Madre mía, estás enganchada.

—Ya te he dicho que me gusta, pero es complicado y no sé si quiero algo más.

—Pues entonces aprovecha esta noche y, si alguien te llama la atención, lánzate —sugiere Candela mientras se aleja por el pasillo—. Me quito la camiseta y me pongo las botas y estaré lista. Vete pidiendo el coche.

Los primeros minutos de la cena son un poco incómodos. Recuerda a alguno de los amigos de Sofía, pero a otros no los ha visto nunca, de modo que le cuesta algo integrarse, aunque, en cuanto consigue romper el hielo, empieza a reír y hablar como si los conociese de toda la vida.

En cuanto se toman las uvas y se beben la primera copa de cava del año, empiezan a organizarse para salir. Olivia le envía un mensaje a Candela para que se acerque y se vayan juntas a la fiesta.

A pesar de que Mon no ha cerrado el bar solo para ellos, casi todos los que están en la fiesta son amigos o conocidos, así que Olivia se relaja porque no va a tener que socializar demasiado con gente extraña.

En algún momento de la noche pierde de vista a Candela y la encuentra un poco más tarde, sentada en uno de los taburetes, con la espalda apoyada en la pared y un tipo entre las piernas mientras se comen la boca. Saca el móvil y le manda un mensaje para quedarse tranquila.

Olivia
Si vas a irte con ese chico, haz el favor de mandarme la ubicación en tiempo real para que no me preocupe.

Ten cuidado y disfruta.

En cuanto vuelve a meter el móvil en el pequeño bolso que lleva cruzado sobre el pecho piensa que ojalá algún día no tuviera que preocuparse por decirle ese tipo de cosas a sus amigas, pero lo ve tan difícil como que Trump y Putin dejen de ser gilipollas.

Baila con sus amigos, ríe tanto y tan alto que le acaba doliendo la barriga, la mandíbula y la cabeza. Salta hasta que casi se tuerce el tobillo y no acaba en el suelo porque una chica la sujeta a tiempo y la estabiliza, así que, cuando la invita a una copa, acepta y se empeña en pagar ella.

—Gracias por evitar que empezase el año en urgencias... —grita, para hacerse entender por encima de la música.

—Olga. Ha sido un placer, todo sea por no destrozar este vestidazo con manchas de sangre.

Se ríe cuando escucha la respuesta de Olga.

—Olivia.

—Encantada, Olivia.

Intenta no tensarse cada vez que Olga se acerca un poco más de la cuenta, pero le sale solo y no puede evitar que la imagen de César se le aparezca constantemente, como un recordatorio de que tiene un asunto a medias y no debería empezar algo con otra persona. Se recuerda que quedaron en que no eran nada, aunque no se olvida de los comentarios que le hizo sobre el tío con el que se lió en Valencia.

Se daría de cabezazos contra la barra si no le pareciese patético estar teniendo estas dudas precisamente en este momento. Se supone que iba a salir a divertirse y no pensar en César y su situación. Y, sin embargo, ahí está.

—Debería volver con mis amigos —dice, bajando del taburete en el que se ha sentado.

—¿Me das tu número? Tal vez podríamos quedar algún día.

Se lo piensa durante un par de segundos y decide darle su teléfono a Olga.

—Anota el tuyo y yo te llamaré.

El gesto de Olga cambia, resignándose a que no recibirá esa llamada, aunque Olivia no está tan segura de ello aún. Vuelve a meter el móvil en el bolso cuando ya tiene el número de la chica guardado y regresa con sus amigos.

—Me parece genial que rechaces a una mujer impresionante como esa que acaba de darte su teléfono, pero no me digas que no hay nada con César porque no me lo creo —le dice Sofía junto al oído en cuanto está lo bastante cerca.

Se encoge de hombros. Sabe que Sofía y Candela tienen razón, que siente algo por César aunque no sepa qué es ni si quiere que vaya a más; mucho menos ahora que sabe que tiene un hijo y esa realidad la bloquea.

—Es complicado, Sofi. Él me gusta, pero ahora mismo no es la persona en la que más confío.

—Entonces tendrás que descubrir si eso puede cambiar o no.

—Si estáis hablando de la tortuosa vida sentimental y sexual de Oli, me apunto. —Candela salta prácticamente sobre su espalda, pasándole un brazo por los hombros a Olivia y otro a Sofía.

—Mi vida sexual no es tortuosa —protesta, intentando quitarse el peso muerto del cuerpo de Candela de encima, que parece ir un poco borracha.

—Eso es porque no quieres, porque, a juzgar por lo que he visto, a esa chica de ahí no le importaría nada darte un poco de tortuosidad.

—¿Existe la palabra tortuosidad? —pregunta Sofía.

—Eso os lo dejo a vosotras, que sois las periodistas; yo soy de números.

Olivia saca el teléfono de nuevo y hace una rápida búsqueda en internet.

—Pues, según la RAE, es la cualidad de tortuoso.

—Ha sido pura potra —comenta Sofía, señalando con el dedo a Candela, que está bailando con Nacho a unos metros de distancia—. Volviendo a la tortuosidad de tu vida sentimental —Olivia pone los ojos en blanco, cansada de que todas sus amigas quieran hablar de ella precisamente esta noche—, si necesitas hablar, que lo amenace con cortarle las pelotas o que contrate a alguien para que le pinche las ruedas, solo llámame.

A Olivia se le escapa una carcajada tan alta que la mitad del local se gira para mirarla a pesar de la música.

—No creo que necesite las dos últimas ofertas, pero gracias de todos modos.

—Para eso estamos las amigas. —Sofía le guiña un ojo, coge su mano y tira de ella hacia el centro de la pista.

Sonríe y se hace hueco entre dos de sus amigos para comenzar a bailar. Y esta vez no permite que ningún pensamiento que no sea esta noche, estos amigos y esta música pase por su cabeza.

Capítulo 36

Se mira en el espejo del interior del armario para comprobar que el pantalón no le hace bolsas extrañas por detrás. Se ha puesto unos vaqueros ajustados, un top escotado y unas botas de tacón bajo. No quiere que parezca que se ha tomado muchas molestias al elegir el atuendo, pero tampoco le apetece que César crea que no se ha preocupado.

Pasa las palmas de las manos por los muslos para secarse el sudor y porque no sabe qué más hacer con ellas.

—Deja de mirarte en el espejo y mándame una foto de una puta vez, Olivia —la regaña su hermana por teléfono.

Pone los ojos en blanco, pero hace lo que esta le pide, colocándose frente al espejo y adelantando una pierna para marcar su silueta.

—Estás muy guapa. Arreglada, pero sin que parezca

que te has pasado media tarde decidiendo qué ponerte. Aunque sea eso lo que has hecho.

—Afri…

—¿Qué? Mándame algún mensaje para contarme cómo va, no me apetece quedarme con la duda hasta mañana. Y si te quedas a pasar la noche, manda el emoji de la berenjena.

Se lleva la mano a la frente y cierra los ojos. Adora a su hermana, pero a veces es peor que todas sus amigas juntas.

—No voy a hacerlo.

—¿Demasiado evidente? ¿Unas palomitas?

—No voy a mandarte ningún emoji porque no voy a acostarme con él. Solo es una cita, ya hemos visto que irnos a la cama antes de conocernos mejor no ha funcionado y no pienso repe…

—Él piensa que sí te conoce y le gustas —la interrumpe su hermana.

—Eso es porque yo soy una persona extrovertida y él es un puto libro cerrado que es prácticamente imposible de leer, Afri. Sé que hasta la persona que mejor crees conocer puede sorprenderte y no para bien, pero no voy a meterme en una relación si no estoy segura de que puedo fiarme de esa persona.

—Te ha advertido que lo que no te ha dicho no tiene que ver con él.

—Pero es algo que le afecta o no me lo habría comentado, tata. ¿Qué pasa si el niño es como Lucy de *La casa en el mar más azul*? A ver, que luego resulta un amor de niño, pero ya sabes lo que quiero decir.

—El hijo de César no es el anticristo, Oli.

—Lo sé... —lloriquea, apoyando la frente contra el espejo.

Da un salto tan pronto como el móvil comienza a sonar y ve que es la alarma que se ha puesto para asegurarse de que no la pillaba el toro. Al inclinarse sobre el teléfono para detenerla ve que tiene un mensaje de César.

—César está a tres paradas de metro. Debería ir...

—Colgando y terminando de arreglarte. Estoy de acuerdo. Mucha suerte esta noche. No hagas nada que no quieras hacer y no dejes de hacer lo que sí deseas.

—Muy graciosa.

—Lo digo en serio, peque. Déjate llevar.

—De momento me voy a dejar llevar al cine. Hablamos luego. Te quiero.

—Y yo a ti, Oli.

Olivia está terminando de meter sus cosas en el bolso, cuando suena el timbre.

—¡Yo abro! —grita Candela desde el pasillo, obligándola a correr para llegar antes de que ella responda al telefonillo. —Aguafiestas.

Le hace una peineta a su compañera de piso al tiempo que descuelga y presiona el botón que abre la puerta del edificio.

—Bajo ahora mismo —anuncia.

—Te espero aquí.

Respira hondo antes de que las puertas del ascensor se abran y camina a paso seguro. César está apoyado en la pared, alumbrado por las farolas de la calle y, aun así, está guapo. Se ha recortado un poco la barba y lleva zapatos en lugar de zapatillas, lo que hace que Olivia se muerda la sonrisa.

—Hola —saluda, llamando la atención de César, que se vuelve hacia ella y sonríe, mirándola de arriba abajo.

—Hola... Estás muy guapa.

Agradece que el portal esté mal iluminado porque así no corre el riesgo de que vea su leve sonrojo, pero Olivia nota cómo las mejillas le arden y el corazón se le ha acelerado.

—Gracias. Tú... llevas zapatos... —tartamudea y sonríe cuando escucha la carcajada de César reverberando en el vacío de la entrada.

—Pensé que no era apropiado ir en chándal y zapatillas a una cita.

—Que conste que a mí no me importaría lo más mínimo, pero reconozco que puede que la gente te mirara raro en el restaurante.

—Si vamos a uno de comida rápida… —comenta César mientras abre la puerta y deja pasar a Olivia.

Olivia se detiene en seco en mitad de la puerta y se gira para observar a César por encima del hombro.

—Si me voy a comer una hamburguesa, subo y me cambio, no pienso mancharme este top con salsa.

—¿Es eso lo único que te preocuparía?

—La verdad es que sí. Si lo que esperas es que proteste por no ir a uno con estrella Michelín, te has equivocado de chica —responde con un gesto de la cabeza.

—La chica es la correcta y no vamos a ir a una hamburguesería, aunque puede que puedas pedirte una donde vamos.

—Nah. Una hamburguesa la puedo comer cuando quiera. Si voy a un restaurante quiero algo que yo no pueda o no suela hacerme en casa.

—Apoyo completamente ese pensamiento. —César se coloca a su lado y saca el teléfono del bolsillo—. El taxi llegará en cinco minutos.

—¿Vas a decirme dónde vamos?

—Cerca del centro. Es todo lo que necesitas saber.

—Podemos ir en metro. Incluso en bus. Hay…

—Me parece mejor idea pasear un poco por el centro que pasarnos media hora bajo tierra.

No le sorprende demasiado que el taxi los lleve a La

Latina. Una zona con mucha vida nocturna, pero sin el agobio del turisteo del Centro. Tienen que caminar poco para llegar al restaurante. No ha estado nunca, aunque ha pasado un montón de veces por delante cuando salía con Valeria y sus amigos por ahí.

—¿La he cagado? —pregunta César al detenerse frente a la puerta.

—No, para nada. Siempre he querido venir.

Se le sacude algo en el estómago cuando César le dedica una sonrisa y pone la mano en la parte baja de su espalda para animarla a pasar primero.

La cena es perfecta. La comida está de vicio, el ambiente es bastante tranquilo y la conversación es amena. César cambia de tema cada vez que hablan sobre un asunto remotamente parecido al trabajo o la apuesta. Por primera vez desde que lo conoce, Olivia no tiene que arrancarle las palabras con sacacorchos.

—¿Y te compensa solo librar un día?

—Sí, porque junto los de un mes, más o menos, y me voy toda la semana a estar con Iker. Si es en vacaciones, a veces me lo traigo para que pase tiempo con mis padres y sus primos. Los echa mucho de menos, y ellos a él.

—Normal...

—¿Qué tal llevas tenerlo tan lejos? ¿No te enfadó que tu ex se mudara?

—En ese momento era lo mejor para todos. Aunque daría cuanto tengo por tenerlo a media hora en metro. Iría a darle las buenas noches cada día.

A César se le ilumina la cara cuando habla de su hijo, el tono se le suaviza, la mirada le brilla y la sonrisa no se le borra de los labios. Olivia se alegra mucho por él y siente mariposas en el estómago de verlo tan feliz, pero, al mismo tiempo, siente un vértigo impresionante al darse cuenta de lo importante que eso es para César y lo lejos que está de lo que ella espera del futuro.

—¿Qué he dicho?

—Nada. —Se obliga a sonreír para que César no siga profundizando.

—No me tomes por tonto, Oli —responde él. El corazón se le acelera cada vez que César usa el diminutivo, algo que no había hecho hasta aquella noche.

Olivia baja la cabeza y suspira mientras decide cómo compartir lo que se le pasa por la mente.

—Suena a plan muy pensado. —César la mira fijamente y Olivia es más consciente que nunca de que tiene toda su atención—. Muy familiar. No creo que yo pudiera encajar en algo así.

—¿Te molesta que quiera acostar a mi hijo todas las noches? —César parece sorprendido y bordeando el enfado.

—No, por supuesto que no. No digas tonterías. Me parece lo más natural del mundo. Lo contrario me preocuparía. Pero yo no tengo ese instinto. Ni siquiera de pequeña, ya te lo dije.

—No tienes que tener hijos si no quieres. Nadie ha dicho lo contrario.

Contiene el aire durante algunos segundos antes de soltarlo despacio.

—Pero tú lo tienes, César.

—¿No te parece que es un poco pronto para esta conversación? Es nuestra primera cita.

—Es un tema importante.

Hay algo en la expresión de César que la inquieta, como si quisiera contarle algo, pero no se atreviera. Olivia recuerda lo que le dijo sobre que no podía contarle aún un secreto relacionado con Iker y se le desboca un poco más el corazón. Algo le dice que debería salir corriendo en la dirección contraria, pero otra parte de su cerebro sigue aferrada a esa sonrisa y al burbujeo en el estómago.

—Sí, lo es. Espero que la persona que esté conmigo, al menos, respete a mi hijo y, si es posible, le tenga cariño, pero soy muy consciente de que no tiene la obligación de quererlo o cuidarlo porque para eso estamos su madre y yo, y, hasta el momento, no lo hemos hecho nada mal.

—Creo que tienes una visión un tanto idealizada de lo

que debería ser y que, cuando tengas a alguien, vas a darte un golpe de realidad.

El rostro de César cambia de gesto tan rápido que Olivia pestañea un par de veces para asegurarse de que no es una alucinación.

—Lo pillo. Creo que será mejor que pague la cuenta y te acompañe a casa.

—César, yo no...

—No importa. —César le hace un gesto al camarero, que asiente y se aleja para traerles la cuenta.

El camino de regreso a casa es silencioso. Apenas intercambian palabra, y, cuando Olivia intenta entablar una conversación, solo recibe monosílabos. Está claro que la noche no ha ido como ella esperaba, pero tal vez sea mejor así. Acabar con algo que está destinado a fracasar es bueno, debería sentirse bien. Pero Olivia tiene una bola en la boca del estómago que a veces le sube al pecho y apenas la deja respirar.

Se detienen frente a la puerta del edificio de Olivia, que intenta sonreír sin que el gesto parezca una mueca.

—¿Sigue en pie lo de quedar para ver los Globos juntos?

—Claro.

—Puede que no sea buena idea...

—La última sesión.

Olivia asiente y abre la puerta. Ha sonado tan definitivo

que se le revuelve el estómago. Cuando se gira para despedirse de César al detenerse frente al ascensor, no hay ni rastro de él.

Es tarde y sabe que África no estará despierta, pero necesita contárselo a su hermana, así que abre la aplicación y empieza a grabar, aunque ella odia los audios.

Una vez que ha acabado de contarle la cita a África, añade un último mensaje, esta vez escrito.

> **Olivia**
> En definitiva, la he cagado y ahora apenas me habla.

Capítulo 37

—Tienes que entenderlo, Oli. Si tuvieras un hijo y la persona que te gusta te dijera que iba a pasar de su culo porque eso no entra en sus planes, tú también te habrías, como mínimo, defraudado.

—No le dije que iba a pasar de Iker.

—Pensar que no voy a tener que cuidar de ningún modo a tu hijo es muy iluso por tu parte —África imita el tono de Olivia—, viene a ser lo mismo.

—Tampoco fue eso lo que quise decir.

—Pero es a lo que suena, Oli. Sabes que entiendo y respeto que no quieras tener hijos, pero si no estás dispuesta a implicarte, aunque sea un poco, en la vida de ese niño es mejor que te mantengas al margen.

—Lo sé, pero es complicado. Tú misma me dijiste que lo intentara, que solo estábamos saliendo.

—Porque pensaba que no tenías claro si te gustaba o no y lo decidirías después de conocerlo más, pero por tu tono me parece que te has ido aclarando.

Olivia deja de vestirse y mira el teléfono con cara de confusión. Será que ha dormido poco y aún está medio dormida a pesar de la ducha porque no está entendiendo a su hermana. Tiene que recordarse no mantener conversaciones importantes por la mañana porque hasta las diez su cerebro no empieza a funcionar del todo.

—¿Qué quieres decir?

—Veo que todavía no te has tomado un café.

—No desayuno hasta que llego al trabajo, ya lo sabes.

África suelta un largo y profundo suspiro que hace que Olivia mire de nuevo el teléfono de reojo mientras busca las botas para calzarse.

—Lo que quiero decir es que a ti César te gusta. No solo que te pone, que eso ya ha quedado claro. Te interesa lo suficiente como para estar a esta hora de la mañana, en la que tú no sueles articular palabra porque tu cerebro sigue medio dormido, manteniendo una conversación conmigo para sentirte mejor.

»Lo que intento decirte es que —continúa Africa—, en algún lugar de tu cabecita, tú ya habías empezado a plantearte la posibilidad de tener que lidiar con el hijo de tu chico y solo querías que te vendieran la idea para convencerte y cuando César, en lugar de hacerlo, te dijo que tenías razón, te sentiste lastimada y rechazada.

Olivia se detiene en mitad de la habitación, con el abrigo a medio poner y el bolso colgando de uno de sus dedos. Sería cómico si no se sintiese como una mierda después del final de su cita y de lo poco que ha dormido durante la noche.

—Ese silencio indica que estoy en lo cierto.

—Tengo que irme o llegaré tarde.

—Oli, no te enfades ahora conmigo —se apresura a responder su hermana.

—No estoy enfadada. —No es del todo cierto, porque siente las aristas de un cabreo arañándole las entrañas, pero también sabe que es ridículo pagarlo con su hermana cuando está intentando ayudarla—. Hablamos esta noche.

—Estoy aquí si necesitas desahogarte antes.

—Gracias, tata. Te quiero.

—Y yo a ti, peque.

Aunque esta vez no cambia sus horarios para no coincidir con César, no se lo cruza en ningún momento hasta la hora de la comida. Está con Vega y Alba en el momento que César entra junto a su compañero Paco. Saluda con una sonrisa, pero no recibe ni una mirada de reojo a cambio.

—Alguien se ha vuelto a levantar con el pie izquierdo...

—Vega se ríe, pero César ni siquiera se molesta en responder a la pulla.

A Olivia se le revuelve el estómago y aparta el táper.

—¿Te encuentras bien? —pregunta Alba, observándola con el ceño fruncido.

—Creo que la comida me ha sentado mal. Voy a pillarme una infusión y me iré a mi sitio —responde, bajándose el taburete y dirigiéndose a la máquina.

Intenta no prestarle atención a César, pero no se le da muy bien y acaba echando rápidos vistazos en su dirección mientras la máquina trabaja. Casi preferiría que César la mirara mal, como las primeras semanas, a esa indiferencia tan ofensiva.

Se ha pasado la mitad de la noche despierta, intentando decidir si cometió un error al poner el tema sobre la mesa y si debería haberse quedado callada y ver cómo evolucionaba la relación. Pero, en algún momento de la madrugada, Olivia se dio cuenta de que lo había sacado porque era importante para César y porque a ella le gusta lo suficiente como para plantearse un futuro. De lo contrario, jamás se hubiera molestado en tenerlo en cuenta.

Odia tener que darle la razón a África cuando se pone en modo sabelotodo, pero está claro que su hermana la conoce muy bien y sabe que, si ha reaccionado así, es porque había más de lo que ella se había permitido el lujo de reconocer.

No puede ser hipócrita consigo misma. El hecho de ver cómo César resplandecía hablando de su hijo, cómo le cambiaba la cara y hasta el tono de voz, ha tenido mucho que ver en que le resulte atractivo. Por mucho que ella no quiera tener hijos, que los que los tienen los quieran y los cuiden siempre le ha resultado atractivo.

Contradictorio. Incoherente... Puede, pero es lo que le pasa, y más con César, porque lo ha visto durante tanto tiempo como un tipo sin emociones y sin sentimientos que darse cuenta de que hay un motivo que hace que derribe todas esas barreras a su alrededor le resulta entrañable.

—¿Vas a contarnos qué está pasando? —Vega acerca la silla a la suya ya en la redacción para sentarse a su lado mientras Alba permanece de pie al otro costado de la mesa.

Olivia no les ha contado demasiado a Vega y Alba. Desde luego, no que se acostó con César. Pero sí saben que habían empezado a llevarse mejor, así que no le sorprende la pregunta.

—Diferencias irreconciliables.

—Si te ha hecho algo... —Vega hace amago de levantarse, pero Olivia la detiene con una mano en el brazo.

—Solo que no opinamos lo mismo sobre algo importante y las cosas se han puesto un poco tensas.

—¿Tensas en plan mal? —Alba toma asiento en su silla.

—Tensas en plan casi ni nos dirigimos la palabra.

—Lo que está dando de sí esa apuesta... —Vega empuja su silla para volver, rodando, a su mesa.

—Hemos quedado para ver los Globos juntos como cierre antes del fin de semana de los Oscar.

—Espero que te lleves ropa de abrigo porque, a juzgar por lo fría que se ha quedado la sala de descanso, la vas a necesitar —sentencia Vega.

Finge una sonrisa, pero lo cierto es que esas palabras le han sentado fatal por toda la verdad que esconden.

Empieza a pensar que tal vez sería buena idea cancelar lo de los Globos. Quedarse en casa y ver la gala sola de repente parece mucho mejor idea que ir a casa de César y volver de madrugada. Está claro que, tal y como están las cosas entre ellos, no puede quedarse a dormir en su piso. Sería inapropiado, incómodo y bastante descorazonador.

Tiene tiempo para pensarlo, de modo que resiste el impulso de coger el móvil y mandarle un mensaje a César. No va a ser vehemente esta vez.

Así que después de hablar con su hermana y sopesar los pros y los contras, acaba decidiendo que irá para cerrar esa historia. Tal vez si el malestar se mantiene pueda aferrarse a esa sensación para pasar página.

Se tumba en la cama, deseando dormir un poco

después de la mala noche que ha pasado, y se da cuenta de la cantidad de bandazos que ha dado en las últimas semanas. Desde que se acostó con César no ha tenido claro qué estaba haciendo, qué sentía o qué deseaba para el futuro. Debió darse cuenta porque siempre que se comporta como una imbécil es porque está sintiendo algo fuerte por alguien.

Capítulo 38

Apenas han hablado en esos días, solo un par de intercambios de mensajes para quedar para la noche de los Globos de Oro, así que Olivia acude al piso de César con el estómago revuelto, la sensación de que está cometiendo un error y la aplicación de taxis actualizada por si tiene que pedir un coche en mitad de la noche.

Respira hondo, sintiendo cómo el corazón le martillea a toda velocidad en el pecho, y llama al timbre.

Y espera.

Frunce el ceño cuando, pasado un tiempo prudencial, nadie ha respondido. Vuelve a intentarlo, apretando el botón durante más tiempo, por si la primera vez no lo ha escuchado. Y vuelve a esperar. Comprueba la hora en el móvil y vuelve a llamar por tercera vez. Esta vez aprieta el botón durante más tiempo y tan fuerte que se hace daño en la yema del dedo. No se molesta en quedarse esperando y desbloquea la pantalla para abrir WhatsApp. Hace cerca de una hora que César no se conecta, así que la posibilidad de que se haya quedado dormido en el sofá cobra más fuerza.

Primero prueba mandándole un mensaje, pero, cuando un par de minutos después, siguen sin aparecer los *ticks* azules, decide llamarlo. Hace frío y no está dispuesta a pasarse más tiempo en la calle.

El teléfono da señal, pero nadie responde hasta que la comunicación se corta. Olivia siente cómo empieza a bullirle el enfado en el estómago. Le parece muy infantil hacerla ir hasta allí y luego ni siquiera molestarse en cogerle el teléfono; tanto que no puede creerse que lo esté haciendo a propósito.

Vuelve a intentarlo y espera, escuchando los tonos de llamada, hasta que esta vuelve a interrumpirse. Mira el teléfono como si fuera un mosquito pesado en una noche de verano y quisiera aplastarlo para poder seguir durmiendo y abre WhatsApp para mandarle un mensaje bastante borde, el que le nace del enfado y la decepción. Empieza a teclear y, cuando está a punto de darle a enviar, cierra los ojos, respira hondo y, tras mirar de nuevo la pantalla, comienza a borrar el texto.

Abre la aplicación del taxi, pide un coche y le envía un mensaje a su hermana mientras espera a que llegue.

Olivia
Me ha dejado tirada.

He llegado a su casa y no responde al telefonillo, tampoco ha leído los mensajes y no coge el móvil.

Me vuelvo a casa a ver la gala yo sola, en mi portátil y con una montaña de chuches que pienso comprar en el bazar de enfrente antes de subir.

Tata
Gilipollas.

Él se lo pierde.

¿Necesitas hablar?

Olivia
Es tarde, solo quiero llegar a casa, hacerme un chocolate caliente y ponerme ciega a chuches.

Tata
Buen plan.

Si necesitas hablar, me llamas.

Te quiero, peque.

Olivia
Yo también te quiero.

Tata
Mándame la ubicación para que me quede tranquila.

Olivia

Ubicación en tiempo real

Te mando un mensaje en cuanto esté en la cama.

Se guarda el teléfono en el bolso para no tener la tentación de entrar en la aplicación y comprobar si César ha leído su mensaje; también para evitar enviarle otro un poco más enfadado.

Está a medio camino cuando su teléfono vibra y Olivia se apresura a sacarlo por si es César con una excusa plausible. Negará sentirse decepcionada al ver el nombre de África en la pantalla, pero no puede evitarlo.

Tata
No me estoy poniendo de su parte, sabes que no haría eso nunca, pero...

¿No le habrá pasado nada?

Todo su enfado se esfuma y la preocupación toma su lugar, dejándole el estómago revuelto y el corazón acelerado.

Olivia
¿Crees que debo volver?

Tata
¿Para qué?

¿Qué vas a hacer, llamar a los bomberos y decirles «no estoy segura de si mi amigo está en casa o no, ni sé si le pasa algo, pero podrían echar la puerta abajo para que pueda comprobarlo?»

Olivia
Es ridículo.

Tata
Es bonito que estés preocupada, pero yo me refería a algo como que está en el hospital y no puede coger el teléfono, no a que esté tirado en su casa.

Olivia
Gracias por poner esa imagen en mi cabeza, tata.

Tata
¿Lo siento?

Olivia
Voy a intentar volver a llamarlo y escribirle, por si esta vez me responde.

Tata
No te obsesiones, peque.

Puede que sea un poco tarde para eso. Mientras el coche se adentra en las calles de su barrio, Olivia vuelve a llamar a César, pero la comunicación se vuelve a cortar después de un sinfín de tonos.

Se despide del conductor y teclea al tiempo que camina hacia el portal, enviándole otro mensaje a César.

> **Olivia**
> No sé si te ha pasado algo, mándame aunque sea un emoji para que sepa que simplemente no quieres hablar.

Le hace un gesto de agradecimiento al conductor, que arranca tras verla cerrar la puerta de la entrada. Ese pequeño gesto le recuerda a cuando volvió de Valencia en Navidad y César la estaba esperando en el portal.

Parece que fue hace un siglo y no solo un par de semanas atrás. Es ridículo que hayan pasado por tanto en tan poco tiempo y que las cosas se hayan estropeado hasta llegar a esa situación. Si a César no le ha pasado nada, que ni siquiera se esté molestando en tranquilizarla le parece horroroso. Y se odia a sí misma por estar deseando que haya ocurrido alguna emergencia que lo justifique todo.

Con la preocupación se le ha olvidado pasarse por la tienda a comprar chuches y, una vez que ha llegado a casa, Olivia no tiene ninguna intención de volver a bajar, así que cambia de planes y se hace unas palomitas con una infusión para empezar y se reserva las pocas chuches y el chocolate para más tarde.

Olivia
En casa, haciendo palomitas.

Se me ha olvidado pasar por la tienda.

Tata
Eso significa que sigues sin noticias de él.

Olivia
Exactamente.

Voy a ponerme un pijama calentito, desmaquillarme y ponerme la gala, que seguro que me he perdido los primeros vestidos de la alfombra roja.

Tata
Mándame fotos de los más bonitos y los veo por la mañana.

Ha hecho exactamente lo que le ha dicho a África y está en la cama, con la espalda apoyada en el cabecero, el portátil en el regazo, un bol de palomitas a un lado, una bolsita con chuches al otro y la infusión en la mesita de noche.

Tiene un documento de Word abierto para ir haciendo anotaciones sobre algunos vestidos que le llaman la atención, declaraciones o cotilleos que los presentadores van contando.

Aunque lo cierto es que le está costando bastante concentrarse en lo que está escuchando y viendo, incapaz de acallar esa voz de su cabeza que se pregunta, cada pocos minutos, si César estará bien.

El móvil se ha perdido en algún lugar de la cama, así que la sobresalta escuchar la llamada cuando el teléfono comienza a sonar. Lo busca a tientas bajo el nórdico, dándose prisa para no despertar a sus compañeras de piso. No es que haya hablado mucho con Nora desde que volvió hace un par de días, pero la situación está rara y no quiere causar otro motivo más de tensión.

Se le corta el aliento al ver el nombre de César en la pantalla y se apresura a cogerlo, más por las ganas que tiene de saber qué ha pasado que por no molestar.

—¿Te he despertado? —César pregunta en tono suave al otro lado de la línea.

—No, estaba viendo la gala.

—Mierda, lo siento. Se me olvidó por completo —contesta. Olivia contiene la respiración, esperando que él diga algo más antes de dar rienda suelta al enfado que está notando que se enciende en su interior—. Me llamó Júlia y tuve que venirme. Ni siquiera caí en avisarte.

—¿Iker está bien?

Se escucha el roce de ropa y un suspiro débil.

—Campeón, ¿puedo contárselo a Olivia?

—Vale. —La voz infantil de fondo la pilla desprevenida, y Olivia suelta un gemidito.

—Está bien, pero ahora mismo está en el hospital y creo que va a quedarse un par de días. No quiero tener esta conversación por teléfono, ¿te importa que hablemos cuando vuelva a Madrid?

—No, por supuesto que no. Solo he insistido para asegurarme de que estabas bien. Me alegro de que Iker esté mejor.

—Gracias. Por preocuparte por mí y por alegrarte por Iker.

—A pesar de lo que pienses de mí ahora, no soy un monstruo, César. Buenas noches.

Cuelga sin darle tiempo a responder, desesperada porque no se le rompiera la voz si seguía hablando. Lo peor es que no sabe exactamente por qué tiene ganas de llorar si ha comprobado que César está bien y este le ha dicho que Iker también lo estará.

Está a punto de bloquear el móvil y concentrarse en su portátil cuando recibe la notificación de un mensaje.

César
♥

Capítulo 39

Durante un par de días no sabe nada de César, hasta que se lo encuentra en la sala de descanso cuando va a media mañana a por una infusión para entrar en calor. La calefacción se ha estropeado en su parte de la redacción y, a pesar de las quejas, la dirección ni siquiera se ha molestado en llevarles un par de estufas para caldear el ambiente.

La sorprende verlo allí, porque pensaba que seguiría en Toledo con su hijo, aunque la alegra porque eso significa que está bien y César ha podido regresar al trabajo. No lo haría nunca si Iker lo necesitase.

—Buenos días —saluda, dirigiéndose a la máquina de café.

—Buenos días. Tengo que irme. Una rueda de prensa —aclara César—, pero ya hablaremos, ¿vale?

—Vale.

La perspectiva de esa conversación la altera durante el resto del día. No puede dejar de pensar en qué será eso que él quiere decirle y para lo que necesitaba el permiso de Iker. Se le han pasado un millón de posibilidades por la cabeza y todas son malas.

Y la sensación de tener a alguien presionándole el pecho y el estómago de revés no se le ha ido desde esa noche, por mucho que sonría y le diga a todo el mundo, incluido a ella misma, que ha desaparecido. Se conoce lo suficiente como para saber lo que significa, aunque no está preparada aún para enfrentarse a ello, mucho menos tal y como están las cosas entre César y ella.

Así que esa misma tarde coge el metro después de tomarse algo con Sofía y su novia en el centro y se dirige a casa de César. Cuanto antes tengan esa conversación, antes podrá tener todas las cartas para saber cuál será su próximo movimiento.

Le sonríe a la vecina que le sostiene la puerta para que pase después de que ella salga y mira el telefonillo, dudando en si llamar de todos modos, pero luego piensa que si el destino o lo que sea le ha facilitado el camino, no va a desperdiciarlo. Se planta frente a la puerta del piso de César, se desabrocha el plumas, toma aire profundamente y llama al timbre.

Escucha lo que le parece la voz de César gritando algo al

otro lado de la puerta justo en el momento que esta se abre y Olivia cierra los ojos, pensando que se ha equivocado yendo a su casa porque tal vez se va a encontrar con alguien a quien no espera.

Suspira, aliviada, cuando le abre César y no la persona con la que estaba hablando.

—Hola. ¿Habíamos quedado? —César comienza a cerrar la puerta despacio hasta que solo puede ver su cabeza. A Olivia no le cabe duda de que hay alguien más dentro y no quiere que la vea.

—No, siento haber venido sin avisar, pero creo que deberíamos hablar.

—No es el mejor momento, Olivia.

Nota cómo se le hace un nudo en la garganta y se obliga a no mostrar lo que está sintiendo. No se puede poner más en evidencia de lo que ya lo ha hecho.

Da un paso atrás, dispuesta a despedirse e irse sin tan siquiera esperar al ascensor, cuando escucha unos pasos rápidos que se acercan y la cabecita de un niño se asoma por detrás de una de las piernas de César.

—Hola —saluda este, y Olivia no necesita que se lo presenten para saber quién es.

—Hola —responde, pero no se mueve, incapaz de saber qué tiene que hacer.

—¿Tú eres Oli?

Le cuesta tragar y nota el corazón desbocado. Es muy consciente de que César no le quita ojo y tiene la sensación de que lo que haga y cómo se comporte en ese momento puede darle una oportunidad o cerrarle la puerta definitivamente.

Adelanta el paso que había retrocedido y se planta frente a la puerta, poniéndose en cuclillas para estar a la misma altura que el niño.

—Y tú debes ser Iker. Encantada de conocerte —dice, tendiéndole la mano al pequeño. Tiene muy claro lo que siempre dice su hermana de que a los niños no hay que obligarles a dar besos y mucho menos a desconocidos.

Iker mira a su padre, levantando la cabeza tanto como puede y sonríe antes de estrecharle la mano a Olivia. Es tan pequeña que le da miedo apretar demasiado.

El niño abre la boca para decir algo, pero su padre se agacha y lo coge en brazos.

—Campeón, no deberías andar descalzo. Vas a coger frío —le dice César. Olivia se estremece al recordar la cantidad de veces que lo llamó así para burlarse de él.

—Pero ha venido tu amiga y quería conocerla. —Iker se retuerce entre los brazos de su padre, mientras este comienza a caminar hacia el interior del piso, para poder seguir manteniendo el contacto visual con Olivia.

—Deberías estar en la cama. Como te resfríes, tu madre me va a matar.

—Oli, ven con nosotros —pide Iker y Olivia busca el permiso de César, que gira la cabeza para mirarla por encima del hombro y asiente.

Ella respira hondo y entra en el piso, cerrando la puerta tras de sí y siguiéndolos a través del pasillo hasta la habitación del fondo, esa que César siempre tenía cerrada y que le enseñó no hace tanto.

La cama está deshecha y hay varios juguetes tirados por el suelo, además de una taza sobre la mesita de noche.

Olivia se detiene en la puerta y observa cómo César deja a su hijo sobre el colchón y espera a que se acomode antes de volver a taparlo con el nórdico.

—Quietecito aquí, jovencito. Voy a hablar con Olivia.

—¿Volverás otro día, Oli? —pregunta el niño con su vocecita y sus ojos brillantes. A Olivia se le hace un nudo en la garganta y tiene que carraspear antes de poder responder.

—Eso espero, pero no puedo prometerte nada, Iker.

—Jo...

—Vuelvo enseguida, campeón. —César le deja el libro que estaba junto a la taza sobre el regazo y se incorpora.

Olivia sigue a César de vuelta al comedor y espera a que él cierre la puerta que da al pasillo. El nudo cada vez se le aprieta más y hace que le cueste tragar y mantenerse optimista.

—Debí haber llamado antes. No pensé que estaría aquí —se disculpa.

—Tiene algunas citas médicas estos días y ha preferido quedarse aquí que con su madre en la casa de sus abuelos maternos. —César se pasa la mano por la cara y luego por el pelo. Ahora que Olivia lo ve bien, se da cuenta de que César tiene ojeras y aspecto de no haber dormido una noche entera en varios días—. No quería contártelo así, pero bueno, ya que has venido...

César señala una de las sillas que rodean la mesa, Olivia se sienta en ella mientras él toma asiento en la que hay enfrente.

—Iker nació prematuro y, durante sus primeros meses de vida, estuvo más tiempo en el hospital que en casa. No tenía nada grave, pero cualquier virus lo mandaba a urgencias. A medida que ha ido creciendo, su sistema inmunológico se ha ido fortaleciendo, pero a veces simplemente es demasiado. Además, tiene asma, así que de vez en cuando nos da un susto.

»Es lo que le pasó la semana pasada. Un simple resfriado que acabó complicándose y Júlia prefirió llevarlo a urgencias porque la medicación del asma no le hizo efecto tan rápido como suele hacerlo. Me llamó de camino al hospital y salí corriendo. Ni siquiera recordé que había quedado contigo hasta que llegué y vi las llamadas perdidas.

Olivia no tiene claro cómo reaccionar y se echa para atrás en la silla mientras intenta asimilar lo que César acaba de decirle. Conoce a gente que tiene asma, pero, a decir verdad, jamás los ha visto en pleno ataque, de modo que no tiene ni idea de cómo de grave puede ser para un niño.

—No te lo dije en su momento porque Iker odia que la gente lo sepa; dice que lo tratan como si estuviera enfermo y no le gusta. Así que le prometimos que, antes de contárselo a alguien, le pediríamos permiso.

—Lo entiendo. Es su vida y tiene derecho a decidir quién quiere que tenga esa información, aunque tenga cinco años.

—El otro día en el restaurante me di cuenta de que tenías razón. No puedo esperar que la persona que esté conmigo se mantenga al margen porque habrá momentos en los que Iker necesitará que lo cuiden. Es absurdo intentarlo con alguien que me ha dejado claro desde el principio que no está dispuesta a hacerlo.

—No dije algo así. Nunca. Principalmente porque jamás me lo había planteado. Eres la primera persona con la que estoy o... podría estar —se corrige antes de que César pueda decir nada— que se encuentra en esta situación. No sé qué se esperaría de mí ni qué estaría dispuesta a hacer porque no es algo que haya barajado nunca.

—Pero tenías razón. No es tan fácil separar las dos

cosas. Mira, Olivia, me gustas. Me gustas de verdad. Estaba dispuesto a intentarlo contigo, pero Iker es lo primero. Siempre va a ser lo primero para mí y la persona con la que yo esté tiene que ser muy consciente de eso, respetarlo y apoyarme y, sinceramente, no creo que tú estés dispuesta ni preparada para algo así. Tampoco que lo quieras, así que no hay más que hablar.

Olivia se queda unos segundos en silencio, pensando en lo que César ha dicho. No sabe si es lo que quiere o si estaría dispuesta a hacerlo porque no se ha parado a pensar lo que supondría tener una relación con alguien que tiene un hijo. Cuando César se lo contó estaba tan empeñada y tan segura de que no quería nada serio con él que ni se lo planteó, pero después de todo lo que ha pasado y de lo mal que se ha estado sintiendo, tal vez debería decidir algunas cosas.

Así que opta por ser sincera con César.

—Tengo muy claro que no quiero tener hijos, pero todo lo demás, todo lo que estás asumiendo, no lo tengo claro. Ya te lo he dicho, es algo que no me he planteado y, por tanto, no tengo opinión al respecto.

—¿Me estás diciendo que estarías dispuesta a cuidar del hijo de otra persona?

—No lo sé. Eso es lo que te estoy diciendo, César. Pero estoy dispuesta a planteármelo y tomar una decisión.

—Iker necesita a alguien que esté seguro de que sí quiere. Y yo también, Olivia. Necesito alguien que se comprometa conmigo y con él. Y hasta hace pocos días tú ni siquiera querías salir conmigo, prácticamente tuve que suplicarte que tuviéramos una cita.

—Soy muy consciente de que no he sido muy coherente en ese sentido, pero he estado dándole muchas vueltas a mis sentimientos y cuando no apareciste en nuestra cita y empecé a pensar que te había pasado algo, yo... —Suelta el aire con fuerza, deshaciéndose de la sensación de malestar que le ha atravesado el cuerpo—. Me he dado cuenta de que eres importante para mí, de que estaba sintiendo cosas por ti que hacía mucho que no sentía por alguien y estaba dispuesta a intentarlo. Por eso he venido hoy.

La cara de César se debate entre la incredulidad y la sorpresa, y Olivia no puede culparlo porque ha estado actuando de forma contradictoria en los últimos días y las cosas entre ellos se han acelerado más de lo que ella podía imaginar.

—No puedo esperar a que tú tomes una decisión. Ni dejar que te metas en mi vida si vas a salir pronto de ella.

Olivia siente como si alguien le hubiera golpeado en el estómago y tiene que contenerse para no doblarse sobre sí misma como acto reflejo. Se pone en pie y rodea la mesa, antes de encaminarse hacia la puerta. Escucha a César caminar tras ella, pero no se gira para mirarlo hasta que llega al descansillo y el ascensor se abre frente a ella.

—No estoy saliendo de tu vida, me estás echando.

Capítulo 40

El camino de regreso al piso se le hace más largo de lo normal. No deja de darle vueltas a todo lo que ha pasado durante las últimas semanas y, sobre todo, a la conversación que acaban de tener y la forma en la que César la ha echado de su vida.

Olivia está deseando llegar a casa, hacerse un chocolate caliente y meterse en la cama para seguir dándole vueltas a lo mismo y regodearse con sus miserias. Ni siquiera va a hablar con su hermana porque necesita tener esas horas de bajón; ya le pedirá consuelo y un hombro para llorar por la mañana.

Abre la puerta del piso y frunce el ceño cuando escucha a Candela murmurar con tono enfadado desde la cocina. Olivia cierra los ojos y toma aire para enfrentarse a lo que parece otra bronca entre sus compañeras de piso.

—¿Qué ha pasado?

—Nora. Eso ha pasado —responde Candela, secándose las manos en un trapo de cocina y cruzándose de brazos en mitad de la cocina—. Se ha duchado. He entrado después y había un tapón de pelo tapando el desagüe, le he tocado a la puerta para decirle que lo recogiera y se me ha puesto farruca.

Olivia pone los ojos en blanco, no es la primera vez que Nora se deja el cuarto de baño hecho una pocilga después de ducharse, pero hacía tiempo que no tenían que llamarle la atención. Desde que volvió a Madrid está peor que nunca. Ya no es solo que vuelva a dejar las cosas tiradas por ahí y no limpie a menos que le echen la bronca, es que encima se encara con ellas cuando le dicen algo.

—Mira cómo está otra vez la cocina. Ahora no puede excusarse en que no tiene tiempo: está todo el puto día en casa y ni se molesta en fregar los platos. Ya no te digo de hacer la limpieza. Esta semana le toca a ella y ya me ha dicho que la hará si le apetece, que no tiene la obligación.

Olivia se deja caer contra la encimera y gimotea. Discutir con su compañera de piso es lo último que le apetece hacer en ese momento.

—Antes no era así, no sé por qué está pagando con nosotras su ruptura con el novio.

—Puede que no sea solo eso.

—¿Qué quieres decir? —pregunta Olivia. Deja el bolso encima de uno de los pocos trozos de encimera que está limpio.

—La he escuchado hablar con alguien, no sé si una amiga o su hermana o su madre. Da igual. El caso es que le estaba contando que se ha metido en no sé qué programa para probar medicamentos experimentales y que le estaban inyectando algo para un tema relacionado con los ovarios.

—¿Medicamentos experimentales?

—Eso estaba diciendo. Puede que eso la esté afectando de algún modo. Últimamente está más rara de lo normal, y ya es decir.

—Eso es un poco peligroso, ¿no?

—También ha empezado a salir a correr por la tarde. Que me parece genial, pero deja el top sudado en la terraza para que se seque y al día siguiente se lo vuelve a poner.

—¿Sin lavar?

—Sin lavar. A estas alturas debe sostenerse solo. Ya sabemos que tiene una relación complicada con la lavadora, pero esto me parece demasiado.

Olivia gimotea y se lleva las manos a la cara, tapándose los ojos. Está cansada de eso.

—Voy a empezar a plantearme que tengo un imán para compartir piso con gente rara.

—Gracias por la parte que me toca. —Candela finge ofenderse.

—No es por ti, ya lo sabes. Pero entre mis compañeras durante la carrera, que te puedo asegurar que algunas fueron tremendas, y ahora esto...

—Deberíamos plantearnos buscarnos algo para nosotras dos. Ya hemos comprobado que Nora no va a cambiar y la convivencia cada vez es más difícil, al menos para mí. Y si viene otra persona, podemos tener suerte y, según lo que acabas de decir, es muy complicado o nos vamos tú y yo a otro sitio.

Sabe que Candela tiene razón, pero no es el mejor momento para plantearse algo así. Empieza a estar cansada de que todos los cambios o decisiones complicados de su vida vengan a la vez. No puede volver a enfrentarse a todo esto cuando aún se está recuperando de la última vez.

—Sé que tienes razón, pero no es un buen momento, Cande. Necesito un poco de tiempo...

—¿Estás bien? Tienes mala cara. —Candela da un paso al frente y baja la cabeza hasta que sus miradas se encuentran.

—Un día de mierda. Una semana de horror. Un comienzo de año penoso. Solo quiero hacerme un chocolate caliente, meterme en la cama, ponerme una peli de esas tristes y llorar hasta que mi vida parezca mejor. Así que, si me oyes sollozar, no te asustes.

—Estoy a una puerta de distancia, solo llama y hablamos.

—Gracias.

—Esta noche me resignaré a cenar sola, pero mañana no te libras de mí. —El comentario de Candela la hace sonreír, y Olivia asiente.

—Lo prometo.

Mientras la leche se calienta en la cocina, Olivia aprovecha para ponerse el pijama. Así, cuando regresa a la habitación con el chocolate listo, solo tiene que meterse en la cama y encender el portátil. Escoge *Mensaje en una botella*, la película que, desde que tiene uso de razón, le sirve como catarsis si necesita deshacerse del nudo en la garganta y la presión en el pecho.

No piensa demasiado en lo que ha pasado en casa de César; prefiere recrearse en el dolor y recrearse con su miseria. Ya pensará en cómo enfrentarse a la situación en la que se encuentra por la mañana. Durante las siguientes dos horas se limita a lloriquear con la excusa perfecta de la película y a deshacerse de la tristeza que la ha inundado desde que ha salido del piso de César.

Se levanta con dolor de cabeza, el ánimo un poco sombrío y pocas ganas de hablar, así que le manda un mensaje a África para avisarla de que la llamará por la noche.

Tata
¿Tan mal fue?

Olivia
Esta tarde, tata.

Tengo que irme a trabajar.

Agradece que sea viernes y solo tenga que trabajar hasta mediodía porque le cuesta tanto mantenerse concentrada en su trabajo que le parece que hasta Tomás está siendo más productivo que ella. Alba no dice nada, pero la mira con preocupación, y Vega intenta sacar temas de conversación que la animen. Aunque Olivia le agradece que quiera hacerle más llevadera la mañana, no es capaz de meterse del todo en los salseos.

—El lunes recordadme que os cuente los chismorreos de Ciencias. Ese polvorín va a saltar en cualquier momento —comenta Vega.

—Lo raro es que haya tardado tanto, teniendo en cuenta cómo se las gastan por ahí.

Asiente, un poco ajena a la conversación, pero incapaz de desconectar del todo porque su parte cotilla es demasiado fuerte.

Aprovecha el paseo desde el metro hasta casa para entrar

a coger algo de comida preparada. No le apetece cocinar, pero tiene mucha hambre ya que anoche cenó solo una taza de chocolate y esta mañana solo ha desayunado un capuchino.

Escucha los gritos en cuanto sale del ascensor y abre la puerta sin saber qué va a encontrarse cuando entre en su piso. Camina con paso rápido hasta el comedor y se detiene justo detrás de Candela, mirando al balcón.

—¿Qué demonios ha pasado ahí? —pregunta, aún sin entender.

—Nora ha decidido que va a colocar sus cosas en el armario del balcón y ha sacado todo lo que había ahí y lo ha dejado tirado en el suelo.

—Necesito espacio para mis cosas.

—Para eso está tu habitación —gruñe Candela.

—Nadie usa esas mierdas. ¿Por qué tengo que tener mis cosas apretujadas en mi pequeño armario cuando hay espacio en la terraza?

Olivia cierra los ojos y suelta un suspiro de cansancio.

—Si necesitas espacio, lo dices y buscamos opciones, pero no nos parece de recibo que vacíes un armario común para colocar tus cosas y dejes lo que hay dentro tirado por ahí. Al menos haz limpieza y tira lo que no sirva.

—¿Y por qué tendría que hacerlo? No son mis cosas...

Olivia pone una mano en el brazo de Candela para

intentar que esta se tranquilice y evitar que responda en ese estado de cabreo. Está demasiado alterada y no quiere que la situación empeore.

—Bueno, precisamente por eso tal vez no deberías haberlas tocado —dice Olivia. Candela tiene la mandíbula tensa y los puños cerrados con tanta fuerza que tiene los nudillos blancos.

—Esa es tu opinión.

En ese momento Olivia entiende a lo que se refería Candela al decir que Nora había cambiado. Hasta ese momento, siempre que habían discutido con ella, había mantenido cierta humildad, pedía perdón y se iba. En esta ocasión, tiene ganas de pelea. Sabe que ha hecho algo mal, pero sigue adelante sin importarle nada. Incluso ha dado un paso al frente, dispuesta a llegar a la pelea física cuando Candela le ha recriminado su actitud.

—No es una opinión, Nora. Si necesitas el espacio, entendemos que lo busques, aunque, si es de zonas comunes, háblalo con nosotras, y desde luego no lanzas las cosas así. O les buscas otro sitio o las tiras. No puedes dejarlas ahí.

—No pienso recogerlas.

—Si tengo que recogerlas yo, Nora, vuelven al armario y lo que haya dentro a la basura. Tú misma.

—Me estás amenazando, Candela.

—Te estoy informando. Algo que tú no has hecho. O lo recoges o se va todo a la mierda. —Candela da media vuelta, coge su bolso y se adentra por el pasillo, dando un portazo cuando llega a su habitación.

Olivia no está para otra bronca, así que va a la cocina, se sirve lo que ha comprado en un plato, lo calienta un poco en el microondas y se lo lleva a la habitación. No piensa verle la cara a Nora mientras come.

Las cosas se están poniendo tensas en casa y eso es lo último que Olivia necesita en ese momento de su vida.

Capítulo 41

—Has empezado el año a lo grande, peque.

—No estoy para bromas, tata, así que...

—Solo estoy intentando aliviar un poco la tensión. No te enfades conmigo.

Olivia suspira y cierra los ojos, pasándose la mano por el pelo antes de dejarla sobre la almohada.

—Lo sé, Afri. Estoy un poco susceptible. Es como si el mundo se hubiera puesto de acuerdo para joderme la vida.

—Al menos te va bien en el curro.

—En eso he tenido mucha suerte. Mis compañeras son buena gente y el trabajo me gusta. Si Tomás no fuera tan desesperante, sería el lugar perfecto.

—¿Qué ha hecho ahora? —pregunta África. Olivia puede notar la diversión en la voz de su hermana, y eso la hace sonreír.

—Nada nuevo y más de lo mismo. Escaquearse de su trabajo, entregar los reportajes tarde, cambiar los días porque no le ha dado tiempo y en casa no curra... Que, a ver, me parece genial que a las seis salgas del periódico y no vuelvas a tocar el ordenador para currar y que no hagas ni un minuto de más si no te pagan, pero, si durante tu jornada laboral no haces tu trabajo, al menos ten la decencia de no hacer pringar a tus compañeras.

—¿Por qué no lo despiden?

—Porque Alba es demasiado buena. Cuando hace alguna de las suyas, le echa la bronca, está un par de semanas cumpliendo y luego vuelve a lo mismo, pero se le están hinchando las narices. Nosotras estamos hasta arriba. Tenemos trabajo para otras tres personas más, no podemos asumir su parte —Olivia se queja, un poco cansada de que siempre haya alguien dispuesto a putear a sus compañeros.

Permanecen unos segundos en un cómodo silencio, solo interrumpido por sus respiraciones. Es una tontería, pero algo tan simple siempre consigue serenarla.

—¿Qué vas a hacer?

—No puedo despedir a Tomás.

—No hablo de eso, tonta. —Ríe África.

—Ya lo sé, pero no tengo ni idea. César me ha dejado muy claro que no quiere intentarlo porque necesita a alguien que se comprometa con él y con Iker. Y lo entiendo, de verdad que sí. Si no lo hiciera no sería un buen padre, y realmente creo que lo es, pero no me deja muchas opciones.

—La de comprometerte con él y con Iker.

—O no hacerlo y olvidarme de todo.

—¿Es eso lo que quieres, tata? —Esta vez la voz de su hermana suena muy seria.

—Me gusta mucho, Afri. No sabía cuánto hasta que temí que le hubiera pasado algo y no volvería a verlo. Pero, antes de que pudiera lidiar con eso y procesarlo, todo se ha ido a la mierda. ¿Qué harías tú?

—Cariño, no puedo ayudarte con eso. Ya sabes que yo sí quiero tener hijos. Y antes de que me preguntes: no, todavía no, pero... —Olivia se sienta en la cama de un salto, emocionada ante lo que su hermana vaya a decirle— hemos decidido que vamos a empezar a intentarlo.

—Ay, madre, ¡que voy a ser tía!

—No te anticipes, Oli. Llevamos un tiempo pensándolo y nos habíamos puesto de plazo hasta principios de este año. Ahora que las cosas están más calmadas, vamos a probar.

—¿Los papás lo saben?

—No. Y no quiero que lo sepan aún. No me apetece tener que lidiar con las expectativas y las preguntas. No queremos que nos agobien, así que, por favor, no les digas nada. Solo lo sabes tú y mi cuñado. Hasta que no haya nada que contar, preferimos que no se sepa nada.

—Soy una tumba. Estoy deseando poder empezar a comprarle ropita y juguetes. —Olivia se sorprende sonriendo como una verdadera imbécil.

—Con calma, peque. Recuerda lo de la presión y eso...

—Cuando sea oficial. Antes no voy a hacer nada. Pero espero que tengas claro que voy a ser una tía consentidora y los voy a mimar y malcriar. Luego no quiero quejas.

—No esperaba menos de ti. —África suena resignada pero divertida—. Volviendo a lo tuyo, que nos desviamos y me has llamado para que solucionemos el jaleo que tienes: debes plantearte cuáles son tus prioridades y qué estás dispuesta a sacrificar, o si no quieres hacerlo, claro.

—Estaría renunciando a tener una oportunidad con César.

Su hermana permanece unos instantes en silencio, y esta vez Olivia siente la tensión hasta que no puede resistirla más.

—¿Qué?

—Hace unos meses eso no habría sido ni una opción, Oli.

Parece que Olivia acabara de tener una revelación, se endereza y mira al frente, como si la pared de repente tuviera todas las respuestas a sus preguntas. África tiene razón: cuando conoció a César, tener una relación con cualquiera ni siquiera entraba en sus planes. De hecho, comenzó a acostarse con Sofía porque no había la más mínima posibilidad de que eso desembocara en algo más serio.

—No sé si te he ayudado mucho —comenta su hermana al ver que Olivia no responde a su última frase.

—Sí lo has hecho, tata. Siempre lo haces.

Cuando finalmente sale de su habitación, no hay rastro de Nora y las cosas que estaban desperdigadas por el balcón están en bolsas de basura en un rincón. No es lo que ella esperaba, pero es más de lo que tenían. Aunque está claro que la situación con ella ha llegado a un punto en el que es imposible seguir.

Escucha a Candela salir de su habitación mientras está preparando la cena. Sabe que ella también lo está pasando mal con todo esto, así que le señala el plato en cuanto entra en la cocina.

—Te invito a cenar.

—¿Estamos solas? Porque si está por aquí, prefiero hacerme un sándwich e irme a mi habitación.

—Creo que se ha pirado porque no se ve luz por debajo de la puerta y tampoco se oye ruido, así que... No sé si te has dado cuenta, pero ha recogido lo del balcón y lo ha metido en bolsas de la basura.

—Pero no las ha tirado. —Candela no puede disimular el enfado.

—Démosle hasta mañana, Cande. Bastante hemos tenido ya hoy. No quiero otra bronca así.

—¿Te crees que yo sí, Oli? Estoy hasta las narices de volver a casa temiendo lo que me voy a encontrar. Sigue poniendo lavadoras que no tiende y, si lo hace, es después de haber pasado un par de días en una silla y luego tiene los ovarios de quejarse de que huele a comida...

Candela se apoya en la encimera, cierra los ojos y suspira mientras niega con la cabeza. Parece realmente cansada y hastiada.

—Entiendo que está pasando un mal momento, pero es que llueve sobre mojado. Si tú estuvieras teniendo una época rara lo pasaría por alto, pero es que Nora lleva haciéndonos la convivencia difícil desde el principio. Ahora está incluso peor. Ya no es que siga haciendo lo mismo que ya llevamos meses aguantando, ahora además hace cosas rarísimas y tiene una actitud bastante chulesca. Ya no puedo más.

—Me he dado cuenta. Ha habido un momento en el que he pensado que se iba a lanzar a pegarnos y todo.

—Te lo dije. No sé qué coño se está pinchando, pero le está afectando y a mí no me apetece quedarme para ver los efectos secundarios. —Candela tiene los labios apretados y el gesto decidido.

—Lo sé, y estoy contigo, pero ahora mismo necesito un poco de tiempo. No puedo ponerme a buscar piso con lo que tengo encima.

—¿Quieres hablar?

—¿Te importa que lo dejemos para otro día? Lo último que quiero después de estar toda la tarde dándole vueltas es seguir con el tema. Necesito... desintoxicarme un poco —pide, deseando tener una noche tranquila.

—Si Nora no nos jode la noche, podemos cenar y ver una peli. ¿Prefieres algo ligerito o una de llorar como si se nos hubiera muerto una mascota? No ha pasado eso, ¿no?

—No —la tranquiliza y después le dedica una sonrisa—. Mejor algo que me haga reír.

—¿Has visto *The Bold Type*?

—No me suena.

—Es una serie, tiene cinco temporadas. Va sobre tres amigas que trabajan juntas en una revista...

—No sé si me apetece mucho, la verdad. En otro momento me encantaría, pero hoy no es un buen día.

—Veo drama con tu periodista. —Candela levanta las cejas un par de veces, intentando aliviar la tensión, pero Olivia no está por la labor y se limita a dedicarle una sonrisa forzada—. Hostia, eso pinta serio.

—Lo es. ¿Qué tal si pones la mesa mientras termino la cena?

Capítulo 42

Le gustaría decir que no le ha dado vueltas a la situación durante los últimos días, pero estaría mintiendo como una bellaca porque, desde que salió del piso de César, no ha parado de barajar las distintas posibilidades. Hasta que recuerda que no tiene opciones, que César le aclaró que no quería nada con ella y que Olivia se está amargando para nada.

África la anima a tomar una decisión y, si está dispuesta a afrontar el reto, intentarlo con él, pero cuando lo piensa recuerda el gesto de César, el modo en el que no le dio ninguna oportunidad de demostrarle que podría ser lo que él quería y necesitaba. No está segura de que esta vez su hermana esté acertada con su consejo, pero tampoco es capaz de dejar de darle vueltas ni de sacarse a César de la cabeza.

Es raro estar pasando por algo parecido a una ruptura sin que lo sea porque nunca llegaron a ser nada. Y no lo fueron porque ella se encargó de poner todas las pegas posibles. No es que César se lo pusiera fácil porque, definitivamente, lo de invitarla a irse de su piso después de pasar la noche juntos no fue muy halagador y desde luego no despejó sus dudas.

A veces, se daría cabezazos contra la pared más cercana cada vez que piensa que podría haberse dado cuenta antes de lo que sentía por César para, al menos, haberlo intentado. Otras, sin embargo, agradece que todo haya acabado antes de empezar porque ella no es la persona que César necesita. Luego cree que tal vez podría serlo, pero, cuando ese pensamiento le cruza la mente, Olivia sacude la cabeza para alejarlo porque no va a planteárselo a esas alturas.

Están a mitad de semana y, a pesar de que las tres habían quedado en tener una sesión de puesta al día, el trabajo no se lo ha puesto fácil, así que, en cuanto Tomás sale de la sala para escaquearse media hora antes de la hora de la comida, Vega cierra la puerta y se sienta con aire conspiranoico en su silla.

—Me acaban de informar de que la nueva editora tiene en el punto de mira a Lola y Emilia. Al parecer, a ella no son capaces de engañarla con tanta facilidad como a Javi y esta se ha dado cuenta de que no hacen ni el huevo. —Vega levanta una ceja, haciendo un gesto de «ya era hora»—. Tampoco le gusta nada que vayan a vender a las comerciales, aunque, por lo visto, está pidiendo que la jefa del departamento les ponga las cosas claras a ellas también porque mienten más que hablan y aprovechan las salidas en las que deberían tratar con los clientes para hacer la compra, irse de comida con sus amigas o escaquearse vilmente.

—No puedo creer que hayan contratado a alguien que vaya a hacer un buen trabajo por una vez —interviene Alba.

—Te contrataron a ti. Alguien inteligente debe quedar ahí arriba. El caso es que Lola y Emilia están que se suben por las paredes y acusan a las comerciales de haber metido mierda en su contra con la nueva jefa.

—Qué ovarios tienen esas dos, ¿no? —se sorprende Olivia.

—Ellas hablando de meter mierda de otra persona. ¡Ellas! Que hicieron fotos de las mesas vacías cuando bajaron a desayunar todas juntas y se las pasaron a Javi...

—Las comerciales también son un poco torpes. Si ya sabes que son como son, no les des munición.

—Las comerciales son para echarlas de comer aparte. Mucha sonrisita por aquí, «hazme un favor», «es urgente» y luego te la clavan por la espalda en cuanto te despistas

—se queja Alba, que sabe cómo se las gastas, sobre todo las de la tarde del cierre.

Esa conversación le recuerda a algo que Olivia vivió trabajando en la otra revista, y se le escapa una mueca.

—Cuenta.

—¿Qué? —pregunta cuando Vega se inclina hacia ella y da un golpecito en la mesa con la mano para llamar su atención.

—Lo que sea que te ha hecho poner esa cara. Cuenta.

—En la otra revista en la que trabajé teníamos un comercial que era buenísimo en lo suyo, pero que moralmente era el tipo más repulsivo que me he encontrado. Contaba que era una pena que no se pudieran seguir poniendo anuncios de sexo porque así podía ir a los anunciantes y probar la carne nueva.

—Qué hijo... —Alba se tapa la boca con la mano y cierra los ojos mientras respira hondo.

—Ya os he contado que el dueño tenía becarias en nómina que eran en realidad sus amantes; pues el tipo este le conseguía acuerdos con esos anunciantes para que le mandaran chicas gratis.

—No te estoy creyendo... —se escandaliza Vega—. El simple hecho de que tuviera a sus amantes en nómina como becarias me parece demencial.

—Las secretarias no le duraban nada porque les

encargaba reservarle los hoteles para sus citas con las becarias, les pedía que le limpiaran la casa y que le recogieran la ropa de la tintorería. Usaba a los trabajadores de la revista como si fueran sus empleados domésticos. A los informáticos los tenía fritos. Hasta les pedía que le descargaran las series para que las pudiera ver luego en su casa.

—Al final va a resultar que lo que tenemos aquí no es tan malo —añade Alba.

—Todo es relativo.

—Si os sirve de algo, yo estuve en un medio en el que se firmaba con pseudónimo para que pareciera que teníamos muchas fuentes cuando en realidad éramos cuatro gatos. Y la mayoría de las veces la fuente era el propio editor que se inventaba la información para atacar a la gente que no le caía bien o que iba en contra de sus intereses ideológicos.

»En cuanto pude, salí corriendo de allí antes de que alguien me pusiera una denuncia y acabara en la cárcel —comenta Alba. Olivia se lo tomaría a broma si no estuviera viendo la cara de vergüenza ajena que está poniendo.

—¿Por qué algunos propietarios de medios se creen que los periódicos, revistas, cadenas de televisión y radio son su propio campo de batalla y los usan como arma arrojadiza contra el que opina diferente? —se plantea Vega—. Se supone que debemos informar, no tergiversar los datos para hacerlos encajar en la realidad que queremos vender al público.

—Los medios siempre han sido parciales; y está bien que lo sean, siempre que no manipulen la realidad. No puedes inventarte noticias, no debes informar de algo que sabes que es un montaje ni ocultar una parte de los datos para beneficiar a unos en contra de otros, pero, desgraciadamente, hoy más que nunca eso es lo que vemos, leemos y escuchamos —reflexiona Olivia, sintiendo un regusto amargo en la boca porque la situación sea así.

—Tú entonces no trabajabas aquí, pero una vez tuvimos que cambiar un reportaje sobre las escenas explícitamente sexuales de una serie para eliminar imágenes en las que a los hombres se los veía desnudos por completo, pero nos obligaron a mantener la de las mujeres con todo al aire —interviene Alba—. Me hubiera encantado dejarlo tal y como nuestra compañera lo había planeado, pero el editor manda y no quería ver pollas colgando en la web. Es una tontería comparado con lo que estáis comentando, pero hasta en algo tan absurdo siguen imponiéndose puntos de vista.

—El heteropatriarcado sigue en una posición de poder.

—Nuestros queridos dinosaurios que siguen pensando que Internet es algo pasajero, que el papel es lo que sigue sustentando el periódico y que las mujeres solo pueden hablar de Corazón y Cultura porque las cosas serias son para los hombres. —Vega pone los ojos en blanco.

—Nuestro querido Paco, de Deportes —añade.

—No es el único. Hay demasiados de esos en las redacciones de todos los medios. No es solo la edad, es que ni siquiera se han molestado en actualizarse. Mira a Alba, ella está al día de todo...

—¿Me acabas de llamar vieja?

—No. Si me dejas continuar... —se defiende Vega. Alba hace un gesto con la mano, aunque sigue mirando a Vega con una ceja levantada—. Tú eres nuestra redactora jefe, podías hacer como otros, que se sientan y dejan que los redactores sean los que propongan temas y estén actualizados, sin embargo, tú eres la primera que se interesa por estar al día, investiga y se forma.

—Lo has suavizado un poco, pero sigues llamándome dinosaurio.

—Pero eres nuestra dinosauria favorita —responde Vega con la mayor de su sonrisa y su mejor cara de niña buena.

—Pelota. Poneos a currar antes de que saque el látigo.

—¿Os he contado que una vez tuve un jefe que dijo que la única forma que había para que un trabajador rindiera era que notara el látigo en la espalda? —cuestiona Vega.

—¿Pero qué panda de inútiles dirigen los medios de

este país? Es una pregunta retórica, no me contestéis —se adelanta Alba cuando Vega y Olivia abren la boca para responder.

En ese momento la puerta se abre y Tomás asoma la cabeza.

—Solo vengo a informaros de que los de Nacional están haciendo una especie de fiesta de cumpleaños en la sala de descanso.

—Genial. ¿Se puede pasar al menos a calentar la comida?

—Sí, sí. Sin problemas. Puede que hasta volváis con algo para el postre. —Tomás mete la mano por el hueco y sacude un bollito que deja caer un poco de azúcar glas al suelo.

—Vamos a calentar antes de que se lo acaben todo. —Vega se aparta de su mesa y se dirige a la sala de descanso.

Olivia agradece que ese día tenga tortilla de patatas porque odia comérsela caliente y así no tiene que pasar por el microondas, aunque se acerca para coger un refresco y llevarse algo de postre.

Está regresando a su mesa cuando siente un tirón en los pantalones. Baja la cabeza, pensando que se ha enganchado con algo, y ve a Iker junto a su pierna, mirando hacia arriba con una enorme sonrisa.

—¡Te encontré, Oli!

Capítulo 43

Tiene que controlarse para que el momento de histeria no la supere. Es la adulta y tiene que comportarse como tal, aunque lo que le apetezca sea salir corriendo porque acaba de encontrarse en el trabajo al hijo del tío que no se quita de la cabeza.

—Hola, Iker. ¿Qué haces aquí?

—He venido con papá. Te estaba buscando.

Tiene que reconocer que no recuerda a nadie, en los últimos tiempos, que parezca haberse alegrado tanto de verla como Iker cuando este le dedica otra enorme sonrisa y se abraza a sus piernas.

—¿Tu padre sabe que has venido a buscarme? —pregunta después de conseguir que Iker le suelte las piernas para ponerse en cuclillas y estar a su altura.

—No.

—Cariño, no puedes irte sin avisar a tu padre. Se va a asustar si no te ve —le dice. Iker baja la cabeza y parece avergonzado.

Olivia se pone en pie, observa a su alrededor, por si César está por allí. Al no verlo, se agacha y coge a Iker en brazos.

—Vamos a buscar a tu padre. —Gruñe por el esfuerzo, apoyándose el niño en la cadera para compensar el peso y no fastidiarse las lumbares.

Iker señala hacia el pasillo y Olivia sonríe, como si no supiera dónde está Deportes.

—Primero vamos a dejar esto en mi redacción y luego vamos a por él, ¿te parece? —Ha conseguido que los pastelitos, milagrosamente, no se hayan aplastado después de cargar con Iker. Una suerte porque uno de ellos tiene nata para un regimiento y no cree que a César le hiciera mucha gracia que le devolviera a su hijo cubierto de dulce.

Escucha la voz de César antes incluso de atravesar el umbral de Deportes. No suena muy contento, y no puede culparlo.

—¿Me lo estáis diciendo en serio? Que es un niño, pero no es minúsculo. Se ve.

—Lo mismo digo. Podías haberlo visto tú —masculla Paco entre dientes al tiempo que se aleja y se cruza con ellos. Olivia tiene que contenerse para no decirle un par de cositas a ese tipo.

Cuando entra ve a César con el teléfono pegado a la oreja mientras camina entre las mesas, agachándose para mirar si Iker está escondido y diciendo su nombre cada vez más alto.

El gesto de César se relaja visiblemente en cuanto los ve. Camina con paso rápido hacia ellos, pero sin apartarse el teléfono de la oreja. Iker le lanza los brazos a su padre incluso antes de que este esté lo bastante cerca para cogerlo y Olivia tiene que inclinarse hacia adelante para evitar que el movimiento acabe con los dos en el suelo.

—¿Dónde te habías metido, Iker? ¿Cuántas veces tengo que decirte que no te alejes de mí? —Se nota la preocupación en la voz de César, a pesar del intento de sonar serio y firme.

—Fui a buscar a Oli —dice Iker con su mejor carita de niño bueno.

César la observa por encima del hombro de su hijo y sonríe levemente al tiempo que abraza a Iker con fuerza.

—Me lo he encontrado en el pasillo —se justifica.

—Gracias por traerlo, Olivia.

—No tienes que darlas. Imaginé que estarías muy preocupado.

—Lo estaba. Y ahora no es el mejor momento. —César

se pone derecho y presiona el teléfono contra su oreja. Ni siquiera mientras abrazaba a Iker lo ha soltado—. Sí, sigo aquí. ¿No hay ninguna posibilidad de cambiar la entrevista a la hora inicial? Soy consciente de que su cliente está muy ocupado y que es una gran oportunidad... Entiendo... Allí estaremos.

Observa cómo César cuelga la llamada e inmediatamente hace otra.

—No he podido retrasarla. Necesito que estés aquí cuanto antes. ¡Una hora! Papá, tengo que salir de la redacción en diez minutos si quiero llegar a tiempo. No puedo llamarla. —César deja a Iker en el suelo y le señala su mesa—. Si lo hago dirá que se queda con ellos y no tendré nada con lo que hacerla cambiar de opinión. Ya sé que ella no es mala, pero... hace mucho que no tenía a Iker tanto tiempo sin que sean vacaciones, no quiero cagarla.

»Da igual, papá. —César se pasa la mano por la cara, resignado—. Lo arreglaré. No te preocupes por nosotros. Nos vemos luego.

—Yo puedo quedarme con Iker hasta que llegue tu padre —dice Olivia, antes de ser consciente de haber abierto la boca.

—¿Tú?

Debería ofenderse por la sorpresa que César no se

molesta en disimular, pero, después de lo que han pasado en los últimos días, Olivia no tiene fuerzas para hacerlo.

—Sí, yo. Me quedaré en la redacción y no estaré sola, por si no te fías de mí.

—No lo decía por eso, Olivia. Sé que estaría en buenas manos, pero no creí que te ofrecieras a quedarte con él. No tengo muy claro cuánto puede tardar mi padre.

—Puede que hayas dado muchas cosas por sentadas que nunca he dicho. —No esperaba soltar esa pulla, pero no ha podido evitarlo—. Tengo que volver al trabajo. Si quieres que se quede conmigo, ya sabes dónde estoy.

Da media vuelta y se aleja, camino a su mesa. Ya le ha ofrecido ayuda, no va a quedarse más tiempo del necesario si él no quiere aceptarla. Se siente idiota y un poco avergonzada por lo que acaba de pasar, aunque sabe que no hay ningún motivo para ello.

Sobre su escritorio le espera su táper de tortilla, media barra de pan, el refresco y los pastelitos que ha conseguido pescar de la sala de descanso. Se sienta frente al ordenador, saca los cascos, los conecta a su móvil y se pone algo de música; al menos hasta que vuelvan sus compañeras. Necesita algo que le mantenga la mente ocupada y le impida seguir pensando en lo que ha ocurrido en la otra punta de la planta.

Le está dando el primer mordisco al bocata de tortilla

que se ha preparado cuando ve una sombra en la puerta. Levanta la cabeza, pensando que será Vega quejándose de que se quema, al ver a César con Iker de la mano.

Mientras deja el bocadillo sobre la mesa y se quita los cascos, solo puede pensar que sería un momento muy patético para atragantarse, así que se obliga a masticar con calma antes de atreverse a tragar.

—¿Sigue en pie...?

—Claro.

—Ya ha comido, así que no tienes que preocuparte por perseguirlo por toda la oficina para que lo haga. Mi padre llegará en aproximadamente cincuenta minutos e Iker ha prometido ser bueno y no liarla mucho, así que no deberías tener problemas.

—Soy bueno —repone el niño con sus ojitos de perrito abandonado y una sonrisa angelical que no se cree ni él.

—Cuando quieres —le responde su padre, acuclillándose para estar a su altura—. Lo digo en serio, Iker. Hoy tienes que portarte bien. Olivia se va a quedar contigo hasta que llegue el abuelo y no queremos que la despidan porque ha salido corriendo en mitad de su jornada, ¿verdad?

—Verdad. —Iker asiente con la cabeza, muy seguro y serio.

César se pone en pie y se pasa las manos por la cara y el pelo, revolviéndoselo. Olivia no lo ha visto jamás con ese aspecto desaliñado... a excepción de aquella noche en su sofá. Sacude la cabeza un poco para alejar la imagen de su cabeza. No es momento de recordar eso con el hijo de César presente.

—Si pasa algo, llámame y volveré lo más rápido posible.

—No te preocupes, no pasará nada. ¿Verdad, Iker?

El niño asiente repetidas veces y parece convencido de que no pasará nada. Si Olivia no estuviera al borde de un ataque de pánico ante la posibilidad de tener que cuidar de un niño de cinco años durante una hora, tal vez se lo creería más. Respira hondo y se recuerda que no es la primera vez que se queda al cargo de un pequeño; se ha pasado tardes enteras con los hijos de sus primas mayores. Puede hacerlo.

César asiente y se agacha para dejar un beso sobre el pelo de Iker, que sonríe y se abraza a su cuerpo.

—Te quiero, campeón.

—Y yo a ti.

—¿Algo que tenga que saber? Además de no darle de comer después de las doce y no mojarlo, claro.

—Muy graciosa —responde César. A Olivia se le acelera el corazón cuando ve cómo a César se le escapa una sonrisa, a pesar de intentar disimularla—. Mantenlo de una pieza.

—Aguafiestas. Había pensado cortarlo en rebanadas... —responde. Iker ríe y se tapa la boca con la mano a la vez que la mira con los ojitos medio cerrados. Con ese gesto se parece tanto al César relajado y divertido que Olivia ha llegado a ver que siente como si alguien le hubiera golpeado en el estómago.

—Hoy se ha levantado chistosa... Tengo que irme. Llamaré al abuelo en cuanto acabe. Dile que me mande un mensaje en cuanto te recoja.

—*Vaaaaaaleeee.* —Iker parece estar a punto de poner los ojos en blanco, pero no lo hace porque su padre lo fulmina con la mirada mientras se aleja.

—Pórtate bien.

—Que sí, pesado —masculla el pequeño, acercándose a Olivia con su mejor sonrisa—. ¿Qué haces?

—Comer. Dentro de un ratito nos pondremos a trabajar otra vez, pero de momento estamos en la hora de descanso. —Olivia coge una de las sillas libres y la coloca junto a la suya. Por suerte, Iker es muy pequeño y no le quita espacio a Tomás porque, conociéndolo, este no tardaría ni un segundo en quejarse si le roba un centímetro a su alrededor.

—¿Tú también escribes sobre fútbol?

—No. Nosotras escribimos sobre cultura: teatro, literatura, música, arte, cine... —Olivia ayuda a Iker a sentarse y acerca la silla a la mesa.

En ese momento, Vega y Alba regresan a la redacción y

abren mucho los ojos al ver a Iker sentado a su lado, así que ella hace las presentaciones.

—¿Vais a todos esos sitios? —pregunta el pequeño, señalando con un dedito la pantalla de Olivia. Tal y como está sentado, Iker apenas asoma un poquito por encima de la mesa y Vega se tiene que morder los labios para no reírse.

—No siempre. A nosotros no nos dejan salir mucho de la redacción.

—Jo, pues qué aburrido...

Alba suelta una carcajada e Iker se impulsa para asomarse por encima de la mesa y poder verla.

—¿Qué quieres hacer, cariño? —le pregunta Olivia, apartándole el flequillo de la frente para verle mejor esos ojazos marrones.

—Dibujar.

—Dame un segundo, que con eso puedo ayudar... —Vega teclea algo en su ordenador y un par de segundos después la impresora gruñe y comienza a escupir papel.

Olivia echa la silla hacia atrás y alarga el brazo para coger los folios y sonríe al ver que Vega ha impreso algunos dibujos para que Iker los coloree.

—Voy a buscar colores —anuncia mientras deja los papeles sobre la mesa.

—Yo tengo —dice Iker, orgulloso, quitándose la

pequeña mochila que lleva a la espalda—. Pero aquí no puedo.

Olivia está a punto de sufrir un infarto al ver a Iker ponerse en pie sobre la silla y tiene que sostenerlo cuando las ruedas comienzan a moverse, pero, antes de que pueda volver a sentarlo, el niño se ha subido a la mesa, se ha tumbado en ella bocabajo y ha desplegado su arsenal de pinturas de colores.

Por suerte, la mesa de al lado está libre porque, como en la mayoría de las redacciones, hay menos personas trabajando de las necesarias, y en esos momentos ni siquiera tienen becarios, así que Iker tiene espacio de sobra sin molestar a Olivia.

Eso sí, antes de volver a su bocata de tortilla, Olivia empuja con suavidad a Iker hasta dejarlo en el centro de la mesa para que no se caiga por un descuido.

—Además de pintar, ¿qué te gusta hacer, Iker? —pregunta, intentando que la situación no sea muy incómoda para el niño.

—Jugar en el parque. Al lado de casa de mi papi hay uno muy chulo que tiene columpios y tobogán —le cuenta. Olivia sabe de qué parque habla; lo recuerda de cuando iba a casa de César a hacer sus sesiones para la apuesta.

En cuanto termina la hora de la comida, las tres regresan

a lo que estaban haciendo. Vega pone algo de música de la *playlist* que hicieron entre las tres una tarde en la que se cayeron los servidores y no podían acceder a lo que tenían en la nube, que era todo.

Olivia está tecleando, moviendo la cabeza al ritmo de la música, que suena a un volumen bajo, sin darse cuenta siquiera de que lo está haciendo. Al mismo tiempo, Alba canta la letra en silencio.

—Me gustáis más que los amigos de papi —dice de pronto Iker mientras pasea la mirada por las tres con una enorme sonrisa—. Hay dos señores que parece que están siempre enfadados. No me caen bien.

Olivia le hace un gesto a Vega para que no pregunte cuando la ve abrir la boca, dispuesta a soltar alguna maldad de la suya. Por mucho que le encantaría escucharla, porque seguramente estén pensando en la misma persona, no puede dejar que lo diga delante de un niño.

—Si tu padre vuelve a traerte al periódico, puedes venirte con nosotras.

—Mola.

Tomás se detiene en mitad de la puerta y observa a Iker como si estuviera observando un insecto molesto, arruga el gesto y se dirige a su silla.

—Aquí también hay uno —masculla Iker.

Olivia abre mucho los ojos, Vega tiene que agacharse

mientras se tapa la boca para ahogar la carcajada y Alba se gira para disimular la sonrisa. Traidoras.

Mira de reojo a Tomás, que parece no haberse enterado de nada, o al menos no sabe de qué va la cosa y no se ha dado por aludido, así que Olivia respira tranquila y le hace un gesto a Iker para que no diga nada más. El niño baja la cabeza y ríe bajito mientras vuelve a centrarse en sus dibujos.

Sinceramente, espera que Iker no pierda nunca esa inocencia infantil porque es un soplo de aire fresco tener a alguien que dice las cosas tal cual le vienen a la cabeza.

—Pero es verdad.

Esta vez Olivia no puede evitar reírse e Iker le dedica otra de sus preciosas y enormes sonrisas.

Capítulo 44

—Estoy buscando a Olivia Pérez.

La voz grave desde la puerta la sobresalta, y Olivia da un respingo en la silla.

—¡*Abuuuuu*!

Iker se pone en pie de un salto y Oliva tiene el tiempo justo y los reflejos suficientes como para cogerlo cuando intenta bajar de la mesa para llegar a su abuelo. Se levanta con Iker encajado bajo el brazo y camina hacia el hombre antes de dejarlo en el suelo y liberarlo para que corra hacia él los últimos pasos que los separan.

El hombre se agacha, abraza a Iker y le da un beso en la cabeza antes de volver a incorporarse y tenderle la mano a Olivia.

—Soy Carlos Valverde, el padre de César y el abuelo de este jovencito.

—Encantada. Yo soy Olivia —responde, estrechándole la mano.

—César nos ha hablado mucho de ti. Siento no haber venido antes. Me ha pillado haciendo unos recados y entre que he vuelto a casa, cogido el coche y conducido hasta aquí...

—No se preocupe. Casi ni hemos notado que Iker estaba en la redacción.

—Me he portado muy bien, abu, ¿a que sí, Oli?

—Claro que sí. —Olivia acaricia la cabeza de Iker, que sonríe otra vez hasta que sus ojitos se convierten en dos rendijitas.

—Abu, dice el papa que le mandes un mensaje.

—Tu padre a veces es insoportable —contesta Carlos. Iker ríe y esconde la cara en las piernas de su abuelo—. Iker, voy a tomarme un café con Olivia. ¿Te quedas aquí y terminas tu dibujo?

—Es para la abu.

—Le va a encantar.

Olivia ayuda a Iker a subir de nuevo a la mesa y aprovecha para lanzarle una mirada desesperada a Vega, que se la devuelve, levantando las cejas. Suspira y se dirige hacia la puerta, preparándose para tener una conversación que no sabe si desea tener, pero que no puede esquivar si no quiere parecer una borde.

Precede a Carlos por el pasillo hasta la sala de descanso. Sorprendentemente, después de la que tenían montada a la hora de la comida, está limpia y ordenada. Solo en ese momento Olivia se da cuenta de que ella no ha cogido el monedero y, por lo tanto, no lleva dinero para pedirse una infusión.

—¿Qué quieres tomar? Yo invito —se adelanta Carlos.

—Gracias. Un poleo menta, por favor.

—A mi mujer le encanta, pero yo no lo soporto. Me sabe a medicina. Soy muy cafetero, ¿qué me recomiendas?

—César suele tomarse el americano.

Carlos le dedica una larga mirada, que hace que el estómago le dé un salto mortal, y luego mete las monedas en la máquina para sacar su infusión.

—Gracias por quedarte con Iker. No sé de lo que hubiera sido capaz César si no llega a encontrar a alguien de confianza para dejarle a su hijo.

—No creo que ahora mismo sea una persona de confianza para César.

—Lo eres, Olivia. Créeme. —Carlos elige su café y luego se gira para que queden frente a frente—. No sé qué ha pasado entre vosotros y tengo claro que si César se entera de que he hablado contigo se enfadará mucho. Conozco a mi hijo y sé que no es precisamente lo que se dice un libro abierto y le cuesta mucho dejarse conocer.

Carlos retira su café de la máquina y lo remueve un par de veces con el palito de plástico antes de volver a mirarla.

—Cuando se divorció de Júlia y se traía a Iker a pasar las vacaciones, no se despegaba de él ni con agua caliente. Tardó semanas en dejarnos a su madre y a mí a solas con él. Los hemos criado a su hermana y a él y, sin embargo, no se fiaba de que pudiéramos cuidar a su hijo sin su presencia. Así que si te lo ha dejado a ti, créeme que no es porque no tuviera más opciones.

»César es muy cabezón y es capaz de renunciar a esa entrevista tan importante y pasársela a un compañero, arriesgándose a que lo despidan, antes que dejar a Iker con alguien en el que no confíe.

—Iker es un buen chico. —Responde Olivia después de unos segundos de silencio incómodo en los que no tiene claro cómo responder a eso porque no sabe qué la hace sentir saber algo así.

Lleva un par de semanas pensando que César no quiere verla ni en pintura y ahora su padre está intentando convencerla de que confía en ella. Tampoco es que eso le sirva de mucho, dadas las circunstancias.

—Sí lo es. Le caes bien.

—Casi no me conoce.

—César le ha hablado de ti. No lo había hecho nunca. Y desde luego hacía mucho tiempo que ni su madre ni su hermana ni yo lo veíamos tan... relajado. Desde que nació Iker y su matrimonio se acabó, César se volvió más taciturno de lo que ya era. Y mira que siempre ha tenido ese aire de chico serio y gruñón, pese a que es un tío realmente divertido cuando lo conoces.

Olivia asiente y sonríe. Sabe a lo que Carlos se refiere. Ha visto a César así. En pocas ocasiones, pero las suficientes como para saber que solo había que rascar un poco para encontrar mucho más que esa apariencia de capullo que tan poco le gustó la primera vez que se vieron.

—¿Por qué me cuenta esto, señor...?

—Carlos. Porque desde que tiene a Iker en Madrid en lugar de ser el tío más feliz del mundo por volver a tener a su hijo cerca está más serio que nunca y solo Iker consigue hacerlo reír de verdad. Odio ver a mi hijo así, Olivia.

—No depende de mí.

—¿Seguro? No es lo que él dice.

Olivia frunce el ceño, incapaz de entender qué le quiere decir Carlos. Fue César el que la echó de su vida, o al menos el que no la dejó entrar.

—Carlos, no sé lo que le ha dicho, pero le puedo asegurar que ni siquiera tuve la oportunidad. Me cerró la puerta antes de que decidiera si quería intentarlo.

—Yo creo que te la acaba de abrir de par en par. —Carlos se termina su café y tira el vaso de cartón a la papelera—.

Será mejor que me lleve a Iker a casa antes de que mi mujer llame a los bomberos para que descubran por qué estamos tardando tanto.

Su infusión está prácticamente intacta, así que Olivia regresa a la redacción con el vaso en la mano, intentando procesar todo lo que ha pasado en la última hora. Iker sigue tumbado sobre la mesa, pero esta vez está sobre la de Olivia, hablando con Vega, a la que se le escapa una carcajada.

—Voy a tener que convencer a César para que nos traiga a esta personita más veces. Menudo descubrimiento —le dice Vega en cuanto los ve junto a la puerta, donde Carlos no duda en dejarla pasar primero.

—Molo mucho. ¿Nos tenemos que ir ya, abu?

—Si no quieres que la abuela se ponga triste, sí.

—No quiero. Vamos. —Se pone en pie sobre la mesa de Olivia y abre los brazos para que su abuelo lo coja.

—Encantado de conocerlos —dice Carlos ya en la puerta, saludando con un movimiento de cabeza.

—Igualmente —contestan Vega y Alba a la vez. Tomás ni se molesta en abrir la boca.

—Oli, ¿vendrás otro día a jugar conmigo?

—No lo sé, cariño. —Ignora las miradas de Vega y Alba, sabiendo que en algún momento le preguntarán.

—*Porfiiii*...

—No seas pesado, Iker. Olivia está muy ocupada, pero

seguro que si puede irá a jugar contigo. Gracias por cuidar de él, Olivia. Ha sido un placer hablar contigo.

—Lo mismo digo, Carlos.

Aún no ha tomado asiento cuando recibe un mensaje al grupo que tiene con sus compañeras.

Vega (revista)
¿Otra vez?

¿Qué nos hemos perdido?

Alba (revista)

Olivia pone los ojos en blanco de forma evidente para que ellas lo vean antes de responder.

Olivia
La última vez que fui a su casa, Iker estaba allí y César me lo presentó. Lo vi menos de un minuto.

Vega (revista)
Ya...

🤔

Olivia
🙄

Bloquea el teléfono y fija la vista en la pantalla. Escribe por inercia, porque tiene muy claro lo que quiere contar en el reportaje que debe entregar, pero no deja de darle vueltas a las palabras de Carlos.

Aunque intenta contenerlo, no puede evitar que esa presión que ha sentido en el pecho durante los últimos días empiece a liberarse lentamente.

Capítulo 45

No va a reconocer que se ha asomado a Deportes para ver si estaba César, pero tampoco va a negarlo.

Olivia no se permite pensarlo mucho, solo permite que su cuerpo tome el control y se deja conducir a donde este la lleve. No le sorprende lo más mínimo que la encamine hasta el parque que hay junto al piso de César. Los ve a ambos en cuanto enfila la calle, iluminados por una farola, jugando a lanzarse una pelota. No puede distinguir con tan poca luz ni a esa distancia si es de fútbol, de baloncesto o una de esas de gomaespuma tan habituales en los parques.

Camina despacio. No sabe si porque le gusta ser testigo de cómo se comporta César con Iker cuando no sabe que lo observan o porque no quiere romper la burbuja en la que parecen estar instalados padre e hijo.

Es Iker el primero en verla y en salir corriendo para

encontrarse con ella. A Olivia no le da tiempo a agacharse, así que el niño se abraza a sus piernas y entierra la cara en ellas. A Olivia se le escapa una sonrisa conforme baja la mano y entierra los dedos en el sedoso y ondulado cabello castaño de Iker.

—Has venido.

—Sí, he venido. —Levanta la mirada para encontrarse con la de César, que se ha acercado, pero permanece a unos metros, observándolos.

En ese momento, un niño pasa corriendo junto a ellos y toca la espalda de Iker al grito de «tú la llevas» y, sin mediar palabra, Iker sale corriendo tras él mientras ríe en alto y de manera escandalosa.

—¿Puede jugar así? —pregunta, preocupada por la salud del niño.

—Se ha recuperado bastante bien del último ataque y tengo un inhalador en el bolsillo. Siempre lo llevo cuando estoy con él.

No es consciente de que está sonriendo hasta que nota a César a su lado y se queda sin respiración. Ha estado tan ciega durante ese tiempo... ¿cómo no se ha dado cuenta antes de que estaba sintiendo eso por César? ¿Cómo es posible que se engañara pensando que solo había sido sexo y que el hecho de que creyese que la echaba de su casa solo le había molestado porque había sido descortés y no porque ella esperaba algo más la mañana después?

A África le encanta llamarlo instinto de supervivencia después de lo de Valeria. Olivia prefiere llamarlo por su nombre real: autoengaño. Ya es demasiado tarde para ponerle remedio, además no cambiaría nada la situación actual, así que da igual cómo se refieran a ello.

—¿Cómo sabías dónde estaríamos?

—Iker me lo dijo esta tarde —admite. César asiente, pero Olivia no se atreve a levantar la cabeza para verle a la cara.

—Mi padre dice que se ha portado bien, pero...

—Es un buen chico, César. Ha estado la mayor parte del tiempo pintando dibujos que le Vega imprimía y hablando.

—Habla mucho. Hasta debajo del agua. —Puede notar la sonrisa en la voz de César.

—Todo lo contrario a ti.

César da un par de pasos y se coloca frente a Olivia, de modo que a ella no le queda más remedio que enfrentarse a su mirada.

—¿Por qué has venido?

—¿Por qué dejaste que Iker se quedara conmigo? —No piensa contarle nada de la conversación que tuvo con Carlos. No va a crear un problema con su padre.

César da un paso atrás y la observa, entrecerrando los ojos.

—Ya sé que yo me ofrecí y que tenías una situación complicada, pero no dejarías a tu hijo en manos de cualquiera, y mucho menos por un problema en el trabajo —aclara, antes de que César se piense que le está recriminando algo. No es su intención.

—Supongo que tenía la esperanza de que cambiaras de opinión.

Se tensa sin poder evitarlo, preparada para empezar a alejarse. César parece darse cuenta y arruga el gesto.

—Eso no va a pasar. No quiero tener hijos, César —le recuerda. César se relaja al escucharla y vuelve a acercarse.

—No me refería a eso. Lo entiendo. Lo respeto. Yo tampoco quiero tener más hijos. No puedo creer que estemos teniendo esta conversación cuando ni siquiera estamos saliendo... —César suspira la última frase, y Olivia siente también esa mezcla de frustración y diversión.

—Entonces, ¿a qué te refieres?

—A lo de no querer participar en la vida de Iker.

—Yo jamás he dicho que no quisiera, César. Y lo sé porque hasta que tuvimos esa conversación ni siquiera me lo había planteado.

—Ahora lo has hecho —dice él. Olivia puede notar la

anticipación en su voz y tiene que morderse el labio para no sonreír abiertamente.

—Sí. —Deja que la afirmación flote en el aire y levanta la mirada para ver la reacción de César, que levanta una ceja y hace un movimiento apenas perceptible con la cabeza.

—¿Y? —Esta vez César ni se molesta en no sonar ansioso.

Iker pasa cerca de ellos en ese momento, perseguido por el otro niño, y le da una palmadita a su padre en la pierna mientras ríe y vuelve a alejarse. César sonríe tan amplio que casi no le cabe la boca en la cara y sus ojos brillan de pura felicidad al ver a su hijo disfrutar.

—Estoy dispuesta a intentarlo. Sé que tenías razón en lo de que no puedes meter en tu vida y en la de Iker a alguien si no tiene intención de quedarse, y esto no significa que dentro de un mes o incluso una semana los dos nos demos cuenta de que no va a funcionar. Pero... —se encoge de hombros, nerviosa— eso... Estoy dispuesta a intentarlo.

No ha terminado de pronunciar la última frase cuando siente una de las manos de César posarse en su cintura y la otra en su nuca, atrayéndola hacia su cuerpo. Olivia se deja hacer y sube las manos hasta los hombros de César mientras levanta la cabeza para recibir el beso.

Se estremece en cuanto sus labios se encuentran y se aprieta contra su cuerpo como en un acto reflejo, abriendo la boca un poco para darle acceso a César, que no tarda en aprovechar la ocasión y deslizar su lengua en ella. Y, no, no había idealizado lo bien que besa; es incluso mejor de lo que Olivia lo recordaba, y ya era increíble en su recuerdo.

Sube la mano hasta la nuca de César y siente cómo la estrecha con más firmeza por la cintura mientras profundizan el beso. Gime contra sus labios y enreda los dedos en los mechones de la parte posterior de su cabeza para mantenerlo pegado a ella, aunque no parece que César tenga la menor intención de separarse.

—*Iuugggg*... —El sonido de desagrado los obliga a separarse. Olivia sonríe y se lame los labios, bajando la mirada conforme se giran hacia el lugar del que procede la queja.

—Cuando crezcas, seguramente no pensarás lo mismo —advierte César a Iker, que los observa con los labios fruncidos en un gesto de asco.

—No —dice muy seguro Iker.

—Es una muestra de afecto —interviene Olivia, un poco insegura de si debería hacerlo.

—Las lenguas... Puaj, ¡qué asco! —sentencia Iker con un exagerado escalofrío.

—Estoy por grabarte diciendo eso y luego reproducírtelo en tu adolescencia.

—Me da igual. No lo haré.

César deja escapar una carcajada y se acerca a su hijo, poniéndole la mano en la espalda para guiarlo hacia la salida.

—Está bien si no lo haces, pero también si lo haces. Ya es suficiente por hoy. Hora de ir a casa, darse una ducha y cenar.

—¿Cenas con nosotros, Oli?

—Otro día quizá. Tengo que irme a casa, Iker.

César ralentiza el paso y deja que Iker corretee unos metros por delante, Olivia sabe que lo hace para poder hablar con ella tranquilamente.

—Puedes venir a cenar si quieres.

—No creo que sea buena idea. Primero deberíamos ver si nosotros funcionamos antes de que Iker se acostumbre a mi presencia.

—Ya te conoce.

—No es lo mismo y lo sabes.

—Estará conmigo hasta el fin de semana. Júlia y su novio se instalarán durante estos días y, cuando lo tengan todo listo, se lo llevarán a su nueva casa. Lo hablamos en otro momento con calma —le dice César al ver su cara de desconcierto.

—Me parece bien.

—¿Te apetece que quedemos un día? Un sitio neutral,

si quieres. Podemos ir al cine y ver alguna de las favoritas en las quinielas.

—Me gusta la idea. ¿Vas a llevarte la libretita para tomar notas? —Se lame los labios y sonríe como una idiota cuando César se ríe con ella.

—Puede ser. ¿Te avergonzaría mucho?

—Por mí puedes hacer lo que quieras, siempre puedo cambiarme de asiento si te pones en plan Boyero. Aunque dudo mucho que vayas a escribir algo. No sé cuánto hace que no vas al cine, pero, por si lo has olvidado, suelen apagar las luces.

—Muy graciosa. Voy al cine... alguna vez.

—¿Con Iker? —supone.

—Principalmente. Sí, en realidad, siempre con Iker desde hace meses —reconoce después de unos segundos.

Se detienen frente a la boca de metro e Iker corre hasta ellos, abrazándose a las piernas de Olivia.

—No te vayas...

—Nos vemos otro día, ¿vale? —Le peina el pelo desordenado a Iker, que se aprieta más contra sus piernas. A Olivia le encanta que sea tan cariñoso y que no tenga ningún problema en demostrar cuando es feliz. Espera que no cambie nunca.

—Vale.

Iker se separa de sus piernas a regañadientes y, en cuanto

lo hace, se abraza a las de su padre, que pone los ojos en blanco, pero no deja de acariciarle la cabeza y sonreír como un idiota.

—No hacía falta que me acompañarais al metro, pero gracias. He disfrutado el paseo.

—Mándame un mensaje en cuanto hayas llegado a tu casa, así me quedo tranquilo.

Olivia hace ese comentario tan a menudo con sus amigas que no se le debería detener el corazón al escucharlo, pero lo hace si lo pronuncia César.

—Lo haré. Adiós —dice, guiñándole el ojo a Iker a la vez que comienza a bajar las escaleras.

Capítulo 46

No sabe muy bien por qué está nerviosa. Tal vez porque la última vez que tuvo una cita con César la cosa acabó fatal. El caso es que, mientras se arregla frente al espejo de su habitación, Olivia no puede dejar de secarse las palmas de las manos en los vaqueros que ha escogido para esa noche. Como siga así, va a tener que cambiarse antes de salir.

Cierra los ojos, respira hondo e intenta poner la mente en blanco antes de soltar el aire con lentitud y mirarse en el espejo.

Esta vez va a salir bien. Han empezado a hablar los problemas, han intercambiado un montón de mensajes en los últimos días y Olivia tiene claras algunas cosas que antes de la otra cita ni siquiera se había planteado. Sabe lo que quiere y está dispuesta a esforzarse por hacer que funcione.

—Te estoy escuchando resoplar desde aquí. ¿Qué pasa,

peque? —La voz metálica de África la sobresalta a través del altavoz del teléfono.

—Estoy nerviosa. La última vez fue un horror.

—Por lo que me has contado, ahora sabes a lo que te enfrentas, lo que supondría seguir con esto y lo quieres. Ninguna relación es fácil, Oli. Y menos con un tío que ya tiene un hijo.

—Estás ayudando mucho, Afri. —Mueve los hombros, intentando sacudirse la tensión de encima.

—Estoy siendo realista. No voy a decirte que todo va a salir bien y vais a ser felices para siempre porque sabes mejor que nadie que las cosas no funcionan así, pero sé que, si os esforzáis los dos, trabajáis y ponéis los objetivos juntos, será mucho más fácil.

—¿Cuándo te has vuelto tan sabia?

—Soy tu hermana mayor, lo he sido siempre —replica esta. Olivia odia el retintín de su hermana.

—No te soporto.

—¿Porque soy sabia?

—Porque eres imbécil, tata. Te dejo, que si tardo más en salir no voy a pillar el Cercanías. —Coge el teléfono que está encima de la cama, se lo mete en el bolsillo trasero del vaquero, se pone el abrigo y agarra el bolso antes de llevárselo a la oreja.

—¿Estaba en tu culo?

—Puede.

—Te decía que me fascina que cojáis el tren como yo cojo el bus.

—Por si lo has olvidado, hermanita, me he criado ahí. Sé lo que es el transporte público en la Comunidad Valenciana y no ha mejorado nada desde que me vine a vivir a Madrid —gruñe, aún recuerda el año que sus amigas y ella decidieron ir a ver las fiestas de Moros y Cristianos de Alcoy y cómo el trayecto le recordó a las películas de Paco Martínez Soria que veían sus abuelos—. Ahora sí, tata. Te dejo, que paso de ir con el móvil así y no tengo tiempo de ponerme a buscar los auriculares si no quiero llegar tarde.

—Mándame un mensaje en cuanto estés en casa y, si no es muy tarde, te llamo. De hecho, escríbeme aunque no estés en casa, cuando estés... en la cama.

—No voy a acostarme con él —grita justo en el momento en que las puertas del ascensor se abren y la vecina del último piso se la queda mirando de arriba abajo con una ceja levantada y un gesto de asco—. Hablamos luego.

Lo que le faltaba, tener que aguantar la cara de estar comiéndose un limón de la estirada de su vecina. Decide que es mejor ignorarla y, en cuanto el ascensor se detiene en la planta baja, Olivia abre la puerta y sale prácticamente corriendo, sin molestarse en mantenérsela abierta. No es la primera vez que a ella se la cierra en las narices, por no hablar de la cantidad de veces que la señora la ha visto caminando hacia la entrada y ni se ha molestado en dejársela abierta.

Al llegar a Sol, César ya está esperando en los tornos, así que Olivia acelera el paso todo lo que la marabunta de gente que siempre se baja en esa estación le permite.

—Siento llegar tarde —se disculpa.

—Llegas justo a tiempo. —César duda sobre cómo saludarla y, finalmente, decide darle un rápido abrazo, aunque hay un pequeño momento de tensión cuando, al apartarse, sus narices se rozan y están tan juntos que puede notar su aliento calentándole la mejilla.

Desgraciadamente, en ese momento alguien empuja a César en su camino hacia la salida y Olivia tiene que sostenerlo para que no acabe de boca en el suelo.

—Empezamos bien —masculla César, recuperando el equilibrio.

—No ha estado mal, la verdad —replica, mordiéndose la sonrisa.

—Qué difícil me lo pones, Oli...

Sonríe como una tonta en cuanto César vuelve a usar el diminutivo.

—No sé de qué hablas. —Pero lo sabe, no es tonta y ha visto cómo no ha dejado de mirarle los labios.

Han quedado en que nada de restaurantes elegantes porque van a tener poco tiempo antes de la película, así que acaban en un bar de la Plaza Mayor en el que Olivia no ha estado nunca.

—¿Por qué pones esa cara? Si prefieres ir a otro sitio... —pregunta César una vez que ya le ha apartado la silla de la mesa para que se siente.

—No, tranquilo. Este está bien. —Pone los ojos en blanco al notar que César se la queda mirando con la ceja levantada y cara de no creerse nada—. Un año cuando aún estaba estudiando en la universidad, vinieron algunos amigos de Valencia durante el puente de la Constitución.

Espera a que César tome asiento antes de continuar con su historia.

—Era la primera vez que venían a verme porque creo que yo estaba en primero o segundo de carrera. Querían el *pack* completo de turista, así que vinimos a ver el mercadillo de Navidad y luego nos tomamos un bocata de calamares. Nos dijeron que el bar de aquella esquina hacía los mejores así que, a pesar de que la cola daba casi la vuelta a la esquina de abajo, nos pusimos en la fila.

»Cuando entramos en el local me asomé por encima de la barra y el aceite en el que estaban friendo los calamares era el mismo en el que freían los chorizos, las morcillas y cualquier cosa que se pudiera freír. Estaba negro como el tizón. Debimos haber comprendido que no era saludable meternos en el cuerpo nada que hubiera estado ahí dentro, pero éramos jóvenes e inexpertos. —Se encoge de hombros—. Estuve un par de días con una gastroenteritis brutal. La primera de mi vida.

»Desde entonces ni los bocatas de calamares me resultan atractivos ni le tengo especial aprecio a los bares de por aquí.

—Te echaría la bronca, pero seguramente con dieciocho o diecinueve años yo hubiera hecho lo mismo. Y más después de hacerme esa cola. Intuyo que nada de calamares... —César levanta la carta y Olivia entrecierra los ojos mientras lo mira fijamente.

—Muy divertido.

Se dejan recomendar por el camarero y piden algunas raciones para picotear. Tiene que reconocer que el sitio no se parece en nada al bar al que ella se refería y se ha fijado en que los platos que salen para otras mesas no tienen cosas negras pegadas a los fritos.

—¿Qué es eso de que tu exmujer se ha mudado ya?

—Después de la última crisis de Iker tuvimos una conversación. Está genial que quiera un sitio tranquilo para él, pero tiene a toda su gente aquí. Sus abuelos maternos, mis padres, sus tíos, sus primos... a mí. Ahora lo ingresan en pocas ocasiones, pero es ridículo que todos tengamos que salir corriendo con los nervios que siempre acompañan a una hospitalización. Júlia trabaja online en la empresa familiar que está en Madrid y su novio viene aquí un par de veces a la semana porque tiene reuniones.

»Es lo más práctico para todos. Obviamente, no lo han hecho solo por nuestra conversación. Por lo que me ha dicho Iker y por lo que he podido intuir por los intercambios entre ellos, era una idea que ya habían barajado antes.

—Estarás feliz de tenerlo cerca otra vez.

—No te puedes hacer una idea, Oli. Entendí que en su momento era lo adecuado para Iker, pero parece estar mejor. Hacía muchísimo tiempo que no sufría una crisis y el próximo año empezará primaria. Con el dinero que tiene la familia de mi exsuegro le pueden pagar la educación más exquisita a Iker, y eso es lo que quiero para él: que tenga todas las opciones que quiera. —César le da un sorbo a su copa de vino—. Las que ni mi hermana ni yo pudimos disfrutar porque el sueldo de un funcionario y de una ama de casa que limpiaba la de otros a tiempo parcial no daba para más.

—Lo entiendo. Para mis padres también supuso un esfuerzo considerable que África y yo estudiáramos una carrera. Por suerte, para cuando yo empecé en la universidad, mi hermana ya hacía prácticas como telefonista en la consulta de una psicóloga; de lo contrario, seguramente habría tenido que quedarme en Valencia a estudiar otra cosa.

—Si mi suegro puede darle un buen futuro a mi hijo, no voy a rechazarlo. No soy un tipo orgulloso que no quiere aceptar el dinero de su pareja si gana más que él. Realmente el dinero no es para mí, es para Iker. Aunque me jode que el dinero te compre oportunidades que sin él no podrías alcanzar por bueno que seas —añade César. Olivia entiende la frustración que se desprende de sus palabras, también la siente.

—Nosotros, al menos, tenemos becas que igualan un poco las cosas, pero imagina la vida en un lugar como Estados Unidos. Los estudiantes se endeudan casi de por vida para pagar los préstamos universitarios. Con todo lo que eso conlleva, porque te ves en la obligación de coger trabajos mal pagados, sean de lo tuyo o no para poder seguir cumpliendo con las cuotas.

—Tampoco es como si aquí pudiéramos trabajar de lo nuestro al acabar la carrera. Sobre todo nosotros. La mayoría de los medios sobreviven con *freelancers* que trabajan en cuatro o cinco sitios a la vez para tener un sueldo decente, ya no digo ni uno bueno, y becarios. Casi todos mis compañeros de facultad están trabajando de otras cosas porque de periodistas no han conseguido nada.

—Ninguno de los periodistas que despidieron en la

revista en la que estaba antes ha vuelto a trabajar de esto. Creo que eso fue uno de los motivos por los que acepté este puesto cuando me lo ofrecieron. Necesitaba salir de ahí y de ese bucle al miedo de quedarme sin curro.

—Hasta la próxima crisis... —augura César.

—Muy majo. Gracias por los ánimos.

—Soy realista, Oli. La mayoría de los empresarios, no digo que todos porque aún queda gente decente ahí fuera, usan las crisis económicas para recortar mejorías a los trabajadores.

»Tengo amigos a los que les congelaron el sueldo en la anterior crisis, ahora se lo han bajado porque la pandemia y blablablá... ¿Crees que, cuando la situación mejore, recuperarán ese dinero? Y no hablo de que les paguen lo que no han cobrado en estos años, me refiero a volver a cobrar la nómina de 2011, por ejemplo.

Niega con la cabeza, consciente de que César tiene razón, aunque ella prefiere no pensar en lo malas personas que son algunos.

—Y lo peor es que determinadas esas empresas ni siquiera tenían pérdidas en el momento en el que empezaron a aplicar esas medidas. Bastaba con que no tuvieran los mismos beneficios que otros años para meter la tijera —añade, recordando lo que pasaba en la revista en la que trabajaba.

—Los medios llevan en crisis mucho tiempo. Pocos han sabido adaptarse a las nuevas tecnologías o lo han hecho tarde, y no asumen que el papel está destinado a morir o a convertirse en algo... estrafalario, por decirlo de alguna manera.

—Algunos están empezando a poner algunas entradas solo para suscriptores.

—Tampoco tengo claro que esa sea la solución. Si alguien ve el titular de una noticia y luego no puede acceder al contenido, lo buscará en otra página y se quedará allí. No volverá a la tuya para consultar lo que sí puede leer.

—Conclusión: estamos jodidos. —Levanta la copa y la inclina hacia César para que brinde con ella.

César suelta una carcajada, pero choca su copa con la de Olivia y le da un breve sorbo a su bebida.

—Nos hemos ido un poco del tema, pero me encanta hablar contigo de estas cosas.

—A mí también —responde Olivia con una sonrisa enorme en los labios—. ¿Y cuál es el tema?

César no responde, pero los señala a ambos alternativamente con la copa que aún sostiene en la mano.

—Tenías razón en lo de que es mejor mantener a Iker al margen. Es la primera vez desde que me divorcié que me planteo tener algo serio con alguien y no sé exactamente cómo hacerlo.

—Te recuerdo que yo estuve cinco años con mi novia antes de que me pusiera los cuernos, así que no es como si yo tuviera mucha experiencia tampoco.

—Seguro que antes de tu ex eras una rompecorazones. Con esa carita y esa cabecita... —César vuelve a mirarle los labios y Olivia sonríe.

—Yo creía que era por mi cuerpo...

César se sonroja violentamente y carraspea, removiéndose en la silla.

—Estaba intentando ser caballeroso. Pero sí, seguro que tu cuerpo también tuvo algo que ver.

En ese momento se da cuenta de que César tiene su mano derecha extendida de tal forma que casi roza la suya, y se siente como una niña cuando alarga los dedos y los entrelaza con los de él.

Se lame los labios al darse cuenta de que César vuelve a mirárselos y, como respuesta, siente la presión aumentar en sus dedos.

—No vas a poder comer así —bromea, levantando un poco las manos entrelazadas.

Para demostrarle que se equivoca, César coge el tenedor con la izquierda y comienza a picotear de uno de los platos antes de llevárselo a la boca.

—Yo creo que sí puedo.

Aún queda cerca de media hora para que comience la

película y César se ha encargado de comprar las entradas por Internet, así que no tienen prisa. Pero a Olivia le apetece dar una vuelta, de modo que, cuando ve que hace tiempo que ninguno de los dos pica nada de los platos, le hace una seña al camarero.

—¿Quieres irte ya?

—Me apetece dar un paseo, para hacer sitio para las palomitas.

—Vas a pedirte algo más que las palomitas, lo estoy viendo.

—En realidad, no. En el cine solo voy a pedir eso porque son carísimas y me parecen un timo. Si esto no fuera una cita, me habría traído la bolsa hecha en el micro de casa, pero me parecía muy cutre. Lo que sí llevo en el bolso son las chuches, y son suficientes para compartir. —Levanta las cejas y sonríe, pícara, mientras deja un par de billetes sobre la mesa—. Quedamos que la próxima pagaba yo, por lo que demuestra eso de que no te importa que te paguen y levanta el culo.

Callejean por el centro, mirando escaparates de tiendas cerradas y esquivando a la gente. Da igual la época del año o la hora, siempre hay una multitud por estas calles. Es una de las cosas que a Olivia más le fascina de Madrid. El primer año de carrera no entendía cómo en Gran Vía siempre había personas e incluso tiendas abiertas de madrugada, por no hablar de los puestos que vendían bebidas o comida que sacaban de un cubo. Nunca lo probó porque ni con dieciocho años tenía tan poca cabeza.

Compran un *pack* de palomitas y un par de bebidas y entran en la sala. No está muy llena y no tienen a nadie delante, algo que Olivia agradece porque odia tener que ver la película con el cuello doblado. Las butacas no son especialmente cómodas y no hay demasiado espacio entre filas, pero tampoco son las más horribles que ha visto en su vida.

—Si querías espacio, podíamos haber ido a Kinepolis —susurra César al verla removerse en la butaca, intentando estirar las piernas sin clavarse algo del asiento de delante.

—Está muy lejos. No es para ir cuando trabajas al día siguiente.

—La mayoría de los fines de semana trabajo, y si no es porque tengo a Iker, así que...

—Ya buscaremos la forma. —Sonríe y gira la cabeza para ver cómo César la observa y asiente.

—La encontraremos.

No va a afirmar que los roces de dedos en el cubo de las palomitas son accidentales porque los dos saben que no lo son. Tampoco que sus codos compartan el estrecho espacio del reposabrazos sin que ninguno los aparte para estar más cómodos.

—No sé si se merece todos los premios y las nominaciones. Le veo algunos agujeros importantes a la trama —comenta César mientras salen de la sala una vez que ha acabado la película.

Olivia sonríe de medio lado al escucharlo.

—Veo que mis clases te han servido de algo.

—No solo han sido tus «clases» —César hace comillas con las manos—, también me he leído unos cuantos artículos, pero, sí, me has ayudado mucho. ¿Conseguiré que disfrutes de un partido de fútbol?

—Que sea de tenis y me lo pienso.

—Aún falta para la temporada de tierra batida, que sé que te gusta más que la pista rápida.

—Me recuerda a mi infancia sentada delante de la tele viendo Roland Garros con mi hermana y mi padre.

—¿La época de Costa, Corretja y Ferrero?

—Exacto. Recuerdo aquella final entre Costa y Ferrero como si la hubiera visto ayer. Pero incluso anteriores. Tengo imágenes de Sergi Bruguera. No de sus victorias consecutivas en París, porque en uno ni había nacido y en el otro tenía meses, pero sí de sus últimos partidos. Mi padre era muy fan.

—Mi hermana estaba loca con Carlos Moyà. Siempre decía que era el tenista más guapo y *sexy* que había pisado una pista.

Olivia hace memoria hasta las primeras imágenes que le vienen a la cabeza de Moyà de cuando ella era pequeña y se le escapa un gesto de apreciación.

—En esa época no lo hubiera dicho, pero tampoco podría rebatírselo, la verdad.

—Os llevaríais bien.

—¿Moyà y yo? —pregunta sorprendida.

—No. Mi hermana y tú.

Olivia se sonroja un poco, anticipándose al momento de conocer a la familia de César, aunque ya ha conocido a Iker, que sin duda es lo que a él más le importa, y a su padre.

—Me lo he pasado muy bien esta noche, Oli.

Están cerca de la boca de metro, después de que Olivia rechazase el taxi que César había señalado con la cabeza a modo de pregunta.

—Yo también.

—¿Eso significa que habrá más citas?

—Te dije que quería intentarlo. Creo que eso incluye alguna más, sí.

—Listilla... —César pone los ojos en blanco y coloca su mano en la parte baja de la espalda de Olivia para dejarla bajar las escaleras del metro delante de él.

—No tienes que acompañarme hasta casa, César.

—Pero quiero hacerlo.

—Vas a llegar muy tarde a la tuya —se queja.

—Te recuerdo que mañana no trabajo. Acompañaré a Iker al médico.

—¿Está bien?

—Solo rutina. No te preocupes. No ha tenido ningún síntoma desde la última crisis y se siente genial. Pero no me gusta perderme las revisiones si puedo evitarlo.

—Lo entiendo.

Un día entre semana y a esas horas, la línea no va muy llena, así que pueden sentarse desde que entran en el vagón. No hablan mucho, no es nada cómodo hacerlo con las mascarillas, pero César no deja de toquetearle los dedos cada vez que el metro se sacude y los lanza al uno contra el otro, de modo que, en un arranque visceral de los que Olivia después suele arrepentirse, y aunque duda que esa sea una de esas veces, los entrelaza con los de César, que sonríe hasta que los ojitos se convierten en dos rendijas, exactamente igual que le pasa a Iker.

Apenas tardan cinco minutos en llegar desde la estación de metro al edificio de Olivia, que abre la puerta y le hace un movimiento a César para que la siga hasta la entrada. En la calle hace un frío que pela, a pesar de que los dos van bien abrigados. Olivia no quiere dar la noche por finalizada tan pronto si puede alargarla un par de minutos más.

Se apoya en la pared y sonríe cuando César se acerca tanto que sus cuerpos casi se tocan. No puede negar que lleva toda la noche deseando un beso que no ha llegado, pero que puede leerle en la mirada. Sabe que no es la única que lo espera, así que lleva sus manos hasta las solapas del abrigo de César y tira suavemente de ellas hasta que su pecho toca el de Olivia.

César baja la cabeza y apoya la frente en la suya. Olivia deja escapar un suspiro al sentir sus manos en la cintura, firmes pero sin apretar. Cierra los ojos y se concentra en las sensaciones. En el calor que emana el cuerpo de César, la seguridad de sus dedos en sus caderas, su aliento rozándole los labios y las cosquillas que un mechón de pelo que se ha escapado le causa en la nariz.

Cuando César sonríe y se presiona contra ella, a Olivia se le corta el aliento y el estómago le da un salto mortal. No abre los ojos, pero levanta un poco la cara, roza la nariz de César y entreabre la boca justo a la vez que siente el roce de los labios de él sobre los suyos.

El beso es lento, como si tuvieran toda la noche y no estuvieran en la entrada de un edificio a la vista de cualquiera que pase por la calle o de los vecinos que pueden entrar o salir. Olivia sube las manos hasta dejar una en la nuca de César y la otra enterrada en su pelo.

Siente los dientes de César arañándole el labio inferior y jadea, se aprieta contra su pecho y tira de su pelo para profundizar el beso, aunque eso le suponga ponerse de puntillas para tener acceso.

En algún momento, el beso lento se ha convertido en un torbellino de lengua y dientes, de gemidos y jadeos, y manos que se aferran a la tela porque no hay hueco para tocar piel. Y Olivia quiere más de eso.

Se detiene cuando escucha la puerta abrirse y un grito ahogado justo detrás de César. Ladea la cabeza para comprobar que es la vecina del quinto, la misma que se encontró en el ascensor antes de salir en dirección a la cita, y deja caer la cabeza contra el hombro de César, deseando que la tierra se abra y se los trague para olvidar la mirada de indignación de la señora y la sonrisita de su marido.

Entonces se separa de César con el ceño fruncido. No tiene ningún motivo para avergonzarse. Solo se estaban besando. Puede que de una forma un tanto apasionada para estar en un lugar público, pero ni que estuvieran follando en la entrada.

Así que vuelve a asomarse, esquivando el cuerpo de César y sonríe.

—Buenas noches, vecinos.

El cuerpo de César vibra por la risa contenida cuando la señora suelta otro gritito indignado y su marido una tos que pretende esconder una carcajada, sin éxito, mientras la empuja educadamente hacia el interior.

—Muy majos tus vecinos...

—¿A que sí?

César se lame los labios y sube una mano hasta el cuello de Olivia para acariciar su mandíbula con el pulgar. Ella está a punto de ponerse a ronronear, pero recuerda a la vecina y se reprime.

—Te llamo mañana.

—Más te vale...

Sonríe, levanta la cabeza y se aprieta de nuevo contra el pecho de César, que deja un rápido beso sobre su boca antes de empezar a separarse, aunque Olivia intenta retenerlo un poco más al tirar de su abrigo y poner un puchero.

—Hasta mañana.

—Me caes mal... —susurra mientras César abre la puerta.

—Tú a mí no.

Capítulo 47

Está tumbada en el sofá de César, con los pies en su regazo mientras ven un partido de baloncesto. Le encanta ver la pasión con la que lo vive él, pero Olivia no es capaz de compartirla, aunque en esas semanas ha aprendido algunas cosas interesantes sobre el deporte y, al menos, ya no tiene ganas de salir corriendo en la dirección contraria.

Esa apuesta le ha servido para apreciar aún más los deportes minoritarios como el patinaje, la gimnasia o el vóley, por encima de los más populares que, si bien ya no le despiertan el rechazo que sentía antes, tampoco le apasionan demasiado.

Ronronea cuando César masajea el empeine de su pie derecho y luego pasa los nudillos por la planta del pie.

—Te estás aburriendo como una ostra —susurra César con un tono suave, sin dejar de hundir sus dedos en su pie.

—No es verdad. No me entusiasma, pero no me aburro. Lo prometo.

Han quedado un par de veces por semana desde aquella primera cita no desastrosa, César siempre la acompaña a casa y se despide después de un par de besos en el portal. A Olivia empiezan a saberle a poco y, a juzgar por lo que nota que se le presiona contra el cuerpo cuando abraza a César, a él también.

Retomaron las sesiones la semana anterior. Esa es la segunda porque la mayoría de las tardes César ha quedado con su hijo. Es como si estuviera intentando compensarlo por todo el tiempo que no pudo hacerlo antes.

—Quedan dos semanas para la gala de los Oscar. Creo que podemos dejarlo. Lo que no hayamos aprendido ya...

Olivia se dedicó todo el tiempo durante el que dejó de venir a casa de César a escribir crónicas deportivas y enviárselas a su hermana para que su cuñado y su padre, aficionados apasionados y pesados, le dieran sus opiniones. Y hasta el momento no la ha cagado demasiado.

También es cierto que son su padre y su cuñado, y no son especialmente imparciales, pero le gusta pensar que si escribiera algo realmente inapropiado o absurdo, se lo dirían, aunque solo fuera para que no hiciera el ridículo.

César se pasa al otro pie y a Olivia se le escapa un gemido tan ronco que siente como si se le hubiera desgarrado la garganta al dejarlo salir. A juzgar por cómo algo se remueve bajo los vaqueros de César, ella no es la única que está disfrutando de ese masaje.

Finge no haberse dado cuenta de cómo César se ha recolocado el inicio de una erección disimuladamente ni de que ha puesto sus pies lo más cerca posible de la rodilla para evitar un roce accidental.

Se muerde la sonrisa por lo absurdo de la situación. Son dos adultos que saben lo que quieren y no es como si fuera a ser la primera vez que tienen sexo, ya se han acostado antes y ese sofá es testigo de ello. No entiende muy bien el reparo en dejar que las cosas avancen.

—¿Qué te pasa? —pregunta después de unos minutos en los que César ya no le masajea los pies y se limita a colocar las manos sobre sus empeines.

—Nada.

César sonríe y vuelve a masajearle la planta de los pies, evitando hacerlo demasiado fuerte, que es exactamente como le gusta a Olivia y lo que le arranca gemidos.

Se muerde el labio inferior y levanta una ceja mientras lo observa: el ceño levemente fruncido; la mirada fija en la pantalla, aunque el partido no tiene ningún interés porque hay mucha diferencia en el marcador; la mandíbula ligeramente apretada; los hombros tensos; el estómago contraído y la erección presionando la tela de los pantalones.

No es como si durante esas semanas no hubieran hecho nada, tampoco es que hayan hecho algo. Pero los besos en el portal no han sido la única muestra de afecto que han tenido. Contando con que todas sus citas han sido en el centro, tampoco se prestan a mucho más, pero han tenido caricias, besos y abrazos.

A Olivia le encanta esa intimidad: estrecharse contra el cuerpo de la persona que hace que el corazón se te acelere o detenga cuando entra en una habitación; una caricia, por leve que sea, en el momento adecuado; un beso, incluso en la mejilla, o rápidos sobre los labios; manos entrelazadas mientras caminan y las miradas.

Eso es casi lo mejor. Levantar la cabeza porque eres capaz de sentir a esa persona, aunque nunca sepas exactamente cómo ni por qué y encontrarte con sus ojos fijos en ti y notar cómo el cuerpo entero se te revoluciona.

A Olivia lleva días poniéndosele el mundo al revés cada vez que levanta los ojos y se encuentra con los de César. En el trabajo es una auténtica tortura porque se lo cruza cuando menos se lo espera y siempre la pilla con la guardia baja y el corazón listo para volvérsele loco en el pecho.

Al principio, Vega le hacía bromas y Olivia se sonrojaba e intentaba cambiar de tema. Ahora se limita a sonreír y dejar que el cuerpo vuelva a su ser después de encontrárselo por el pasillo, en la sala de descanso o en las escaleras.

Pero ha tenido suficiente de eso. Quiere un poco más. Y, como diría su madre, la ocasión la pinta calva.

Así que Olivia contiene el aliento y se deshace del agarre de César, que ladea la cabeza ligeramente para mirarla, un poco desconcertado. Después, Olivia presiona con suavidad su pie contra la erección de César, que da un respingo y deja escapar un jadeo.

Ella se muerde el labio, esperando que él la detenga y, cuando no lo hace, presiona un poco más, frotando el pie contra la cada vez más dura entrepierna de César. Sonríe al verlo echar la cabeza hacia atrás y apoyarla en el respaldo, cerrando los ojos y entreabriendo los labios para dejar escapar un gemido.

Clava el talón con un poco más de fuerza y César gruñe como protesta, pero antes de que pueda quejarse, Olivia se incorpora y se sienta a horcajadas sobre su regazo. Se lame los labios cuando siente las grandes manos de César posarse en su culo y empujarla contra su cuerpo al tiempo que levanta la cara para buscar sus labios.

Olivia sostiene el rostro de César entre las manos y baja la cabeza, haciendo que sus narices se rocen antes de buscarle la boca. La sombra de barba le rasca los pulgares a Olivia al acariciarle la mandíbula con ellos mientras se presiona contra su cuerpo, moviendo las caderas con suavidad hasta que nota que crece la presión.

—¿Estás segura? No quiero que esto acabe como la última vez —se interesa César.

—Pues entonces más te vale que no me levante sola en la cama y que no salgas corriendo, literalmente, por la mañana.

—No lo haré.

Sonríe contra los labios de César antes de besarlos de nuevo.

—Sujétate bien.

—¿Qué cojones te crees que vas a hacer? —Se separa de César para poder mirarlo a la cara.

—Ir a la habitación.

—¿Conmigo en plan koala? —pregunta. César asiente y Olivia comienza a bajarse de su regazo—. Me niego a que lo intentes, no puedas y me cortes el rollo porque peso demasiado.

—No pesas demasiado. Eres perfecta.

—No, no lo soy y, sí, peso más de lo que debería. Estoy en paz con eso, pero, de verdad, no me apetece el numerito y que acabemos en el suelo o en urgencias.

—Eres un poquito exagerada.

—Soy realista. Y ahora... —se pone en pie sin dejar de mirar el cuerpo de César— mueve ese culo si no quieres que se me corte el rollo de todos modos.

César se pone en pie, entrelaza sus dedos y tira de ella

hasta el dormitorio. Ni siquiera le da tiempo a acostumbrarse a la luz cuando siente cómo la empuja contra la puerta y César la presiona con firmeza con su cuerpo, antes de inclinarse y acallar su protesta con un beso que le hace perder la poca cordura que le queda.

Se desvisten entre besos, tirando cosas por lanzar la ropa al aire sin cuidado porque son incapaces de separarse más de un segundo. Acarician la piel que van dejando al descubierto y besan la que tienen a su alcance.

No protesta cuando César dobla las rodillas, coloca las manos en sus muslos y la levanta. Rodea su cintura con las piernas y arquea el cuerpo para encontrar de nuevo la presión que había perdido pulsando contra el centro de su necesidad.

—Ahora agárrate.

Hace fuerza con los brazos y los muslos, esperando el resoplido de esfuerzo de César que no llega. Su rostro tampoco demuestra el más mínimo gesto de malestar, lo que hace que Olivia se incline y lo bese con más pasión aún. Al sentir cómo las manos que la sostienen la empujan y alejan del cuerpo de César, Olivia suelta un grito de pánico, preparándose para el golpe que se convierte en aterrizaje descontrolado en la enorme cama de matrimonio.

Se queda quieta un segundo, esperando alguna

reacción, pero solo ve cómo César se muerde la sonrisa mientras se arrodilla en el colchón.

—¿Te estás riendo de mí?

—Tendrías que haberte visto.

—Voy a hacerte un día lo mismo a ver qué cara pones tú. —Levanta la barbilla, desafiante y un poco picada por su diversión.

—Hazlo. Estoy deseándolo.

Y, antes de que pueda responder al reto, César tira de sus muslos y se inclina para volver a besarla, y a Olivia se le olvida hasta su nombre.

Capítulo 48

Espera en el descansillo a que César abra la puerta con una bola presionándole la boca del estómago. Sigue sin tener muy claro que sea una buena idea, pero se había hecho ilusiones de ver la gala de los Oscar juntos y César no quería que el hecho de que Iker se quedase a pasar la noche en su casa fuera un impedimento.

Le manda un mensaje a César para decirle que está en la puerta y un par de segundos después escucha la cerradura y la cara de su chico aparece en el hueco.

—Pasa. Podías haber llamado al timbre. Iker es como un oso en hibernación cuando se queda dormido.

—Prefiero no arriesgarme —dice y sigue a César por el recibidor hasta el salón, donde deja su mochila, el bolso y el abrigo—. ¿Seguro que es buena idea que me quede a dormir?

—No te vas a ir de madrugada, Oli. Si te quedas más tranquila, duermo en el sofá...

—No digas tonterías. Pero no quiero quedarme dormida y que tu hijo me pille antes de que me vaya.

—Me parece que te estás montando una película. No vas a irte como si fueras una ladrona para que Iker no te vea. —César suspira y se cruza de brazos, apoyando la cadera en la mesa—. Está genial que no te involucres en la vida de Iker hasta que esto sea más serio, pero él sabe que nos estamos viendo y no pasa nada si te ve aquí por la mañana.

—No me siento cómoda con eso. Prefiero irme antes de que os vayáis al colegio.

—Olivia, puedes irte mientras yo me lo llevo al cole. No tienes que irte a las cinco de la mañana.

—Me alegra oír eso porque seguramente nos acostaremos poco antes.

—Pero ¿cuánto dura esta tortura? —Grita César, al rato, sin levantar la voz demasiado como para despertar a su hijo.

—Indeterminado. Depende de si alguien se levanta a zurrarle a un presentador por ser gilipollas y básicamente un *bully* de manual que se escuda en el humor para salirse con la suya.

—Veo que estabas de parte de Will Smith.

—En realidad, no. Creo que estuvo mal lo que hizo, pero no por Chris Rock, sino por Jada Pinkett. Lo que no significa que lo de Rock estuviera bien, de hecho, está peor que lo de Smith porque es reiterado, con premeditación, alevosía e intención de humillarla públicamente. A ella y a todas las mujeres con problemas de alopecia, sea por el motivo que sea. Es un cerdo y me cabrea que un año después siga siendo considerado como una víctima mientras a Will le ha caído toda la mierda del mundo.

Respira hondo, intentando relajarse porque ese tipo de cosas la sacan de quicio. Luego cae en el hecho de que ha ido subiendo la voz y ha podido despertar a Iker.

—¿Te he dicho alguna vez que me pones mucho cuando te sale ese lado reivindicativo?

Teniendo en cuenta el tono juguetón de César, no parece que lo haya hecho.

—No, pero es bueno saberlo. Si quieres puedo hablar de lo que me parecen las presentaciones de Ricky Gervais en los Globos de Oro.

—No tengo muy claro quién es ese tipo ni mucho menos qué ha dicho, pero teniendo en cuenta lo que te acabo de decir, suena a porno duro —contesta él. Olivia se está acostumbrando a ese César más desinhibido y mucho más divertido; además, tiene que reconocer que le encanta así.

—Lo es, pero con Iker al final del pasillo, mejor lo dejamos para otro día...

—Eres cruel.

Sonríe mientras se deja caer en el sofá y busca una postura cómoda desde la que ver la televisión.

—Sé bueno conmigo y tráeme mis mierdas para ver los Oscar.

—Que sepas que he tenido que esconderlas porque, si Iker las hubiera visto, te habría dejado sin nada.

—¿No has guardado nada para él? —Se endereza en el sofá, con el ceño fruncido.

—Créeme, con todo lo que ha comido este fin de semana con sus primos en casa de mis padres, tiene para un mes. Prefería que no tuviera más tentaciones, que es un chico con muchos recursos y no sería la primera vez que lo pillo subido a una silla, dispuesto a subirse a la encimera para alcanzar los armarios más altos.

—Me cae genial Iker.

—Ni se te ocurra reírle las ideas, Oli —le advierte César, apuntándole con un palito de zanahoria con un poco de salsa en la punta.

—Jamás se me ocurriría, aunque no prometo descojonarme en cuanto no me vea.

—Eres peor que él.

César se inclina y entierra su rostro en el hueco de su

cuello, donde deja un par de besos antes de girar la cabeza y buscarle la boca.

—Según Twitter, ya hay imágenes de la alfombra roja. Presta atención. Cuando te machaque no quiero quejas de que te distrajiste por mi culpa.

César se aparta y la mira con una ceja levantada antes de poner los ojos en blanco y negar con la cabeza.

—Estás muy segura de que vas a ganarme.

—Soy muy buena, cariño. —Se frota las uñas en el hombro como si las estuviera sacando brillo mientras le ofrece una sonrisa ladeada.

—Tú lo has querido...

César se descalza y sube los pies al sofá después de rescatar la libreta y un boli que había dejado en un rincón. Olivia aprovecha para levantarse y sacar su portátil de la mochila.

—No me digas que necesitas algo más que eso —César señala la televisión con el bolígrafo— y eso —y el móvil de Olivia— para ver los modelos.

—Por lo general, con dos me vale —le saca la lengua cuando César pone los ojos en blanco de nuevo— pero no estoy viendo modelos. Estoy terminando las crónicas deportivas.

—No es justo. Tú ya has podido ponerte con las crónicas de ayer y yo sigo aquí...

—Por eso yo tengo que colgarlas el martes a las ocho y tú el miércoles. Tienes un día de más y tiempo para escribirlas mañana. Yo voy a pasarme todo el día sin parar para tener todo eso listo para la web del suplemento, sin hablar del mega reportaje de papel.

—Me sigue pareciendo demencial que hagáis todo ese trabajo solo cuatro personas.

—Tres y media si no te importa. Gracias —lo corrige, sabiendo que Tomás se limitará a hacer lo que tuviera designado esa semana y no tendrá la decencia de echarles una mano aunque él esté sin hacer nada.

—No sé si debería decírtelo o si ya lo sabes. Hay rumores de que van a largar a Tomás. Creo que Alba ya se ha cansado de salvarle el culo.

—Alba es demasiado buena. Si de mí dependiera, no habría acabado ni mi primera semana en la redacción.

César le sonríe y niega con la cabeza.

—Me lo creo. ¿Ese quién cojones es? —pregunta de repente, señalando a un hombre al que el presentador está entrevistando.

—¿Me estás diciendo en serio que no sabes quién es Harry Styles?

—¿Debería?

—Veo que tengo mucho trabajo por delante... —exagera.

—Oye, que yo no me meto contigo si no sabes quién es Kross.

—Sé que es un jugador del Madrid, aunque no tenga ni idea de qué cara tiene. Es Harry Styles, César. Cultura general.

—¿Cultura general de qué país? —la reta César.

—Del mundo. Otro día, en cuanto acabemos esto, te doy una *masterclass* sobre Harry Styles. De momento, presta atención al *look,* que seguro que será de lo más comentado de la noche.

—¿Me estás dando pistas?

—No quiero que hagas el ridículo —se defiende, pero intuye que el rubor de sus mejillas la está traicionando.

Aunque no deja de echarle miradas a la tele para apreciar los *looks* de las actrices y actores que pasan por la alfombra roja y de hacer anotaciones para cuando tenga que escribir sus propias piezas para la revista, Olivia no deja de escribir las crónicas que aún le quedan pendientes porque es muy consciente de que el lunes no va a darle tregua con todo lo que van a tener que subir a la web.

En cuanto comienza la gala, Olivia cierra el portátil y se acerca a César, que ha sacado unos folios impresos con los candidatos a todos los premios para que solo tenga que hacer anotaciones y marcar el que finalmente se lleve la estatuilla.

Se recuesta contra el cuerpo de su chico, que pasa un brazo por sus hombros después de cubrirlos con una de las mantas que tiene sobre el reposabrazos. La sombra de barba le rasca la frente cuando la apoya en su mandíbula y Olivia sonríe, apretándose contra su cuerpo. Le encanta poder estar así, le gusta la intimidad de pasar una noche sentados en el sofá viendo algo en la tele mientras se abrazan.

Pensaba que saber que Iker estaba en el piso la intimidaría un poco, y así ha sido al principio, pero, a medida que avanzaba la noche, se ha sentido más cómoda con la idea, e incluso la reconforta saber que el hecho de que Júlia le pidiera que se quedara una noche más con el niño no haya alterado sus planes con César, aunque hubiera entendido lo contrario.

—¿Qué tal con tu compañera de piso? —pregunta César durante una de las actuaciones musicales.

—El casero nos informó a mediados de semana de que le ha dicho que se pira a final de mes, así que lleva unos días insoportable.

—¿Por irse?

—Porque para lo que le queda en el convento, se caga dentro. No friega ni un plato. La cocina es un campo de minas. Da asco entrar. Cande está que se sube por las paredes y no deja de enviarle fotos al casero para que haga algo, pero el tipo es gilipollas y pasa tres pueblos. Dice que es nuestro problema y que lo solucionemos nosotras.

—Qué hijo de puta... —gruñe César, acariciándole el brazo.

—Para coger el dinero del alquiler no pone pegas. Cande le ha advertido que todo lo que se quede por limpiar cuando se vaya Nora se va a la basura y tendrá que reponerlo y entonces parece que ha intentado hablar con ella para decirle que no puede dejar el piso en esas condiciones.

—Vamos, que tu casa es una juerga...

—Exactamente. Cande está buscando uno de dos habitaciones por la misma zona para irnos juntas y no tener que lidiar con otra nueva inquilina, pero por nuestro barrio no hay muchos pisos. Al menos, no que se ajusten a nuestro presupuesto.

—Siento que tengas tantos problemas con tu compañera.

—Yo casi no la veo, pero Cande, que coincide más con Nora, tiene unas broncas tremendas. Y la entiendo: no puedes hacerte una idea de cómo tenemos la cocina ahora mismo. Nos cocinamos para toda la semana el domingo y, antes de hacerlo, limpiamos entre las dos porque ella ni se molesta en pasarle la bayeta a la vitrocerámica después de freír.

—Si necesitas algo... —se ofrece César.

—Gracias, pero si se va a final de mes creo que podremos soportarlo. De momento, el casero no ha encontrado a nadie para sustituirla porque no se atreve a enseñar el piso en esas condiciones.

—Nos ha jodido...

Vuelven a centrarse en la gala en cuanto la actuación termina y Olivia sonríe al ver a César tomar notas de las reacciones y los discursos de los ganadores.

—Cuando quieras puedes acostarte —susurra César, dándole un beso en la frente.

—Quiero verla.

—Mañana vamos a estar para el arrastre.

—Lo sé, espero que tengas mucho café y que me dejes uno listo antes de irte con Iker.

—Lo prometo. Capuchino con galletitas integrales que están en el armario sobre la cafetera, por si lo has olvidado. —Escuchar que César sabe exactamente qué le gusta desayunar le calienta el pecho.

—Gracias, pero recién levantada solo me entra el café.

César abre la boca para responder y Olivia se la tapa mientras niega con la cabeza.

—Ni se te ocurra. No con tu hijo en casa —lo corta, pero no puede evitar que el calor descienda un poco y se sitúe en otro punto de su cuerpo.

—¿Tú sabes que los padres tienen relaciones con sus hijos en casa?

—Lo sé y no es exactamente por eso. No se me da bien ser silenciosa.

—De eso ya me he dado cuenta... —admite él. Olivia

le da un golpe en el pecho a César, pero no se mueve de su costado—. Me encanta, de verdad. Pero creo que eso sí podría despertar a Iker. Así que, mejor, practicamos primero hacerlo bajito.

—Mejor. Y ahora calla, que estas categorías son interesantes.

A la mañana siguiente, Olivia no quiere ni imaginarse cómo se ha levantado César, pero, teniendo en cuenta que debe llevar al menos media hora en pie cuando la despierta con un beso en la frente porque ya está duchado y vestido, no comprende cómo es capaz de mantener los ojos abiertos.

—Iker está desayunando. He venido solo a despertarte y a coger el móvil y la cartera. Te veo en la redacción.

Olivia se levanta en cuanto escucha la puerta cerrarse y se mete en el baño para darse una rápida ducha antes de pasar por la cocina, sabiendo que César, como prometió, le ha dejado el capuchino preparado. Lo que no espera es encontrarse unas llaves junto a la taza y una nota debajo.

Para que cierres bien la puerta.
Y puedas entrar cuando quieras.
César.

Capítulo 49

Apenas se han visto desde la noche de los Oscar. Olivia ha estado trabajando hasta tarde, se va directa a casa al salir de la redacción y se mete en la cama a dormir hasta la mañana siguiente.

El martes César tenía el día libre porque debía hacer algunos trámites por la mañana y por la tarde iba a acompañar a Iker a un cumpleaños. Olivia tiene de margen hasta las ocho para colgar todas las crónicas, así que, en cuanto llega del trabajo, sube todo lo que había dejado preparado a la hora de la comida en la redacción. Para cuando César la avisa de que está de camino a su casa, ella ya está en pijama y a punto de meterse en la cama.

De hecho, lo invita a que vaya a su piso a pesar de que siguen en plena guerra civil con Nora, pero César prefiere volver a su casa, demostrando una vez más que es un chico inteligente.

Así que ese miércoles, cuando entra en el piso de César, usando por primera vez la llave que le dejó en la cocina, Olivia avanza a paso rápido hasta el dormitorio donde César está terminando las crónicas, lanzando el bolso, la mochila y el abrigo sobre la cama, antes de inclinarse y abrazar a su chico por la espalda.

—Yo también me alegro de verte. Dame cinco minutos para que cuelgue el último y soy todo tuyo.

—¿Recuérdame por qué hemos seguido con lo de la apuesta? —responde ella mientras se deja caer en la cama.

—Porque ya nos habíamos comprometido a hacerlo, teníamos al jurado seleccionado y porque en el fondo los dos somos muy competitivos y no queríamos quedarnos con las ganas de saber quién hubiera ganado. Voy a ser yo, por si tienes dudas.

Olivia coge su bufanda y se la tira hecha una bola a César, que protesta de forma escandalosa mientras se rasca la nuca y le enseña el dedo corazón.

—No te lo crees ni tú, guapo.

César gira la cabeza para observarla por encima de su hombro.

—¿Me acabas de llamar guapo? Espero que lo recuerdes luego.

—Eres guapo y lo sabes.

—Soy resultón bien mirado, pero nunca me lo habías dicho.

Olivia sonríe y se endereza, observando a César con detenimiento. Nunca lo ha tenido por un tipo presumido, pero ahora entiende que, como a todos, de vez en cuando, le apetece que le suban el ánimo.

Espera a que César termine de colgar la última pieza y se gire para contemplarla y hablar desde la silla del escritorio en el que está sentado.

—Eres muy guapo, César.

—Si lo dices solo...

Olivia se levanta de la cama y se acerca antes de que César acabe la frase, se sienta a horcajadas sobre su regazo y aparta su pelo desordenado de la frente.

—Lo digo porque es verdad. —Se inclina y lo besa, lento y suave.

—Si me lo dices así, tendré que creerte.

César tira de sus caderas para acercarla más a su cuerpo y acaricia sus muslos mientras se besan.

—¿Qué te parece si pedimos algo de cena? Estoy muerto de cansancio y no me apetece ponerme a cocinar —sugiere César, acariciándole la barbilla con la nariz.

—Buena idea. Yo me ofrecería, pero puede que me quede dormida de pie y te queme el piso. Por cierto, gracias por las llaves. ¿Estás seguro de que quieres que me las quede?

—Te lo he dicho al menos diez veces desde el lunes, Oli. Pero si teniéndolo por escrito no te resulta suficiente: sí, quiero que te las quedes.

—Llevamos poco tiempo juntos, César...

—No te he pedido que te vengas a vivir aquí. Solo quiero que tengas unas llaves para que, cuando vengas, no tengas que esperar a que te abra la puerta.

—Vale, pero solo las usaré si quedamos. No pienso usarlas si tú no estás aquí.

—Si hemos quedado y no he llegado todavía, ¿te vas a quedar esperando en la puerta hasta que te abra aunque tengas las llaves? —dice él. Olivia le saca la lengua ante el tono divertido de César.

—Ya sabes a lo que me refiero. No seas tonto.

—Me parece bien si es lo que quieres hacer.

Olivia sonríe y baja la cabeza para rozar su nariz con la de César, que clava los dedos en sus glúteos y busca sus labios. Enreda los dedos en los mechones oscuros mientras se besan, primero despacio, como una forma de reconocerse después de un par de días en los que no han tenido más que picos robados en las escaleras de la redacción. Pero, a medida que pasa el tiempo, la intensidad va subiendo y Olivia se sorprende contoneándose sobre el regazo de su chico y llenando la habitación de gemidos y jadeos.

Se avergonzaría de que el estómago le rugiera de esa forma, sobre todo teniendo en cuenta que no son ni las nueve y media y ella no suele cenar hasta las diez, pero solo ha comido un sándwich de la máquina porque se había negado a entrar a la cocina la noche anterior después de asomarse al llegar a casa y está famélica.

—Será mejor que pidamos la comida —susurra César con la respiración agitada, la mirada oscurecida y los labios rojos e hinchados.

—Me parece bien. —Olivia se muerde el labio inferior y se inclina para seguir besándole el cuello a César a la vez que hace el pedido por la aplicación. Solo sale de su escondite para responder a las preguntas sobre qué le apetece cenar y vuelve a perderse en su piel.

Escucha el golpe que hace el móvil contra el escritorio cuando César lo suelta y sonríe contra su mandíbula al notar la presión de sus dedos de nuevo en su muslo.

—Tardará media hora.

—Perfecto.

Ignorando la curiosidad en el gesto de César, Olivia se pone en pie, corre hasta el salón y regresa con un par de cojines que deja caer entre las piernas abiertas de César, que contiene la respiración durante un par de segundos antes de soltarlo a modo de gemido mientras Olivia se arrodilla sobre ellos.

Desabotona el vaquero de su amante y le hace un gesto con la cabeza para que levante las caderas y poder deslizar el pantalón con facilidad. Se lame los labios al ver la tensión bajo la tela de la ropa interior y sonríe cuando César vuelve a separar el culo de la silla sin que ella tenga que pedírselo.

Hace todo lo que cree que le gusta, manteniendo el contacto visual para ver cómo su rostro se contrae de placer si lo engulle de una vez y hasta el fondo. Siente el estómago de César contraerse bajo la palma de su mano, que tiene extendida para controlar su respiración y ralentizar sus embestidas si lo necesita. La otra rodea sus testículos, masajeándolos al tiempo que uno de sus dedos se cuela entre sus nalgas con cuidado descuido.

Sonríe y saca la lengua para recorrer con ella la vena que atraviesa su pene de la punta a la base y luego vuelve a ascender, metiéndosela de nuevo en la boca y consiguiendo que César coloque las dos manos sobre su cabeza y tire de su pelo sin hacerle daño.

Encuentran el ritmo que les va bien a los dos y Olivia desliza la mano que tenía en el estómago de César hasta su pantalón, desabrochando el botón antes de colarla dentro de sus bragas. Gime alrededor de la erección de su chico cuando siente la deliciosa presión contra su clítoris.

Sabe que César no durará mucho más, se piensa asegurar de ello, y acelera el ritmo de las caricias sobre su sexo. Pero entonces siente un tirón un poco más brusco de lo habitual y levanta la cabeza para encontrarse con el gesto desencajado por el placer de su chico.

—Ni se te ocurra correrte aún. —La orden sonaría menos apremiante si a César no se le hubiera roto la voz en mitad de la frase con un jadeo ronco y no hubiera puesto los ojos en blanco mientras Olivia presionaba la punta de su pene con la lengua.

A pesar de ello, saca la mano de sus pantalones y vuelve a colocarla sobre el muslo de César, tirando de él hasta que está sentado en el borde de la silla y su dedo puede deslizarse hasta su entrada. No es la primera vez que le tienta con ello y a César no solo no parece molestarlo, sino que gime más fuerte cuando siente las caricias.

Olivia sonríe ante esa idea y aumenta el ritmo. Si algo le gusta en la cama es un amante dispuesto a probar cosas nuevas, y está claro que César está preparado para explorar nuevas formas de placer.

Un tirón más fuerte en su pelo y el aumento de los gemidos y jadeos le indican que César está a punto de alcanzar el clímax.

—Oli... joder...

César repite su nombre cada vez más deprisa, más

ronco, más desesperado, y Olivia se concentra en la forma en la que eso hace que su estómago se contraiga y su sexo palpite de pura necesidad.

Cuando finalmente su chico abre los ojos y la observa, Olivia prefiere no pensar en su aspecto, con el pelo enmarañado por los dedos de César, las mejillas sonrojadas y los labios hinchados.

Ni siquiera le da tiempo a intentar recomponerse: César se pone en pie, tira de ella y la acompaña hasta la cama. Su cabeza aterriza junto a la mochila que ha dejado tirada antes, pero no tiene tiempo de preocuparse por ello porque su amante tira de sus pantalones mientras se pone de rodillas. Antes de que pueda procesar lo que está pasando, Olivia tiene la lengua de César presionándole el clítoris y una oleada de intenso calor y placer la sacude, haciendo que se estremezca.

Dobla las rodillas y sube los pies a la cama, buscando una postura más cómoda y sonríe cuando siente los dedos de César clavándose en su cadera para impedir que siga moviéndose mientras los de la otra mano comienzan a acariciarla.

Está demasiado excitada para intentar alargarlo mucho más, así que enreda los dedos en el pelo moreno y mueve las caderas hasta que encuentran el ritmo que la tiene jadeando y gruñendo obscenidades en cuestión de un par de minutos. El orgasmo no tarda en llegar como un puñetazo seguido de una bola de calor que sacude todo su cuerpo con violentos espasmos.

Echa la cabeza hacia atrás, boqueando en busca del aire que sus pulmones exigen, y se obliga a abrir los ojos en cuanto nota a César incorporarse y tumbarse sobre ella. Ríe; lo primero que ve al enfocar la mirada es su sonrisa. Olivia levanta la cabeza para besarlo y gime contra su boca.

Lloriquea cuando el sonido del telefonillo los interrumpe. Aunque se esté muriendo de hambre, daría cualquier cosa por cinco minutos más de besos lánguidos y caricias despreocupadas.

—Mierda, el repartidor... —gruñe César, poniéndose en pie y tirando de los pantalones y calzoncillos que aún tiene en los tobillos para vestirse de camino a la puerta.

Olivia no puede evitar quedarse observando el espectáculo, y le cuesta bastante no echarse a reír cuando César está a punto de tropezarse con su propia ropa y se tambalea por el pasillo a la vez que el sonido del telefonillo vuelve a llenarlo todo.

—¡Que ya voy, joder!

—Sabes que no puede oírte, ¿no? —bromea mientras César sigue correteando hacia la entrada.

Entretanto, César espera al repartidor, Olivia se incorpora y se obliga a ponerse los vaqueros de nuevo. Se sienta en el escritorio y echa un vistazo a las entradas del blog de su amante. No es la primera vez que entra, de hecho, es uno de los que más ha consultado desde que comenzó eso de la apuesta, aunque no piensa admitirlo en voz alta.

Sonríe y asiente con la cabeza cuando ve que están todas las piezas que le pidió y no tiene que entrar a leerlas para saber que serán igual de buenas que las deportivas.

—¿Vas a ponerme nota? —pregunta César desde la puerta, apoyado en el quicio y con las piernas cruzadas a la altura de los tobillos.

—No. Las leeré en otro momento, pero por placer.

—Anoche leí algunas de tus crónicas. Para no gustarte el fútbol ni el baloncesto, no están nada mal.

—¿Gracias? —Deja la pregunta flotando en el aire.

—Es un piropo. Son mejores que algunas escritas por periodistas deportivos. Se nota que al menos te has interesado por saber de lo que escribías y no es una lista de tópicos al más puro estilo Emilio Butragueño.

—¿Ese era el rubio de la época de Michel?

—No tengo muy claro si estoy entendiendo la pregunta, pero sí, el rubio de la Quinta del Buitre.

—Mi hermana y yo éramos más de Michel. Era más guapo.

—En los años en los que ellos jugaban, tú ni habías nacido.

—¿Qué parte de «mi padre es muy futbolero» a ti no te ha quedado clara, César? Creo que he visto el partido contra Malta más veces que tú.

—Es un clásico. Lo entiendo.

—Cuando os juntéis mi padre y tú, va a ser imposible aguantaros...

—Igual es un poco pronto para eso, pero me temo que sí —replica César. Olivia pone los ojos en blanco y se levanta al tiempo que su estómago decide volver a protestar.

—Dame de comer —pide, y César enarca una ceja y se muerde la sonrisa— si no quieres que te muerda. —Sonríe al ver cómo el gesto divertido de su chico se convierte en uno de dolor al pensar en las segundas intenciones del comentario.

—No me gustan los dientes en según qué partes de mi cuerpo.

—Pues eso, campeón.

Capítulo 50

—¿Estás nerviosa? —pregunta Vega en cuanto Olivia atraviesa la puerta de la redacción.

—No. Si gana él, me alegraré por César. Si gano yo, voy a estar restregándoselo por los morros durante una eternidad y media —bromea... o puede que no tanto—. En realidad, el motivo por el que empezó lo de la apuesta no tiene mucho sentido, pero queríamos hacerlo ya que habíamos montado todo el follón y le habíamos pedido a la gente que fuera el jurado y tal...

—Deja de hablar como Rajoy, Oli —dice Vega. Ella le enseña el dedo corazón, y Alba suelta una carcajada.

Para variar, Tomás llega tarde, así que pueden permitirse bromear a gusto. Lo que no es tan normal es que a media mañana aún no haya aparecido ni avisado de que no va a ir.

—Alba, ¿te ha avisado a ti Tomás de que no venía? Porque tenía que añadir una cosa a uno de los reportajes de los Oscar y... —Deja la pregunta a medias en cuanto ve el gesto de su redactora jefe.

Alba no responde, pero se levanta y cierra la puerta antes de volver a su mesa.

—Yo no os he dicho nada, así que cuando se haga oficial, haceos las sorprendidas. Mañana habrá nominaciones y Tomás es uno de los expulsados.

Olivia entiende lo que quiere decir eso, aunque estén hablando en clave. Desde luego, ser periodista cada vez se parece más a ser concursante de Gran Hermano.

—No sabemos cómo, pero se ha enterado y ha ido a reclamar a personal. A mí me ha avisado la secretaria por si luego venía a montarme el número. He hecho todo lo que he podido, de verdad, pero era inviable seguir manteniéndole en el puesto, ya no solo por su actitud, sino por su rendimiento. Somos pocos y necesito que los que estén se impliquen, no puedo permitir que el resto del equipo esté tirando constantemente de él para que haga su trabajo.

—Lo entendemos, Alba, de verdad. No te hagas mal cuerpo.

—Te lo dije hace tiempo: eres demasiado buena con él.

—Y sé que, de algún modo, serlo os ha perjudicado a

vosotras y lo siento, pero os juro que odio tener que dar un nombre.

—Así que los rumores eran ciertos... —susurra, recordando lo que le dijo César.

—¿Había rumores? —Alba parece sorprendida.

—Siempre los hay, Alba. Dicen que caen Emilia y Lola también.

—No os lo puedo confirmar, pero tampoco voy a negarlo.

De repente, Olivia siente una punzada de pánico y se inclina hacia adelante para estar más cerca de Alba.

—¿Alguna de nosotras está nominada?

—No, podéis estar tranquilas. Lo de Tomás ha sido por rendimiento, con la intención de traer a alguien para sustituirlo por primera vez en la historia. Pero ya sabéis que una cosa es lo que se propone y otra muy distinta lo que al final se acaba haciendo. Hace días que estoy revisando currículos y personal tiene una lista de la gente que podría encajar, pero de momento no han empezado las entrevistas ni me han confirmado las condiciones en las que se incorporaría.

—*Freelancer*, cobrando una miseria y haciendo pocas horas. Como si lo viera... —masculla Vega.

—Saben que necesitamos más gente. Que no podemos mantener la edición en papel y la web con tres personas cuando además yo me he llegado a pasar la mitad del día en reuniones absurdas con el editor solo porque él no sabía qué hacer con su jornada laboral. Al menos la nueva tiene un poco más de cabeza.

—Oli, no dejes que esto te amargue el momento de patearle el culo a tu novio —bromea Vega.

—No es mi novio —se adelanta.

Vega la mira con la ceja levantada y esa cara de «eso no te lo crees ni tú» que hace que Olivia se sonroje.

—No hemos hablado de eso, solo estamos dejando que fluya.

—Olivia, fluye de puta madre. Sois novios. Muy novios. Que viene a buscarte para comer juntos, os soléis ir a la vez y alguna mañana venís de la manita. No-vios.

Alguien llama a la puerta y las sobresalta, haciendo que las tres den un respingo en sus sillas y se lleven la mano al pecho.

—Adelante —grita Alba.

Sofía asoma la cabeza por el hueco de la puerta y sonríe.

—¿Conspirando? ¿Puedo unirme? —Sofía levanta las cejas varias veces mientras entra y cierra la puerta de nuevo a su espalda.

—Solo estábamos comentando la situación.

—¿Ya es oficial?

—¿Es que todo el mundo sabía los rumores y nadie me preguntó nada?

—No queríamos ponerte en un compromiso —dice Vega.

—Yo solo sabía lo de Tomás, pero es cierto que había corrillos y muchas reuniones de los mandamases y cuando eso pasa, por la experiencia en la otra revista, es que se vienen despidos. —Se encoge de hombros—. No sé cuál es el protocolo para estos casos aquí.

—¿Ha pasado algo que tengamos que saber? —pregunta Alba.

—Solo sabemos que Tomás no se ha tomado muy bien el despido y que Blanca tiene una mano en el teléfono por si hay que llamar a seguridad.

—Hostia, ¿sí? —Vega parece a punto de sacarse unas palomitas.

—Yo venía para decirte que he leído las crónicas de César. El cabrón es bueno... para no tener ni puta idea de la diferencia entre guion adaptado y guion original, no se nota una mierda.

—Sabe la diferencia... —Se ve en la obligación de defenderlo.

—No-vios.

—Sí, son —concuerda Sofía, haciendo que Olivia ponga los ojos en blanco—. La apuesta no incluye que seas su esclava sexual ni nada por el estilo, ¿no?

—No creo que eso fuera un problema ahora —añade Vega. Olivia le da un manotazo, pero no puede evitar que se le escape una carcajada.

—¿Os podéis creer que ni recuerdo lo que nos jugamos?

—Tanto sexo le ha secado el cerebro.

—¡Alba! ¿Tú también?

—¿Perdón?

—¿Cuándo sabremos el ganador? —se interesa Vega.

—A la hora de la comida, los de Deportes aún no han enviado todos sus resultados —aclara Sofía.

—Paco va a fusilarme.

—¿A quién se le ocurre contar con Paco para nada? —gruñe Sofía.

—Para contrarrestarte. César pensaba que le puntuarías peor por ser mi amiga.

—Yo ahí huelo a celos...

—¿Eso también lo sabíais? —se indigna.

—Cariño, no se os da muy bien lo de fingir.

—¿Lo sabías? —le pregunta a Sofía.

—Lo imaginaba, pero pensé que no te importaría que lo supieran.

—No me importa. Si a alguien le molesta que estuviéramos juntas, que se joda.

—Esa es mi chica. Espero que le patees el culo a tu novio, necesito una buena noticia para acabar la semana.

Sabéis que ni Lola ni Emilia son santos de mi devoción, pero no me alegro de que las echen.

—Al igual que Tomás, se lo han ganado a pulso. Todos sabemos que no trabajan y que encima crean muy mal rollo, no solo en su departamento, también con las comerciales y en general con todo el que tiene que interactuar con ellas.

—Pero las comerciales son igual de culpables, Alba, y ahí siguen.

—Puede que no sigan todas. Y ya he dicho más de lo que debería —dice Vega. Las tres hacen el gesto de cerrarse la boca con una cremallera—. Gracias.

El ambiente en toda la redacción se enrarece a lo largo de la mañana, y lo que debía ser una reunión divertida para ver quién de los dos ganaba la apuesta, se convierte en un par de corrillos en la sala de descanso con los portavoces de las dos secciones que han evaluado los artículos que han colgado en sus respectivos blogs.

—Que conste que cada uno ha votado sin saber lo que iba a hacer el resto y, por tanto, es imposible que nos hayamos puesto de acuerdo. —Sofía usa su tono más profesional—. Mucho menos teniendo en cuenta que somos dos departamentos diferentes...

—Sofía, dilo —la corta Vega.

—Ha habido un empate. César y Olivia tienen los mismos puntos. —Sofía pone una sonrisa forzada, tan exagerada que Olivia no puede evitar reírse—. No sé si tenéis previsto un sistema de desempate que...

—Por mí está bien —la interrumpe.

—Por mí, también —concuerda César, que le lanza una sonrisa desde el otro lado de la sala de descanso.

—Pues entonces declaro el empate oficial en el primer certamen Cultura vs Deportes. A comer, peña, que tengo hambre.

—Como aplaudáis, os corto las pelotas —amenaza, incapaz de aguantar la vergüenza que supondría llamar la atención de toda la planta de esa manera.

—Vas a tener que domar a esa potra —comenta Paco con una sonrisa enorme, dándole un codazo a César en el costado.

—Ni es una potra ni necesita que la domen, Paco.

—Por ahí hay alguien rebuznando en unga unga —grita Sofía, lanzándose hacia el microondas para ser la primera en calentar su táper.

César camina hacia Olivia con paso seguro y una mirada brillante y divertida.

—Te invito a comer para celebrar que hemos empatado.

—Íbamos a comer fuera de todos modos porque ayer fuimos unos vagos —lo corrige.

César pone los ojos en blanco, pero no deja de sonreír. Olivia se estremece al sentir su mano, grande y firme, en la base de la espalda, guiándola fuera de la sala de descanso.

—Voy a por la cartera y la cazadora. Te espero en las escaleras.

Saca el móvil del bolsillo cuando lo siente vibrar y lee los mensajes que ha recibido mientras se pone el abrigo. No la sorprende nada tener varios de Candela; lo del casero es otra historia. Camina sin dejar de mirar la pantalla y prácticamente se choca contra César al llegar a las escaleras.

—¿Ha pasado algo?

—El casero nos avisa de que ha tenido una discusión con Nora porque no llegaban a un acuerdo sobre cómo pagar el último mes. Al parecer, ella no tiene dinero y quiere que se lo cobre de la fianza, pero si lo hace sabe que no va a recuperar el dinero de las facturas.

—¿Y qué va a hacer?

—Pues creo que Nora ha decidido por él. Dice Candela que acaba de llegar a casa porque estaba de noches esta semana y ha aprovechado para hacer algunas compras y cuando ha llegado a casa la tipa se ha ido. Ha dejado la puerta de la habitación abierta, todo está hecho un desastre. La cocina, por supuesto, sigue como si fuera una pocilga y se ha largado, dejándose un par de luces encendidas.

—De buena os habéis librado.

—El casero está pensando en cambiar la cerradura porque se ha ido sin devolverle las llaves.

—Vaya mierda de final de semana estás teniendo...

—César le pasa un brazo por la espalda y la acaricia por encima del abrigo mientras comienzan a bajar las escaleras—. Despiden a tu compañero, tu compañera conflictiva se pira montando un número y encima no me ganas en la apuesta...

—Muy gracioso...

—Ahora en serio. Aunque no haya sido del modo menos traumático, parece que las cosas se han encaminado.

Olivia se detiene al llegar a la puerta del periódico y lo piensa detenidamente. Todo ha cambiado mucho desde la primera vez que vio a César subiendo esas escaleras y, aunque algunos caminos no hayan sido agradables, puede que todo vaya a mejor próximamente.

Se acurruca contra el cuerpo de César cuando una ráfaga de aire frío los envuelve y la hace tiritar.

—Y bien encaminadas.

Se pone de puntillas, sube la otra mano hasta la nuca de César y tira de él para darle un beso. No suelen tener demasiadas muestras de afecto en el trabajo, pero, a la mierda, si a alguien le molesta, que mire para otro lado.

—Muy bien encaminadas —susurra César contra su pelo antes de dejar un beso en su frente y señalar en dirección al restaurante que hay unos metros más adelante.

Epílogo 1

Aún tiene la mitad de las cosas por desempaquetar después de la mudanza. Les ha costado un par de meses conseguir un piso para dos personas que se adaptara a sus necesidades y a sus presupuestos, pero, al fin, Candela y Olivia han encontrado el definitivo.

A Olivia le encanta, pero aún no ha podido disfrutarlo mucho porque una semana después de que les dieran las llaves se fue a Valencia para gritar con su hermana por una buena noticia: va a ser tía, y todavía no se lo cree.

Sacude la cabeza, se mira en el espejo y hace una mueca. No sabe si va demasiado poco arreglada, pero es lo que es, no pueden esperar que se vista como si fuera a una fiesta. Coge el bolso y sale corriendo de su nuevo piso en cuanto la aplicación le indica que su coche está a un par de minutos.

El estómago se le revuelve al detenerse frente al edificio y ver las aceras llenas de gente. Cada vez está menos segura de querer hacer eso, pero se lo prometió a César y, lo que es más importante, también a Iker.

Tiene la mano en la manilla de la puerta cuando siente que esta se abre y sonríe incluso antes de verlo asomar la cabeza por el hueco. Está increíblemente guapo con su sonrisa radiante y sus ojos marrones brillantes.

—Eres preciosa —César le susurra al oído cuando Olivia sale del coche, cogida de su mano.

—Gracias. Tú tampoco estás nada mal.

César da una vuelta sobre sí mismo para que aprecie lo bien que le sientan esos vaqueros a su culo y sus muslos. Olivia se recuerda que hay mucha gente alrededor y que no sería apropiado pellizcarle el glúteo, pero no le faltan ganas de hacerlo.

—¿No deberías estar con Iker? —pregunta. César suelta una carcajada que hace que la mitad de las mujeres y algunos hombres se giren a mirarlo y le den un buen repaso. Los entiende, ella en su lugar haría lo mismo.

—Solo ha dejado que pasara mi madre porque es la que le ha hecho el traje. Quiere que sea una sorpresa. Como si no hubiéramos recibido doscientos correos de su profesora con las indicaciones, algunas bastante absurdas, en estas semanas. Pero él es feliz pensando que no sabemos de qué va, así que... —César se encoge de hombros y Olivia aprovecha para acercarse y pasar un brazo por su cintura.

Ha elegido unas sandalias de tacón medio para acompañar a los vaqueros negros y la blusa morada porque le permiten moverse sin sentirse un caballo y, a la vez, le estilizan las piernas y le dan algo más de altura.

—¿Preparada?

—¿No?

—No pasa nada. A mis padres ya los has tratado... —La frase queda a medias cuando César se detiene frente a una pareja.

Olivia no necesita las presentaciones para reconocer a la mujer.

—Os presento a Olivia, mi novia. Oli, ella es Júlia, mi exmujer, y Felipe, su prometido. —La voz de César desprende algo de orgullo que hace que a Olivia se le llene el pecho de cosas suaves y calentitas.

—Encantada —dice Olivia, inclinándose para darle dos besos a Júlia, que es un poco más baja que ella, y luego a Felipe.

—Igualmente. —Júlia acaricia su brazo con dulzura mientras le dedica una sonrisa sincera—. Iker nos ha hablado mucho de ti.

Se sorprende al escuchar eso porque hace apenas un par de semanas que empezó a pasar tiempo con Iker. Sonríe y busca la mano de César para entrelazar los dedos con los suyos.

Siguen a Júlia y Felipe hasta encontrarse con Carlos y un matrimonio de su edad, que Olivia intuye que son los padres de Júlia, pero que no llegan a presentarle; cosa que agradece. Conocer a la exmujer de tu novio ya es un poco raro, aunque inevitable si hay un niño en común, pero lo de los exsuegros, por bien que se lleven, es demasiado.

Que en ese momento una de las educadoras pida que tomen asiento le da la excusa perfecta para esquivar la situación incómoda. Se sienta entre César y Carlos, que no deja de estirar el cuello hasta que ve a su mujer andando a paso rápido hacia ellos.

—Eso es un manicomio. Compadezco a los profesores porque lidiar con tanto niño histérico se merece un premio —susurra María, dándole una palmada a Olivia en la mano que tiene en su regazo—. Me alegro de que al final hayas podido venir. Iker está emocionado.

Se remueve, un poco inquieta. No se siente muy a gusto. César, que sabe leerla, vuelve a coger su mano y la aprieta suavemente mientras se inclina y le da un beso en la mejilla para tranquilizarla.

No va a negar que pasa un buen rato viendo a todos esos niños bailando al ritmo de temas de los ochenta, cardados y con mallas y calentadores incluidos.

A Olivia le resulta extraño que, entre tanta música de Mecano, El Último de la Fila y Duncan Dhu suene Ozuna, Rosalía o Ana Mena en los descansos entre actuaciones. Tanto que tiene que contenerse para no echarse a reír. En realidad, lo cómico de eso es que los niños que están sobre el escenario se sabrán mejor cualquiera de las canciones que ponen mientras los niños se retiran y se coloca la nueva clase que las que les han obligado a prepararse.

Cada vez que un grupo termina su actuación, los niños se sientan con sus padres, así que a esas alturas de la fiesta el patio de la guardería es más ruidoso y menos espacioso de lo que parecía al comienzo.

Olivia empieza a removerse en su asiento. Desde luego, esas sillas de plástico no son las más adecuadas para aguantar la eterna fiesta de fin de curso de la guardería de Iker. No sabe cómo ponerse para que no le duela el culo, así que apoya la cabeza en el hombro de César, que pasa su brazo por su cintura y le besa la frente.

—Sale después de estos. Te prometo que te compensaré.

—No tienes por qué hacerlo. He venido porque he querido y porque Iker me lo pidió.

—Quiero hacerlo de todos modos. —César levanta una ceja y sonríe de lado.

Ese gesto es gasolina para el fuego que a Olivia le quema las entrañas después de una semana en Valencia con llamadas bastante subidas de tono, así que no piensa decir que no a la oferta.

Levanta la cabeza y le busca los labios a César, que sonríe contra su boca y alza la mano hasta su nuca para prolongar el beso unos segundos más.

No puede evitar sonreír como una idiota cuando Iker sale al escenario con sus compañeros de clase y los saluda con una enorme sonrisa. Es Carlos el encargado de grabar la actuación con su móvil, así que Olivia se inclina hacia César, evitando tocarlo para que la imagen no salga movida.

—Yo no le veo tan nervioso —susurra junto al oído de César.

—¿Ves cómo se toca la uña? Solo lo hace cuando está cabreado o nervioso. No es un niño tímido, pero, míralo, ni siquiera levanta la vista del suelo a menos que sea para observarnos a alguno directamente.

En ese momento, Olivia se da cuenta de lo bien que César conoce a su hijo y de la cantidad de detalles que a ella le pasarían desapercibidos, a pesar de que siempre se ha tenido por una persona observadora.

No puede evitar contemplar a César cuando la actuación acaba y aplaude con una sonrisa tan enorme que apenas le cabe en la cara. Está tan feliz y orgulloso de su hijo que Olivia no puede evitar enamorarse un poquito más de él.

Casi agradece que Júlia y Felipe hayan decidido irse de vacaciones nada más acabar la fiesta porque le evita la merienda que sus padres habían previsto para después y a la que amablemente la habían invitado. Le da pena que César vaya a estar un par de semanas sin ver a Iker, aunque le consuela que luego vayan a pasar diez días juntos los dos solos y les espere un verano con días interminables con su familia paterna.

César ha reservado unos días para ellos dos también, aunque aún no han decidido dónde van a ir y deberían ponerse pronto a pensarlo si no quieren que se les dispare el presupuesto en temporada alta.

Consigue no parecer ansiosa por irse a casa mientras César se despide de sus padres y sus suegros una vez que Iker se ha ido, pero no está muy claro porque su chico no deja de mirarla con una ceja levantada.

Desde luego, no queda muy disimulado el momento en el que un coche se detiene frente a ellos cuando César aún se está despidiendo de su madre, que intenta convencerlo de que vayan los dos una noche a cenar ahora que ya no hay liga y puede tomarse algún fin de semana libre.

—¿Perdón? —susurra ya dentro del coche, mordiéndose los labios.

César no responde, pero se inclina y la besa, acariciándole la mandíbula con el pulgar y haciéndole cosquillas en la nuca.

De hecho, César apenas le dirige la palabra durante el trayecto, pero no deja de lanzarle miradas que consiguen que a Olivia le vibre todo el cuerpo. Así que en cuanto las puertas del ascensor se cierran y su chico la empuja contra la pared y le desabrocha los vaqueros para poder colar la mano dentro, Olivia tarda en reaccionar.

Si estuvieran en su antiguo edificio, seguro que la del quinto elegiría ese momento para llamar al ascensor, pero el bloque de César parece deshabitado a determinadas horas, especialmente desde que ha llegado el verano a Madrid. Aun así, estar enrollándose así en un lugar público la está poniendo incluso más cachonda de lo que ya venía.

Olivia jadea contra su boca al sentir la primera caricia y presiona su cuerpo contra el de su novio sin ningún tipo de pudor. Si no estuviera tan enganchada a los besos de César echaría la cabeza hacia atrás y jadearía como en las películas, pero eso implica apartarse de sus labios y Olivia no está dispuesta, así que se aferra al cabello moreno y mueve las caderas, buscando más contacto con esos dedos que deberían tener un premio o algo.

César gruñe cuando el ascensor se detiene en su planta y se separa con la mirada oscura, los labios rojos y una más que evidente erección bajo los pantalones. Ni siquiera espera a que su novio entrelace los dedos de camino a la puerta, está demasiado ansiosa, así que lo adelanta y lo observa con una sonrisa al verlo con las llaves ya preparadas.

Antes de que la puerta se cierre, Olivia tiene la espalda pegada a la pared y el cuerpo de César empujando contra ella de nuevo. Gime al sentir el muslo de su novio apretándose contra su sexo y se contonea porque todo le parece poco.

—Dilo… —La voz de César suena más a súplica que a orden, y Olivia se reiría si no tuviera la sangre hirviéndole en las venas y el corazón latiéndole mucho más abajo del pecho.

—Te quiero.

El beso es ardiente y la deja con ganas de mucho más. De todo lo que promete.

Le encanta que a César le guste tanto escuchar lo que siente por él. Le ha costado más de lo que a él le hubiera querido pronunciar esas palabras porque quería estar segura de que, cuando lo hiciera, las sintiera de verdad. Ya tuvo bastante de «te quieros» falsos en los últimos meses de su última relación y no quiere eso. Nunca más.

Sabe que con César no va a tenerlo, que si algún día deja de sentirlo será lo bastante sincero para admitirlo. Al menos, confía en que así siga siendo en un futuro. Porque incluso siendo una relación tan reciente, Olivia sabe que habrá un futuro con César y está deseando vivirlo.

—Te he echado mucho de menos. —César busca su cuello con los labios mientras sus dedos se encargan de desabrochar los botones de la blusa, dejando al descubierto su sujetador—. Joder, encima el moreno te sienta genial.

—Yo también a ti. —La frase se rompe en un gemido en cuanto los hábiles dedos de su novio se cuelan bajo el encaje y pellizcan su pezón.

—¿Tu hermana está bien?

—Nerviosa y un poco acojonada, pero bien. Está deseando conocerte.

En algún momento, se han puesto a caminar hacia la habitación, dejando un reguero de prendas por el suelo y un murmullo de jadeos y gemidos en el aire.

—Yo también quiero conocerla. Tal vez podemos escaparnos un fin de semana.

Asiente en mitad del beso, esperando no tropezarse con sus vaqueros mientras sacude la pierna para sacárselos. Grita al sentir que se cae y se agarra a la cintura de César, que ríe viendo su cara de pánico justo antes de darse cuenta de que el colchón ha parado su caída.

Se recoloca a horcajadas sobre las caderas de César y se incorpora para poder observarlo mejor. Después de una semana en Valencia, pasando mucho tiempo en la playa con su hermana y sus amigos, tiene un color dorado que contrasta con la palidez de su novio.

—Definitivamente vamos a tener que escaparnos un fin de semana, pero antes podríamos ir a la piscina.

—¿Te estás metiendo con mi blanco nuclear?

—Me encanta tu blanco nuclear —da un beso por cada palabra—, pero un poquito de sol no te vendría mal.

—Me parece genial.

Grita cuando César los hace girar hasta quedar sobre ella, pero Olivia no tarda en rodearlo las caderas con las piernas y levantar las suyas para frotarse contra su erección. Sonríe al escuchar el jadeo contra su cuello y baja las manos hasta el culo de César para aumentar la presión.

—También podríamos ir a hacer algunas compras.

Se aparta bruscamente de César y lo mira con la ceja levantada.

—¿En serio me vas a hablar de que hay que ir al súper mientras nos enrollamos?

—No me refiero a ese tipo de compras... —César se lame los labios y empieza a sonrojarse, lo que despierta el interés de Olivia.

—¿Qué clase, entonces?

—Un *sexshop*. Pasé el otro día por uno y estuve cotilleando. Vi un juguete que me llamó la atención.

—¿Quieres comprarme un juguete sexual? —Lo cierto es que no le sorprende nada que César lo proponga.

—No para ti. Para mí —admite él. Eso sí le pilla desprevenida.

Olivia intenta imaginarse a qué tipo de juguete se está refiriendo César, pero, antes de que pueda preguntar, su novio se adelanta:

—Y mucho lubricante.

—Ese tipo de juguetes… por mí perfecto.

—Mejor lo dejamos para luego. Ahora tengo otras cosas en mente. —César acompaña sus palabras con una embestida que deja el cuerpo de Olivia ansioso por más.

Olivia no tiene ningún problema en pasarse los siguientes minutos deshaciendo la cama, enredándose en besos y caricias, desgarrándose la garganta con gemidos y jadeos, probando la sal del sudor de César sobre su piel y dejándose llevar a un orgasmo que le deja el cuerpo temblando, la piel erizada, la respiración agitada y el corazón desbocado.

Epílogo 2

—¿Por qué tengo que ir?

—¿Por qué no quieres ir ahora, Iker? Hemos venido hasta aquí y habías dicho que querías estar en la comunión de tu primo. —César se detiene justo antes de enterrar la mano en su pelo y revolvérselo.

—César, si no quiere ir, no lo obligues. Ya es mayorcito. A Vicente le vale con que haya venido hasta Valencia.

—Tiene quince años, Olivia.

—Precisamente. Ya tiene pelusilla en los huevos para saber lo que quiere hacer, así que déjalo o llegaremos tarde. África estaba terminando de arreglarse y Vicente está listo desde hace media hora.

»Pasaremos a buscarlo después de la ceremonia, seguro que al banquete le apetece más ir.

Sale de la habitación sin mirar atrás, sabiendo que

César no tardará en seguirla, aunque le moleste que Iker vaya a dejar plantado a Vicente. Olivia no va a mentir, a ella tampoco le gusta, pero lo entiende. Tiene quince años, unos padres separados y encima lo han llevado a la comunión del sobrino de la novia de su padre.

Por mucho que Iker la quiera, y Olivia sabe que la adora, no deja de ser una familia con la que no tiene tanto contacto y con la que siempre le ha costado un poco más crear lazos. No quiere agravar la situación por obligarlo a asistir a un evento al que no quiere ir. Solo conseguirían el efecto contrario.

—¿Dónde está el primo Iker? —pregunta Vicente, al rato, vestido con su trajecito azul y repeinadísimo, está sentado en el sofá de la casa de los abuelos, observando por el pasillo con esperanza de verlo.

—No va a venir, cariño.

Vicente frunce el ceño, se pone en pie de un salto y desaparece por el pasillo tan rápido que Olivia no tiene tiempo de pararlo.

—Si no salimos ya, vamos a llegar tarde. ¿Podemos movernos? —África lleva un precioso conjunto azul eléctrico que le sienta como un guante. Su marido, un par de pasos por detrás de ella, sostiene la mano de la pequeña Carmen.

—Dice la última que ha terminado de arreglarse —la pica Olivia y luego le lanza un beso.

—¿Dónde está Vicente? —La pregunta va acompañada de un pequeño deje de histeria.

—Ya estoy.

Vicente aparece por el pasillo con Iker de la mano, los dos con unas sonrisas enormes en las caras.

—Te mandaré un mensaje en cuanto salgamos de la iglesia para que estés preparado. No nos hagas esperar —le advierte su padre.

—No hace falta. Iré también a la iglesia.

Olivia se gira tan rápido que se marea y se apoya en César para estabilizarse. Mira a Vicente con la ceja arqueada y luego de nuevo a Iker, que se ha sonrojado un poquito.

—¿Qué pasa ahí detrás? —África asoma por encima del hombro de su padre para asegurarse de que Olivia, César e Iker se mueven mientras llama a Vicente con la mano.

—Ya vamos, Afri. Cálmate o puede que celebremos una comunión y un funeral. Con suerte nos hacen un dos por uno.

—No me toques las narices, peque. Hoy no es el día.

Olivia pone los ojos en blanco, pero acelera el paso para salir de casa de sus padres. Cuando se pone a la altura de Iker, que sigue de la mano de Vicente, le pasa un brazo por el hombro y se lo pega al pecho.

—Gracias —le susurra, absteniéndose de darle un beso en la mejilla para no dejarle la marca del pintalabios, pero poniendo morritos para que Iker vea la intención—. Y deja de crecer, que casi no puedo pasarte el brazo sin parecer que voy colgada de ti.

—Creo que no funciona así, Oli. Y de nada. No podía dejar colgado al primo.

César le da un beso en la frente y los rodea a los dos con un brazo antes de hacer un gesto con la cabeza para señalar la escalera que Iker responde con un asentimiento. Por supuesto, Vicente se apresura a ir tras ellos.

—Vicente, no des ni un paso más. No vas a ir sudado a tu comunión, hazme el favor.

—Afri, voy a decirte algo que sé que no te va a gustar, pero alguien tiene que hacerlo y mejor ser yo: cada vez te pareces más a mamá cuando éramos pequeñas.

África se lleva una mano al pecho y parece realmente ofendida por el comentario. Por suerte, sus padres y la pequeña Carmen han bajado ya en el ascensor. La mueca de su hermana cambia en cuestión de segundos a uno de desolación y reconocimiento.

—Joder, es verdad... soy igual que mamá cada vez que íbamos a un evento familiar. Párame, peque.

—Yo bajo con César e Iker. No quiero que el drama de las Pérez acabe salpicándome.

—Eso, huye, cobarde —le gruñe África a su marido, pero sin poder ocultar la sonrisa.

—Te quiero, amor, pero os espero abajo. Vicente, no la líes, que no queremos tener otra crisis.

Vicente tiene el sentido común de esconderse detrás de su madre para reírse del comentario y evitar que ella lo vea y le eche la bronca.

Para cuando llegan a la planta baja, toda su familia la espera. Olivia siente cómo el corazón se le hace más grande en el pecho al darse cuenta de que todas las personas a las que ama incondicionalmente están ahí en ese momento.

Como si le leyese el pensamiento, César se acerca y le ofrece el brazo mientras pone la otra mano en el hombro de Iker, que lleva a cuestas a la pequeña Carmen, que parece encantada de apoyarse en su pecho.

—Tenemos que hacernos una foto en cuanto lleguemos a la iglesia —comenta su madre conforme llegan a los coches.

—Mamá, hay un fotógrafo. Por lo que cobra, que nos las haga él —masculla África—. ¿Iker, cariño, vienes con nosotros o con tus padres?

—Con mis padres. Nos vemos allí, Vicente.

Eso es algo a lo que Olivia, casi diez años después de empezar a salir con César, no se acostumbra. Si bien es cierto que Iker jamás la llama mamá porque en esa familia todos tienen claro el papel que desempeñan, siempre que habla con otros de Olivia se refiere a ella como su madre. Sabe que no solo lo hace por comodidad, sino porque Iker la quiere y la respeta tanto como a su madre.

César vuelve a poner la mano en el hombro de su hijo y le señala el coche donde ya se han acomodado los padres de Olivia.

—Ponte detrás con la abuela y con Oli, campeón.

Iker asiente y se desliza por el asiento hasta el centro del sillón, dejándole la otra puerta a Olivia para que pueda salir mejor cuando lleguen, sabiendo que odia llevar tacones y que siempre acaba enganchándose con algo.

—Gracias, cariño.

—Estás muy guapo hoy, Iker. —Su madre le da una palmadita en la mejilla al joven, que sonríe y se recuesta contra su hombro.

—Gracias, *iaia*. Tú también estás muy guapa.

—Qué zalamero nos ha salido el mayor...

Intercambia una mirada con César a través del espejo retrovisor y se inclina todo lo que el cinturón de seguridad le permite para acariciarle la mejilla con la mano.

—Arranca si no quieres que África nos corte la cabeza por llegar tarde.

Saca el móvil disimuladamente y pone la dirección de la iglesia para indicar a César en caso de que su padre se equivoque. No pueden arriesgarse a perderse precisamente ese día, pero tampoco quiere ofenderlo; todos en esa familia saben cómo se las gasta.

—En marcha, familia. Allá vamos. —César le guiña un ojo y le sonríe como solo él sabe hacerlo, erizándole el vello de todo el cuerpo.

Si quisiera más a ese hombre, no le cabría el corazón en el pecho.

Agradecimientos

Siempre digo que lo peor de escribir una novela es tener que redactar después la sinopsis, pero lo segundo para mí es ponerme con los agradecimientos porque tengo la sensación de que se me olvida alguien, pero vamos a intentarlo una vez más.

Esta novela surgió como consecuencia de una charla con una de mis mejores amigas, que también fue durante algunos años una de mis compañeras de trabajo. Empezó por las risas de «recuerdas cuando...» y «sería cierto aquello de...» y acabó siendo una historia con bastantes situaciones reales, algunas leyendas urbanas y un toque de ficción.

Así que las quejas a Ka, que es tan culpable como yo de que se me encendiera la bombillita.

Como es normal siendo amigas y pasando ocho horas

al día juntas (en realidad eran más, pero bueno...) estaban al día de mis desaventuras con mis compañeros de piso, que fueron unos cuantos a lo largo de los años y no siempre fue una convivencia fácil. Así que sí, esas cosas ocurrieron. Esas y bastantes más, pero no era cuestión de escribir una novela de terror.

Así que no puedo más que agradecerles a mis excompañeros de trabajo que compartieran conmigo tantas horas, algunas fueron una auténtica tortura, otras una fantasía. Desde luego, lo mejor siempre fue poder echarnos unas risas y comernos una bolsa de patatas de una sentada, incluso cuando todo se venía abajo (en algunos momentos, literalmente).

Gracias a Ka y a Sol, el Triángulo sigue vivo, aunque a algunos seguro que les molesta. A Raúl, a Loren, a Cati... a todos los que en algún momento formaron parte de esa locura y la hicieron más llevadera.

A Rebe y a Vane, que además de estar siempre al otro lado del teléfono, vivieron situaciones absurdas en mi casa cuando venían a visitarme. Por suerte, hemos dejado atrás la empanada de berberechos.

A Laura, por estar siempre dispuesta a escuchar mis ideas, por absurdas que sean, leerse todo lo que escribo y sorprenderse porque se le olvida lo que le digo en cuanto cambiamos de tema. También por aguantar conmigo a los amigos borrachos de mis compañeras de piso.

A Kriss, que una vez más supo darle el nombre correcto a mis personajes, aunque no me deje contarle nada de la trama porque no quiere *spoilers* cuando me lee.

A Cati y a su familia, que siempre me han acogido como a una más y que tienen la puerta abierta para mí cada vez que lo necesito.

A mi familia, que se alegra cuando les cuento buenas noticias y están apoyándome en las malas rachas. No sabéis lo mucho que significa para mí.

A todos esos amigos que se alegran de mis éxitos y siempre tienen palabras bonitas, gracias por estar ahí.

Por supuesto, no puedo olvidarme de Tere, mi editora; de María, la correctora, y de todas las personas que han hecho posible que tengáis esta novela entre vuestras manos. Es un placer trabajar una vez más con ellos.

Por último, aunque sean los más importantes, a todos los lectores que les han dado una oportunidad a mis novelas. A los que han ido a las firmas de libros, a los que me han enviado mensajes a través de las redes sociales y a los que disfrutan con mis historias, gracias por dedicarme vuestro tiempo.